安徽省公安厅倾力推荐

紧盯不放，必有结果

蚂蝗

江苏凤凰文艺出版社
JIANGSU PHOENIX LITERATURE AND ART PUBLISHING, LTD

图书在版编目（CIP）数据

蚂蝗 / 米可著. -- 南京 ：江苏凤凰文艺出版社，2018.9

ISBN 978-7-5594-2453-2

Ⅰ. ①蚂… Ⅱ. ①米… Ⅲ. ①长篇小说－中国－当代 Ⅳ. ① I247.5

中国版本图书馆 CIP 数据核字（2018）第 143707 号

书　　名 蚂　蝗

著　　者 米　可
出 版 人 黄小初
选题策划 盛世肯特
全程策划 利沃文化
出 品 人 柯利明　林苑中　房　斌
出版统筹 房　斌
特约监制 准拟假期
责任编辑 牟盛洁　李　黎
特约编辑 李　昂
营销推广 刘　源
媒体推广 孙娇娇
责任印制 法成海
装帧设计 末末美书
版式制作 吴　倩
出版发行 凤凰出版传媒股份有限公司　江苏凤凰文艺出版社
出版社地址 南京市中央路 165 号，邮编：210009
出版社网址 http：//www.jswenyi.com
印　　刷 三河市华东印刷有限公司
开　　本 710mm×1000mm　1/16
印　　张 19
字　　数 248 千
版　　次 2018 年 9 月第 1 版　2021 年 7 月第 2 次印刷
标准书号 ISBN 978-7-5594-2453-2
定　　价 68.00 元

CONTENT

目录

你以为的上帝，却流淌着懦夫的血。

道貌岸然者所行善事，但终将下到底层地狱。

正义已成邪恶，殉道已成伪善，

任何彰明昭著的罪恶，都可能伪装在一副虚伪的面具下。

第一章
原罪之殇

(1)

窗外下起了小雨，窸窸窣窣，给陵市警察局内注入了一股清润之气。这是林玲来到蚂蝗刑警队的第二天，中午请大家一起进餐互相增进感情，结果并不愉悦，玩手机的时不时跟林玲搭上两句话，就算是暖场了，大部分人都是三三两两地交谈后瞟一眼林玲也开始玩手机了，故意将她视为空气，一副吃完就散场的意思。

眼看午餐时间将结束，林玲发声了："知道吗，现在很多人都喜欢玩手机，没事儿还搞直播什么的。最近就有一个网红，直播的时候不单露出事业线，还会……"说到这里，林玲不经意间挺直了腰身，向桌前压低了身子，38D的身材瞬间掠夺众人视线。

"都看什么？这么聚精会神的？"教导员罗勇拎着水壶走了过来。除了林玲，蚂蝗里面是清一色的男同胞。一探组组长马识途起身想赶快解释什么，却欲言又止。

“罗教，我想跟大家说个案子，没想到您一来就给打断了。”林玲淡淡的话语中流露出些许委屈。

“哎哟，那你接着讲，我也听听。”罗勇很好奇这个市局局长千金要讲些什么。

“罗教，最近我们陵市有一个网红，她每次直播都有数十万人关注、打赏，堪称网红一姐，俘虏男票无数。在网上有个帖子，一个自称蒋恒的男子要‘搞定’这个网红，立帖为誓，还要在贴吧里直播给他的Fans看。”

“就这还有Fans？”罗勇惊讶地说。

“没错，这个叫蒋恒的人把他的朋友圈公布给大家看，那里面身价不菲的网红不在少数，还有一些网红跟他逛街、吃饭，甚至有在宾馆里面的照片。蒋恒刚刚改了签名——接受洗礼，我会让你每一寸肌肤兴奋地颤抖。”

“你也是他的Fans，看得走火入魔了？”马识途戏谑地说。

“这个网红说了，就算是蒋恒送给她爱马仕、玛莎拉蒂，她也绝不会同意跟他在一起的。蒋恒现在每天都去这个网红的直播间，礼物就没有停过，据说一般的网红早就跟他出来约会了，这个网红却只收礼物，一点甜头都不给他。蒋恒扬言要注资这个网红所在的直播公司，要求就是这个网红必须跟了他。有Fans不停跟帖嘲笑他，说他这回肯定阴沟里翻船了。这个网红现在还是拒绝跟他见面，正在直播间里卖弄姿色呢。蒋恒恼羞成怒，在直播间里面留言了，现在要去堵这个网红，又说，越是强硬的女人，他越爱享受她挣扎时带来的快感。”林玲终于语塞。

老罗对林玲的到来有很大压力，他不知道这个市局局长的千金为何要到最苦的蚂蝗刑警队来实习。这女孩是今年警校的优秀毕业生，但她会不会犯大小姐脾气？会不会在抓捕罪犯时受伤？这些都让老罗心里犯嘀咕。这才来就自带案子，真是让老罗大开眼界。

“莫炜，你帮林玲跟进一下这件事情，看看是不是真的有这么严重。”罗勇对二探案组组长莫炜道。

不管怎么样，该来的总会来，罗勇已经为林玲准备好了寝室。

除了林玲，还有一件不省心的事——实习生廖冰要来报到，他要以警校实习生的身份来到刑警队。尽管警校传来的廖冰的成绩单仅勉强合格，但老罗心中有股隐藏的期待，他觉得自己完成了对老伙计的许愿，尽管这个老伙计可能已经不在人世。

“罗教，贴吧直播，这个蒋恒真的去堵那网红了，在一处高档住宅。蒋恒好像很生气，并且已经有一段时间没有画面更新了。”莫炜着急地说。

进到贴吧里，看到这个蒋恒很谨慎，里面都是些侧脸或者远景的照片，不过罗勇对这个蒋恒的身形非常熟悉，他总觉得似曾相识。

在一处高档住宅内，扑面的血腥混合着香水味不禁让人咬了咬牙关。罗勇没有看死者，虽然那具少女的尸体以及尸体身下的床是现场的中心。他环顾四周，床头和右侧的墙壁都被喷溅着血滴。罗勇摸摸门闩，门闩没有被破坏的痕迹。他蹲下身，用强光手电照射地面，光线映出两个脚印，一个是完整的脚印，一个是残缺的脚印，少了右足弓。罗勇沉默了一会儿，给这对脚印拍了照片。

该尸检了，罗勇告诉自己，他的心也在痛。

受害人樊静静，知名网红，一个鲜活的生命被仇恨、贪婪或是色欲所吞噬。

罗勇站起身，直视着死者。他从樊静静骇人的脸庞想象出案发当时的情景——刀刃砍向颈部，切断动脉，翻出血肉，喷出血液，复又砍了过去……那是多大的仇恨啊。

罗勇直起腰，剩下的要交给法医了。他再次环顾四周，鼻息在捕捉香水味的来源。他看到墙壁上有一处洇渍，墙壁下的床头柜边上有碎成两截的香水瓶。罗勇戴上手套捡起瓶子，用手电照射瓶身，一个拇指印出现了。罗勇将香水瓶收进了物证袋，拿起床头柜上的手机，打开解锁键，廖冰的脸出现在手机屏幕上。

怪不得那个蒋恒他看起来如此熟悉，原来就是那个即将从警校分配来的实习生！罗勇的脑子一下就炸了。

于是，在廖冰到蚂蝗刑警队报到前，罗勇就带人到湖北将逃窜的廖冰抓捕归案。押解路上，一行人局促在一间行驶在狭窄江面的客轮房间内。

罗勇通过舷窗向外望去，黑暗笼罩着一侧的山崖，黑黢黢的，只能显出一个高耸的轮廓。山是沉默的，只有水花的声音。罗勇收回目光，看着躺在对面下铺的廖冰。

睡在对面上铺的马识途轻声说："罗教，你睡会儿吧，我来盯一会儿。"

罗勇摆摆手，说："你睡吧，我想点事情。"

马识途翻了个身，脸对着舱壁睡了。之前一直背对着罗勇的廖冰却转过身，他睁大了眼睛瞅了罗勇好久，仿佛要把罗勇给瞅穿似的。罗勇耷拉着眼皮，很配合地由他这么瞅着。

廖冰张口说话了："罗叔，你到现在还是个教导员啊？"这是他被拷上手铐、戴上脚镣后第一次开口。

罗勇露出一丝苦笑，点了点头。

"那把我捉回去，能不能升官呢？"廖冰的语气很轻佻。

这下，罗勇连苦笑都没有了。

廖冰沉默了一会儿，说："老罗，你睡会儿吧，你也不年轻了。"廖冰想抬胳膊去拍罗勇的肩膀，却突然发现双手被拷在床架上。

廖冰嘟囔道："这次我可不会再跑了。"

罗勇再没有说话。

"我还要到刑警队找你报到呢，你忘了？是你送我去警校读书的。"廖冰又说。

罗勇喉结动了动，还是没说话。

廖冰低下了头，他想起六年前的那次脱逃，一切都如昨日重现。那次脱逃让罗勇丢掉了就要到手的刑警大队长头衔，一晃六年过去了，老罗还窝在教导员的位置上一点没进步。廖冰又想起了三年前，罗勇送他到警校，说他会等着廖冰成为一名优秀的人民警察。廖冰戏谑地想。

似乎为了转移两人间的尴尬，罗勇很郑重地说："我相信你这次不会再跑了。"

廖冰抬起头，扭了扭身子，手铐和脚镣发出哗啦哗啦的声音。"都把我五花大绑了，我怎么逃得了？！"廖冰的声音有些嘲讽。

罗勇耸耸肩。

"你信不信我？"廖冰顿了下接着说，"你信不信你们这次抓错人了？"

罗勇直视着廖冰那双明亮的大眼睛，他的嘴动了动，却没说出一个字。

廖冰撇撇嘴，似乎有些不耐烦，道："冤枉了我爸，现在开始冤枉我。你们刑警队这些年怎么就没有长进呢？"

廖冰的话又一次刺痛了罗勇的心。罗勇想起了那个已经模糊了的廖冰父亲的背影，他更加无言以对。

"好啦，我知道你们的规矩，在进审讯室前是不会透露半点案情的。"廖冰又瞅了一眼罗勇，直到确定不会再从这位多年的老教导员嘴里套出半句话来，才说，"我睡了，前路漫漫，我可不想无心睡眠。"

廖冰背过身睡去了，罗勇又将目光投向了窗外的江面。

从水路到铁路，再转公路，三天后，罗勇带着侦查员们把廖冰押解回了刑警队。

分管刑侦的潘建民副局长亲自迎接，他瞅着廖冰的背影问罗勇道：“他就是廖海波丢下的那个浑小子？”

罗勇点点头，补充道：“也是要来咱刑警队报到的实习生。”

潘建民摇摇头，脸上的表情明显带出一丝忧伤。他停顿一下，对罗勇说：“老罗，好好休息，审讯就交给年轻人吧。”

罗勇越过潘建民的肩膀看着年轻的刑警们将有些跛足的廖冰押进审讯室。

也许是为了缓解气氛，潘局长接着说：“等案子结了，我们也该喝你的喜酒了。”

罗勇收回目光，他知道潘建民指的是空出来的刑警队队长的位置。

押解交接手续办完，罗勇从刑警队出来没有立刻回家，他打车去了当地最大的律师事务所，请在刑事辩护领域很有经验的郑波做廖冰的代理律师。

郑律师听了罗勇的请求，笑着说：“有点意思，你是案件主办人，却为他请律师，你是以己之矛攻己之盾吗？你有什么目的？想达到什么样的辩护结果？比如……让他保住性命？”

“你尽力就是。”罗勇平淡地说。

(2)

这一晚罗勇没有睡踏实，他在床上辗转反侧，脑子里却纠缠着过去的种种画面。他想把这些念头都排出大脑，但忘却却是何等困难。老罗知道自己睡不着，索性睁开眼，从床上起来，披上外衣，又回到了刑警队。

小会议室里，潘建民副局长还在坐镇指挥，他身前的烟灰缸里竖立着许多烟头。

罗勇问潘局长道：“审讯进行得怎么样？”

潘局长说：“和预想的差不多。”

罗勇问：“招了？”

“掉脑袋的事，哪这么容易承认。”潘建民撇嘴。

罗勇问：“有没有拿证据逼问他？”

“关键证据现在还不能往外撂，还得再耗耗。”潘建民摇头。

罗勇点头道：“这些证据也够直接了。”他望向会议室尽头的电脑，屏幕上显示着审讯室的情况。

审讯室里马识途探长靠墙站着，手背在身后，莫炜则坐得笔直，两人都在打量着廖冰。廖冰低着脑袋，一动不动，看不清脸上的表情。

罗勇问：“他一直这样？”

潘建民叹了口气，回答道：“现在终于消停会儿了，刚才闹得可厉害了，在审讯椅上像发了疯一样，胳膊都挣脱臼了。”

罗勇走近屏幕。

潘建民接着说：“演戏演得够卖力，就好像他第一次听说樊静静的死一样。”

罗勇想了想，说：“他被抓过许多次，有反侦查和对抗审讯的经验。”

“的确，你对他熟悉，你是看着他长大的。这样吧，我把参与审讯的侦查员都喊过来，你来说说这个人的情况，我们来找找他心理防线的突破口，你看怎么样？”潘建民问道。

罗勇一瞬间有些哑然，他低下头理了理思绪。

那是罗勇第一次见到廖冰，相比视觉的印象，廖冰带给罗勇嗅觉上的冲击要更为浓烈——彼时，这个男孩已经在黑网吧窝了一个月。罗勇领着这个趿拉凉拖的男孩穿过喧闹的广场，进到清冷的刑警队大院，让这个男孩坐在办公室的椅子上，打开了空调，男孩身上的馊味立刻在暖风中发酵。

罗勇屏住呼吸，开始审问："姓名？"

"廖冰。"

"父母？"

"啥？"

罗勇把蹲在地上的男孩提溜起来，清楚地看清了那张稚嫩的脸。罗勇一愣，道："你爸是廖海波？"

廖冰"嗯"了一声。

罗勇的心一紧，问道："多久没有洗澡了？"

"两个多月了。"

"怎么不回家？"

"没有家。"

罗勇一怔，接着问："那……你妈妈呢？"

廖冰不说话，他只是在抠虎口上的疤。结痂被抠掉，血流了出来。

罗勇叹了口气，他大概已经在脑子里拼凑出了这个男孩的生活轨迹。父亲消失得无影无踪，母亲在质疑中等待了一段时间，也抛下了他，消失在人海中，据说是下海当了三陪女。

罗勇低头半晌，再抬起头，发现这个男孩正在盯着他。

廖冰开口道："我的家原来也有一件和你衣架上一样的衣服。"

罗勇瞅了瞅架子上的那件警服。

"后来……我给烧掉了。"男孩继续说。

罗勇问："你有几天没吃饭了？"

"在网吧里面不缺吃的，别人吃不完的可以拿过来吃。"

"你跟我下楼，到浴室。"罗勇拉起廖冰向楼下走去。

罗勇烧了一大锅开水，让廖冰站到木盆里，把毛巾和肥皂递给他，看着他从头到脚把自己洗了个干净，然后换上找来的干净衣服。罗勇又带他到了还没有打烊的大排档吃了顿热乎饭，廖冰吃了很多，中间噎了好几次。

当晚，罗勇让廖冰睡在了办公室。睡前，廖冰对罗勇说："叔，我不是坏人。"

"我知道。"罗勇点头。

第二天早晨，罗勇发现廖冰不知道什么时候已经离开了。

后来，为了能够吃到东西，廖冰几乎什么都偷，偷了食物自己吃掉，偷了废品拿去卖掉，偷了钱被人发现，挨上一顿打，就算是没被发现，被街头小痞子抢走也是常事。慢慢地，廖冰也开始和街头小痞子们混在一起了。白天他们都窝在网吧，晚上再出去偷东西。

一次，廖冰爬上了三层楼的外墙，试图去偷空调的外挂机，却一脚踩空掉了下来，把腿摔断了，留下一瘸一拐的后遗症。而这跛足的特征，正好和樊静静被杀案的命案现场足迹对应起来。

廖冰越来越成为街头的一个狠角色，他被打的时候越来越少，他打别人的时候却越来越多。他不仅伤害别人，还伤害自己，他经常用刀子割自己的虎口，割开了，亮着，等结痂了再去割。终于，廖冰在一次打架中将一个老痞子打成重伤，要不是警方反应迅速，险些酿成人命。也就是那次，罗勇带着侦查员把外逃的廖冰一路押解返回，没想到途中廖冰瞅了个漏洞，逃跑了，罗勇工作失误，提拔他成为刑警队队长的计划也泡了汤。令人啼笑皆非的是，三个月后，廖冰又自个儿跑回来投案自首了。最后这一段大家都知道，罗勇屡次提拔不成的坏运气在刑警队里已经被明里暗里讨论了许多次。

罗勇结束了讲述，大家都在思考他的话，没人吭声。潘建民点了莫炜的名，让他说看法。

莫炜说："罗教的勘查表明这是一起仇杀，嫌疑人的心中充满了愤怒，这种愤怒从小时候就开始，一直积累到现在，然后，火山爆发了。这种愤怒最初来自于他的父母先后的消失，他们不仅造成了廖冰的流浪生活，更扭曲了他的价值观，让他产生了对这个世界反击的想法。特别是当他得知死者，也就是他的前女友樊静静步了他母亲的后尘，成了一名歌吧小姐，现在又在网上直播，还公开出卖色相，他的愤怒自然迁移到死者身上。"

"那你有什么建议？"潘建民问。

莫炜想了想，道："光靠和他讲道理、讲法律，效果不会好。可以试着去激怒他，戳他的痛处，让他更加情绪化。只要他分寸乱了，心理防线也就没那么坚硬了。"

"没错，这样的人怎么能当警察？一定要让他交代清楚！"林玲激动地说。

潘建民又问马识途："如果零口供，凭现有的证据能不能被检察院批捕？"

马识途看了一眼罗勇，说："我有信心，我对老罗的证据有信心。"

潘建民看看手表，距离刑事拘留期满还有十小时，他总结道："就按照莫炜的建议办，去激怒他！大家要有信心，毕竟我们手里掌握着大量的关键证据。"

大家开始起身离去。

潘建民对罗勇说："老罗，你回去写一个破案经过，我给你申请三等功。"

罗勇看着林玲，默然以对。

临近午夜，莫炜从审讯室出来，他负责的这班审讯已经结束。罗勇也正好从办公室走出来，潘局长布置的材料让他几次提笔，又几次放下。

罗勇看莫炜愁眉苦脸，问："不顺利？"

"是，他除了愤怒还是愤怒。"莫炜摇头。

罗勇皱了皱眉头，提议道："要是不困，一起吃碗面条。"

莫炜同意了。

面条端上来了，两人的心思却不在面上。莫炜说："罗教，我有一个问题。当年廖冰因为重伤害罪逃跑在外，你去押解，半路上又给他跑了，他本可以继续逃跑，但为什么又回来投案自首？"

罗勇说："我对他还不错，或许他觉得这样一跑了之太不负责任了。"

"这个社会对一个无依无靠的少年是很严酷的。"莫炜感慨着，"但你没放弃他。"莫炜紧接着说。

罗勇抬起头，想了想，说："我找了他原来住的那房子的邻居，是一个牛肉汤馆的女老板，她一定要收留廖冰在店里面当帮工，给他饭吃，让他有地方睡。我联系了附近的学校，让他插班进去上学，校长也承诺不收钱。"

"这是好事啊。"莫炜说。

"本来是往好的方向发展，但也就持续了两个月。后来有一天傍晚，牛肉汤馆生意好，女老板给了廖冰五十块钱，让他到街上买烧饼回来给客人吃。过了一个小时，廖冰人是回来了，烧饼和五十块钱却一样也没带回来。女老板当时说了几句怀疑廖冰把钱拿去玩游戏的话，廖冰一赌气，晚上就没回来。到了第二天，他在学校抢了同学的钱，凑足了五十块钱，还给了女老板。事后，学校老师知道了这事，就到女老板的家里，几个大人一起把廖冰骂了一顿，这下彻底伤了廖冰的心，他再也没回来，学也不上了，又流落到街头去了。"

莫炜叹了口气道："那五十块钱到底哪里去了？"

“嗨，廖冰怎么也不愿意说，我猜是被别的小混混抢走了。”罗勇说。

“孩子也怕误会，特别是当他特别想学好的时候。”莫炜说。

罗勇点点头。

“那你觉得……”莫炜的声音压了下去，“你觉得廖冰这次有没有被误会？”

罗勇抬起头，看着莫炜的脸。

莫炜一字一句地说：“我觉得你不相信他杀了人，至少从情感上你不接受。”

罗勇低下头，半晌才吐出一句话：“情感是虚幻的，证据是确凿的。”

“情感也是有道理支撑的，你一定也能说出个他不会杀人的理由来。”莫炜逼了一句。

罗勇寻思了很久，才开口道：“第一，他向我保证过的，虽然诺言经常成空，但他的确向我保证过不再犯罪；第二，他从上次犯重伤害罪后一直守法，不仅如此，他还经常向我提供一些犯罪线索，他可以算得上我的一个线人；第三，他从小就有个习惯，每当他犯罪或是想犯罪，他就会去抠自己的虎口，把他的虎口抠得鲜血淋漓，但是这次没有，他的虎口很完整。”说完，罗勇尴尬地笑笑，好像他这个重证据的勘验专家不应该说出这么没有考证精神的话。

莫炜抱着胳膊，边想边说：“每个人都有内心挣扎的过程，抠虎口的行为是一种内心外化的标志。但他毕竟是累犯，有反侦查经验，他可能在作案后克制住了自己的这个冲动。”

罗勇点点头。

莫炜接着说：“每一种行为都有两种甚至是更多的心理解释，而这些解释往往是我们主观意念的投射。就像我们面对一张五颜六色的画，我们想要红色，我们就会去寻找红色，我们想要绿色，我们便会去寻找绿色。”

罗勇接话道："这是大多数人的心理倾向，但是对于我们警察来说，就要全面客观地评价一个犯罪行为。勘验一个犯罪现场，不管是证明有，还是证明无的证据都要收集。"罗勇站起身，接着说："不管我有多么不希望是他杀了人，但现在所有的证据都指向廖冰，我们就需要再多努努力，让他的供述和我们的证据对上号。"

莫炜点点头。

两人结过账，又回到了刑警队大院里。

(3)

廖冰开始用沉默对抗警方的质问，审讯的时限就要结束了。

罗勇睡在宿舍里，他的确需要好好休息，算上押解，他已经有四天没有好好睡觉了。他不清楚自己是不是已经睡着，即便是睡着，他的脑海里也在计算着时间。

挨到凌晨四点半，他自动醒了过来，他知道还有一个小时审讯就要结束了。他披上衣服来到会议室，潘建民正趴在桌面上打盹，刑警队队长一职空缺，他这个刑侦副局长要比先前累许多。

罗勇把隔夜的茶，还有满烟灰缸的烟头扔到垃圾桶里，在潘建民旁边坐了下来。潘建民也就醒了过来。罗勇看视频里负责后半夜审讯的两位同志还有廖冰都瘫在各自的椅子上，一看就知道没有任何进展。

罗勇推门进到了审讯室，审讯的刑警都站了起来，对面的廖冰晃了晃腕上的手铐，哼笑道："罗叔，我就不能起身迎接你了。"

罗勇提议要和廖冰单独聊聊，潘建民同意了。

看着两个审讯人员离开审讯室，廖冰深深吐了口气，“他们两个太闷了，搞得我也没有说话的心情。罗叔，你看，咱们聊几块钱的？”廖冰的眼睛斜向审讯室的钟，说道，“我们还能聊五十四分钟。”

罗勇平静地说：“你不要这么油嘴滑舌，这五十四分钟是我的，也是你的。”

“是！是我们俩的！时间一到，我进看守所，你戴大红花。”廖冰话里明显没好口气。

罗勇将身子前倾过来，说：“你是一定要进看守所的。”

廖冰说：“知道，你们警察现在重证据，不随便抓人。”

“所以我希望你给自己一个机会，一个为自己辩解的机会。”罗勇神色依旧平静。

廖冰眉毛挑着说：“我说我没杀人，你信吗？我说我爸是好人，你信吗？”

罗勇道：“你当然可以这么说，但是，我选择相信证据。”

廖冰抢着说：“你们都有哪些证据呢？”

“我没有权力把这些证据告诉你，但我给你请了律师，你的律师有权力看案卷，他会把这些证据都告诉你的。”罗勇一字一句道。

廖冰一愣，然后哈哈笑了起来：“罗叔，你有没有搞错？你给我请律师？”

罗勇双手撑着太阳穴，等廖冰笑完。

廖冰低头，用袖子蹭了蹭笑得几乎要流出眼泪的眼睛说：“你们当然有证据，樊静静死的当天下午，我到了她工作的地方威胁她要是再在歌吧当小姐我就对她不客气，为此，我还和歌吧保安差点打了起来，你们警察都来了。所以，我当然有理由杀了这个给我带来痛苦的女人。这是你们的逻辑。”

罗勇补充道：“你还在樊静静死的当天去了她做直播的公寓。”

廖冰沉默了一下，继续说：“对，我是去了樊静静的家，和她吵了一架，还抽了她一耳光。”廖冰猛地抬头，“这是你们掌握的证据，是吧？你看现场，一定能发现我去过的痕迹。”

“你为什么要去樊静静那里？你不是和她分手许多年了吗？”罗勇追问道。

“我从警校毕业后，回到这里，偶然在直播中见到她，视频里她举止低俗，后来知道她还在一间歌吧当小姐，我就生气，我非常非常生气。”

罗勇说：“为什么樊静静死后你要跑这么远？”

廖冰看着罗勇的眼睛道：“我不是畏罪潜逃，我是想去找樊静静的家人过来，让他们好好教育一下她，不要让她再做这样的事了。”

“你……非常恨歌吧小姐？”罗勇突然改变话头。

廖冰咬牙切齿地继续说：“我的确恨，我妈就是下海了，不再养我，我当然恨！我不想樊静静也沦落成那样。”廖冰沉默了会儿，继续说：“就算是我作了案，我也可能会像我爸那样一走了之，彻底消失，但是我并没有躲。龙生龙、凤生凤，老鼠生来会打洞。罗叔，你曾经对我说过你不信这一套。”

罗勇被这句话卡住了，他的情感天平又开始倾斜，他告诉自己，重证据，重证据。罗勇将自己拉回到正常轨道上，继续问：“你在樊静静的公寓里是怎么和她争吵的？”

廖冰说：“吵的时间不长，我说我的，她说她的，不在一条路上。”

罗勇问：“你动手打她了？”

“打了，我抽了她一耳光，然后就走了。”廖冰神色自若道。

罗勇接着问：“走了？你怎么和你的信徒交代？”

“什么信徒？”廖冰问。

罗勇厉声说：“就是蒋恒！你别再跟我装糊涂了！”

“蒋恒？”

“别跟我说你不知道这个人！少跟我装双重人格！”罗勇吼道。

“蒋恒……这个人好像有点印象，但是我现在真的想不起来。”

罗勇继续问：“想不起来了？好，现场你有没有砸什么东西？”

“记不清了。”

罗勇“哼”了一声，继续发问：“不想说是不是？好，我换个问题，之后你去哪里了？”

廖冰想了想，道：“然后我就回家了，在家想了一夜，然后就赶早班车坐火车到了湖北，然后走水路去了四川。”

罗勇琢磨着他的话。追捕的确花了许多时间，他的轨迹在湖北就断了，毕竟坐船是不用实名登记的。这是一条很好的逃跑路线，要不是当地巡警查了他的身份证，他们还不一定能抓得到廖冰。

“你和樊静静到底是什么关系？怎么认识的？”罗勇又切换了话题。

“原来，就是我还在街头混的那段时间，我和她好了一阵子。”

“后来呢？”

“后来？！后来我改过自新，你让我考警校去了啊。”

罗勇沉默了，他看着廖冰。

廖冰突然说：“你还真给我请了律师啊？”

罗勇点点头。

廖冰看了罗勇一会儿，道：“你看我的眼神，就像是在看一个死人。”

他在把我往情绪化的路子上带，罗勇心里想。他故意平静道：“没有，我只是就案件论案件。”

廖冰却继续自顾自地说：“如果你认定这事就是我干的，你也别给我请什么律师了，一个杀人案，加上这么多前科，肯定要被枪毙的。”

罗勇保持沉默。

“你是不是对我特别失望？”廖冰见罗勇不接话，接着说，“那么多次挽救我之后，又看着我坠入深渊了。”

罗勇的嘴角开始抽动。

“罗叔，你桌上的那张刑拘证该签名了。”廖冰又看了看头上的钟，还有二十分钟。

罗勇拿起这张刑拘证，悬于半空，说：“你真不打算再说点什么？”

廖冰又在哼笑，反问道：“你真不打算告诉我你们掌握了什么证据吗？”

罗勇痛苦地摇摇头，他发现廖冰的虎口已经被抠得通红。

审讯室的门被打开，潘建民带了几个侦查员进来，让廖冰在刑拘证上签了名，然后押着他上了警车。

罗勇从宿舍扛下来一床崭新的被褥放在后备厢里。廖冰看了，嘲笑道：“早知今日，何必当初。”

“什么？”罗勇愣在那里。

“何必当初让我去考警校。”廖冰甩下这么一句话，便钻进了警车。

天已经微微亮了起来，警车出了院子，向看守所开去，罗勇看到后座上的廖冰回过头，在看着什么。

罗勇一动，觉得廖冰是在看自己。

(4)

熬过一个不眠通宵，到了清晨，刑警队大院安静下来，所有人都窝在宿舍睡觉，可罗勇还是睡不着。他来到附近一家超市，将一件件吃穿用度的商品从货柜上拿下来认真检查，有金属扣子的，有锋利棱角的，有系着绳子的货品，他都放了回去，他知道在看守所内这些东西有危险。付过款，罗勇便开车来到看守所，将这两大包东西交给老相识李管教，让他转递给廖冰。

李管教看着这两大包，问罗勇：“是不是亲戚？”

罗勇摇了摇头，说：“廖海波的儿子，多照顾一下。”

李管教感慨道：“原来是老廖家的啊。”说完便拎着东西进到监区，罗勇则在外面等着他。二十分钟后，李管教又出来了，手里拎着的还是那两大包，廖冰拒收。

李管教问：“这次因为什么事？”

“杀了人。”罗勇叹了口气。

回到刑警队已临近中午，罗勇吃过午饭，躺在床上，他想让自己休息下来，特别是让自己不去想那些千头万绪的事情，但是越是在心里告诫自己不去乱想，自己的脑子却越是清楚。最后，罗勇只能平躺着，赌气似的看着天花板上的一个斑点，殷红色的，像是血渍。罗勇眯缝着眼，越看越入神，那红色的斑点似乎真的汇聚成了血滴，开始悬垂，越积越大，就要掉落下来。也就是在这时，宿舍的门响了，罗勇醒了过来，身上全是汗，他再看墙顶，雪白雪白的，什么也没有，罗勇心里吁了一口气。

原来是莫炜要找罗勇调廖冰的犯罪前科资料。罗勇带莫炜到了档案室，找出厚厚几沓卷宗，最上面的是廖冰故意伤害廖海洋案，时间标记是2010年。

莫炜拿起卷宗问：“廖海洋是谁？廖冰的亲戚？”

罗勇说：“廖海洋是廖冰的亲叔叔。”

莫炜从后面翻开卷宗，看到法医检验报告：重伤二级，第三、四、五、六根肋骨骨折，颅骨骨折。“下手够狠的。”莫炜道。

罗勇说：“因为这事，法院给他判了刑。”

莫炜随意翻动着卷宗页问："他打他叔干吗？"莫炜把卷宗搬到罗勇的办公室，坐到沙发上。

罗勇开始了讲述。

廖冰依然在街上浪荡，只不过因为年龄增长，他的个头蹿高了，力气也大了，更重要的是，因为他打架时那种不惜命的劲头，加上他几乎每天都血淋淋的虎口，让敢于欺负他的人越来越少。

有的老板看中了他，让他到赌场里面看场子，其实就是当打手，他也有了碗饭吃。有的赌场被抄了，他因为年龄小，没法处罚，就又混到别的赌场里看场子。就这样，廖冰慢慢长到了十六岁，到了应该负担刑事责任能力的年龄。

后来，廖冰在赌场里碰到了他叔叔廖海洋。这个廖海洋平日里没有正经事可以干，便到赌场里放高利贷。廖海洋看他侄子廖冰凶狠，就要廖冰帮他干放贷的生意，廖冰其实不想和自己的叔叔卷在一块儿，但有时候也跟着他叔叔吃饭喝酒。

有一天晚上廖海洋喊廖冰到外面喝酒，喝完酒后，就把廖冰带进了一个宾馆。房间里有两个二十来岁的小伙子围着一个四十多岁的中年人。那中年人鼻青眼肿的，一眼就能看出他欠了廖海洋的高利贷。后半夜，两个小伙子出去了，廖海洋也睡着了，留下廖冰看管这个中年男人。中年人低声向廖冰求了半天，廖冰经不住嘀咕，就放了他，自己也溜回了赌场。没过多久，廖海洋便带人找上门来，他对廖冰私自放人的行为非常不满，把他的衣服扒了，再用绳子把廖冰绑在赌场的柱子上，廖海洋说这是他奶奶教育孩子的手段。就这样，廖冰赤身裸体地被绑了三天。慑于廖海洋的狠毒，没人敢把廖冰放了。

三天后，廖冰离开了赌场，又过了一个星期，廖海洋走夜路时遭到了廖冰的偷袭。廖冰拍了廖海洋脑袋一闷砖，用脚猛踹廖海洋的胸口，又把拳头揍在廖海洋的鼻子嘴巴上，最后，他用绑自己的铁链，勒在了廖海洋的脖子上。铁链子抠在了肉里，廖海洋的手指无力地伸向脖颈，舌头拼命往外寻找着空气。十几秒后，廖冰松开了链子，廖海洋晕倒在土灰里。那一年，廖冰刚满十六岁。罗勇最后强调道。

莫炜听得入了迷。停了一小会儿，才说："他没有把自己叔叔杀死。"

罗勇点点头道："他在关键时刻踩了刹车。"

莫炜没有接话，他的手在摸着那些卷宗封面，突然想起了樊静静被杀的这起案件。"他的刹车制动这次为什么失灵了呢？为什么就动了杀心了呢？"莫炜边想边不自觉地说了出来。

罗勇答非所问地接道："一切还是要讲证据的。"

"那么……"莫炜接着说，"廖冰的父亲又是怎么回事？他叫廖海波吧？听老同志说，他也曾经是一位刑警。"

罗勇的眼珠似有些失神，随后，他站起身，拍了拍屁股说："这是一个无法讲清楚的故事。"

一周后，马识途整理好卷宗，报到了检察院那里。虽然没有廖冰的口供，但是凭着罗勇现场勘查取得的证据，检察院还是对廖冰做了批准逮捕的决定。这样一个恶性案件的破获，也为分局的工作增添了许多荣誉。为此，分局外宣部门组织媒体召开了一个新闻发布会，潘建民副局长做了介绍后，隆重推出了本次破案的功臣罗勇。罗勇当然不想参加这个发布会，但领导的命令也违抗不得，他站在讲台上，看着镁光灯一次次地闪烁，喉结动了动，只说出一句话："这是我们应该做的。"然后就下了台。

罗勇请的郑波律师在看完卷宗后，第一次会见了廖冰。他向廖冰列举了那些不可辩驳的证据——案发前他对死者的死亡威胁；案发当晚他与死者的争吵；现场有留有他指纹的香水瓶玻璃碎片；能显示他跛足并正好符合尺码的脚印；一个在案发现场附近发现，取自廖冰家中并沾有被害人鲜血的斧头。郑律师还带了一份刊载了罗勇参加新闻发布会照片的报纸给廖冰，告诉廖冰现在最好的选择就是罪轻辩护，争取免死。廖冰没有任何回应。

当天晚上，看守所的李管教打来电话，告诉罗勇，廖冰在看守所试图自杀，现在被送往医院抢救，生命危在旦夕。

在律师会见后，廖冰被押回监室。警察一走，他便动手打了号房里的号头，并随即演变成了一场群殴。管教们制止了这场斗殴，为了避免事态继续发展，把廖冰关押到了禁闭室内。廖冰本应该被单独禁闭十二个小时，但李管教放心不下，去看了一眼，才发现他把削尖了的筷子刺进了颈部动脉，血都顺着门缝流了出来。李管教和其他警察赶忙把廖冰送到医院来抢救。如此看，他是故意挑起斗殴。

手术室有两道门，罗勇看不见里面的情况。夜越来越深，李管教已经靠在长椅上打盹，罗勇还站在那里，焦急等待。多年前，廖冰盗窃小区的空调外挂机，从三楼摔了下来，罗勇抱着小偷廖冰进到手术室，等着医生给廖冰做完手术，告诉他廖冰的腿不会断，罗勇才算松口气，这次又会怎么样？

医生终于出来了，罗勇走上前去。医生告诉罗勇廖冰暂时脱离了危险，但他流血过多，还在深度昏迷，身体多数脏器也处于衰竭状态，情况很不好，要送进重症监护室密切观察。

廖冰被从手术室内推了出来，他的眼睛紧闭着，嘴角却倔强地向上撇着。罗勇很想把手放在这个倔强男孩的额头上，但医生护士围了一圈，罗勇插不进手。担架被推远了，只剩下空空的走廊在罗勇眼前延伸。

真的要放弃他吗？罗勇扪心自问，情感像是空心的葫芦，再次从水底浮了上来，往事也随即浮现在脑海。那位曾经的好伙伴、好搭档，那个笼罩在质疑与辱骂中渐渐淡出的背影仿佛就在眼前。罗勇的内心越发刺痛，罗勇不能再罔顾那些疑虑，他需要用证据来说话，肯定，或否定，他都要再去一次案发现场看看。

(5)

午夜，推开门，拉开灯，作案现场依然还保留原样，死亡的气息依然凝聚在这里不愿散去。

罗勇睁大了眼，一些证据虽然在时间的推移中消失了，但同样消失的，也有对真相有意无意的掩饰。罗勇的眼睛投向上次勘验中发现的鞋印、血渍、门把手，这些都是给廖冰定罪的证据。

一定是遗漏了什么！罗勇这么想着，手电筒的强光一寸寸地检查着墙面和地面，他的脑子和墙面一样空白。如果死者还躺在房间里就好了，罗勇默默想着。他打开了单反相机，调出了死者伤口的照片，颈部砍痕血肉模糊，这是最容易聚焦的部位。罗勇决定略过这个画面，他翻出了死者面部的照片，血水从嘴角流出。罗勇定在那儿，感觉有些不对劲的地方。罗勇闭上眼，在脑海里扫描现场照片。死者是向右侧躺着的，左边嘴角流出了血水，这合理吗？

罗勇不自觉地坐了下来，死者的姿势是向右侧过身体，想象斧子在没有任何预料的情况下落在死者左侧颈部，怎么可能再次侧过身，让血水从自己的左边的嘴角流出？

尸体一定被挪动过！

罗勇的心里闪现一个结论，他一个激灵，站了起来。

另一个疑问又出现在他的脑子里——为什么要挪动尸体？

姿势！姿势！姿势……他念叨着这个词，一遍遍想着关于姿势的任何痕迹。

他的思维被打开了，他站在床的右侧，再次环顾四周，试图发现任何有违常理的地方。他看到了那些飞溅在墙壁上的血滴，从他身后到床头边上的那面墙，星星点点，依然鲜红。他仿佛成了凶手，挥动着手电，狠狠砸下去，想象鲜血飞溅的画面，血溅到他身后，溅到床尾。

罗勇在脑海中不断重建着现场，身后的血迹，床尾的血迹。

床尾，还是床头？

他猛然看向床尾，光洁如新，他再看向床头，星星点点。他情不自禁地将手电筒从右手换到左手。

凶手是个左撇子，而廖冰是右撇子！

他的全身瞬间过了电，一个最大的反证出现了，但他克制住心中的激动，心里默念：姿势！姿势！姿势……

他转过身子，继续研究那些血迹。他再次举起手电筒，想象斧刃从死者的颈部带起鲜血，甩在身后的墙上。从死者的面部，到他的头顶，再到身后墙面最低的一个血斑，三点一线，凶手的身高不应高于最低的那个斑点。但这个斑点太低了。罗勇用手电筒尾部顶住斑点，光束照向死者的枕头，凶手最多不过一米七，罗勇心里在默算，而廖冰的个子已经有一米八二了。血滴不可能穿过廖冰的身体，射向身后的那面墙！

难道……蒋恒不是廖冰，而是另有其人？

罗勇全身哆嗦着，他抓住了那条即将沉入井底的绳索。

但这些还不够，新的问题还没有被解答，比如，尸体为什么会被挪动？这样做是出于什么目的？

他决定再看看尸体。

大清早，殡仪馆的停尸房内并不消停。工作人员把一具具尸体从柜子里抽出，放上推车，推到追悼厅内供人瞻仰，随后火化。恸哭声、鞭炮声、推车上生锈的小轮与地面的摩擦声在空旷阴冷的房间内回荡。

法医本不是罗勇的专业，但从警二十多年，各种非正常死亡的现场看多了，他也积累了许多经验。他相信，姿势的变化必然会在尸体上留下某种印记，他需要找到这些印记，从而去重现凶手实施犯罪的整个过程。

周宁是市局新分来的法医，是顶替法医老白出差后留下的空缺的，他负责樊静静的尸验。虽然他对鼎鼎大名的罗勇心怀敬意，但是针对罗勇对尸检提出异议还是有些不满，他的不满可以从口罩上露出的眼睛看出来。周宁停在一个柜子前，抽出尸袋，拉下拉链，樊静静的尸体出现在两人面前。

后颈部伤口异常清晰，红与白的对比十分显著，和作案现场一样，随着时间推移，许多印记已经消失，特别是能够反映死亡姿势的尸斑都已不见。罗勇向周宁要了尸体刚被送来时的一沓照片，罗勇一张张地翻阅，直到他翻到死者臀部的那张照片时，他停了下来。

在这张照片中，暗红色的尸斑布满了死者的臀部，明显多于尸体其他部位。为什么会呈现这样的现象？罗勇在脑海里不断模拟着尸体死后被挪动的姿势，直到他想到了一个行为。

“有没有对死者进行X光扫描？”罗勇问周宁。

周宁说：“拍了。”

罗勇又问：“全身X光扫描？”

周宁摇头道：“只拍了伤口部位的。”

罗勇按了按死者的膝关节和髋关节，然后又请周宁进行按压，他在一旁问：“有没有骨折的迹象？”

周宁的脸上出现了疑惑的神色，他说：“髋关节好像有骨折。”

罗勇紧接着问："有没有在尸体阴部提取到精液？"

周宁说："这是例行检查，当然做了，没有精液。"

罗勇摇摇头，觉得有些失望，但他又似乎想通了，当然不会留下这么明显的痕迹。

罗勇又问："有没有保存阴道擦拭的棉签？"

周宁点头道："有，在市局物证鉴定室。"

"再把棉签做一次检测，看看上面有没有玻尿酸的成分。"罗勇道。

周宁问："玻尿酸……是什么东西？"

罗勇解释道："是避孕套上面润滑油的成分。"

周宁点点头，他明白了罗勇的意思，便立刻出门打电话给市局实验室，请他们补这个检测。

看着尸体，罗勇喃喃自语："你还能告诉我些什么呢？"

过了一个小时，罗勇从停尸房出来，坐在了追悼大厅一侧的台阶上，他看着川流不息的人群，还有鞭炮燃起的烟雾，不自觉地眯缝起了眼睛，大脑里组织着他的新发现。

在市局做玻尿酸检测的空当，罗勇又发现了死者脖颈上有一条横向勒痕，如果不认真检查，很容易被忽略。勒痕的红色代表红血球的汇聚，说明它形成在死者生前，这会不会成为樊静静的新死因？

周宁也意识到了问题的严重性，开始给死者颈部做新的解剖。

罗勇看了看手表，送葬的人们已经陆续离开了殡仪馆，他有些焦急了。当他站起身时，周宁从他身后出现了。

周宁严肃道："死者的舌骨出现骨折。"

罗勇赶忙问："是不是被斧头切断的？"

周宁摇摇头，道："是受外力挤压自行断裂的。"

“你怎么看？”罗勇的眼睛亮了，他望着周宁。

周宁低下头说：“之前的死因推论是错误的！死者是遭受绳索勒颈致窒息而死，随后罪犯用砍痕破坏死者颈部，试图遮掩勒颈行为。还有，刚才市局还打来电话，在死者阴道擦拭物上的确检测到了玻尿酸的成分。凶手为什么要这么做？”

罗勇没有回答，他正在将新发现的证据补充到重新构建的犯罪框架中，并得出了另一个不同的推断。他要立刻向潘建民副局长做汇报。

(6)

会议室内，罗勇为潘建民和侦查员们重建了作案过程。

“凶手是在樊静静入睡的时候，打开房门，进入屋内的。他先是用绳索将其勒死，随后强奸，最后用斧子破坏了勒痕，并将斧头丢弃在作案现场附近。支撑上述陈述的证据有：第一，死者舌骨骨折和颈处勒痕证明勒死是直接死因；第二，死者臀部的尸斑显示死者死后的双腿是被抬起来的，体内的血流因重力流向臀部；第三，死者阴部检验出避孕套上玻尿酸的成分……”

罗勇讲得飞快，没有给潘建民、马识途和莫炜插话的机会。

“第一，从血液喷溅方向来看，罪犯是左撇子，但廖冰是右撇子；第二，从血液喷溅高度来看，罪犯的身高不超过一米七，但廖冰身高超过一米八。这可以间接证明凶手另有其人！”

马识途补充道：“从作案手段和动机来看，廖冰不会做出奸尸的事，这种事只会是某些心理变态者所为。根据我们对廖冰的了解，他不像是能做出奸尸这种事情的人。再就是，蒋恒这个名字，我们反复提及，他都没什么反应。帖子里的图片也许是特意PS过，就是让我们以为这个化名蒋恒的人就是廖冰。如果真是这样，我们就犯了大错！”

潘建民想了一会儿，然后开始就罗勇陈述的可信度和马识途、莫炜做了讨论。他们的讨论是谨慎的、片段的，没有涉及是否排除廖冰作案嫌疑的部分，但这又是一个无法绕过去的问题。

沉默间，几人似乎都想起了刚刚举办的破案新闻发布会。

“如果廖冰真的是被蒋恒诬陷的，那么蒋恒看到电视上的新闻发布会，现在岂不是在偷笑？”林玲看着潘局说。

潘建民皱着眉点了根烟，没有说话。

“蒋恒故意将我们引向廖冰，那么他一定是廖冰身边的人。他了解廖冰的生活，并且还知道樊静静是廖冰的前女友。”马识途狐疑地说。

“查！一定要查出来这个蒋恒到底是谁！”罗勇正色道。

“罗教，蒋恒在网上的信息已经查出来了，他的真名叫蒋银权，是我们陵市金权集团董事长蒋金旺的儿子。”莫炜将厚厚的资料丢在罗勇的办公桌上，继续说，“这个蒋银权整天无所事事，说是富二代，其实就如同他父亲蒋金旺的傀儡一般。他们圈内人都知道，在他父亲眼里，他儿子以后就等着每年持股分红就行。据说蒋银权这名字是他父亲在儿子出生前就取好了的，他认定儿子不会做出更大的产业，所以名字中才放了‘银’这个字。在他父亲眼里，银就是银，永远不能成为金子。”

“就算这样，为什么图片中怎么看都是廖冰的样子？甚至能看出他腿有点小毛病。查！接着查！把他带回来问话。”罗勇说。

“蒋银权，樊静静是不是你杀的？”莫炜问。

“当然不是，她死了的新闻我都是在电视上看到的。我还寻思着，这么爱钱的主儿怎么不直播了？”蒋银权说得很冷漠。

“樊静静死的那天，你有没有去过她家？”莫炜问。

“去了，不过我只是去她直播的地方去找她，谁知道她跟吃了枪药一样，把我轰了出来。我是想去尝一尝她的味儿，为什么要杀她？”蒋银权说。

“为什么当时直播的画面突然停止了？你们之间发生了什么？”罗勇问。

“我还没到她家就发现直播画面停了。你问我，我还想知道呢。我到了一看这婊子脸上还有伤，肯定是让谁给打了，弄得我一点胃口都没有了，哪还有心思碰她？”

如果蒋银权说的是真话，那么他应该是在廖冰之后到的。罗勇心里想。

“你有没有和樊静静发生冲突？”莫炜问。

“我跟你说，警察同志，我是什么身份？怎么也算是城中富二代，就她那条贱命，配我动手？你们别跟我开玩笑了！我的律师马上就到。”蒋银权不耐烦地说。

“你认识廖冰吗？”罗勇突然问。

“谁？什么冰？不认识。”

蒋银权不认识廖冰，那为什么帖子里的照片像极了廖冰？想到此，罗勇喊道：“站起来！”

罗勇走到蒋银权的侧面，仔细打量着他。虽然他和廖冰有几分相似，但是两人的身份确有着天壤之别。一个从小含着金汤匙长大，另一个则经常露宿街头，两人是不可能有身世的交集的。

“你的腿怎么弄的？”罗勇问。

“别提了，那天晚上刚从酒店里出来，突然迎面来了一个摩的，撞了我就跑了。那天也巧了，身边没有人，要不然跑不了这小子。不是什么大碍，医生说过几天就好了，就最近走路不太好看。”蒋银权说。

“你觉得……对方是故意的？”罗勇问。

“故意的也不错啊。我爸因为这事儿还关心我来着。就我这照片往网上一放，大家都说我特有范儿。哦，我饿了，不给我吃东西我还就不说了。”蒋银权笑道。

罗勇倚在走廊的门框上寻思着，如果蒋银权不是凶手的话，那凶手会是谁呢？难道这一切都是廖冰放的烟雾弹？

林玲在电脑前翻阅了一整天资料，虽然她还是实习生，可这劲头却不输给组里任何一个男人。

“罗教，我想跟你说一下我这边的进展。”林玲说。

“说。”罗勇回答道。

“罗教，我刚刚上网发现，这种奸尸的案子一般都是变态杀手……”林玲看到罗勇有气无力的样子，心里的狐疑话也只说了一半。

“接着说啊。”罗勇催促道。

“就是……网上的那些奸尸案子，很多都是连环变态杀手，这廖冰不会还有别的什么事儿瞒着吧？”林玲猜测道。

“对。”罗勇拍着手表示同意，但他的手没有放下来，就愣在那里又想到了什么。罗勇立即起身，把林玲一个人丢在那里，冲进了档案室内。

一会儿，罗勇抱着三摞卷宗回到了会议室，卷宗落在桌面的瞬间，灰层也随之扬起。

潘建明走到罗勇身边，看到他的肩在微微发抖。潘建明凑近了看，最上面卷宗的名称一栏写着“陆玉梅被奸杀案”，时间是1998年。

罗勇低声说：“他……又回来了。”

罗勇翻出来的三份档案是陆玉梅被奸杀案、肖倩倩被奸杀案、王爱霞被强奸案。潘建明是老刑侦，他熟悉这三起案件，知道这三起案件的共性——都是先勒颈，杀死被害人，随后实施强奸，也就是所谓的奸尸。只不过最后一起案件受害人侥幸没死。罗勇拿出这三份案宗的原因不言自明，樊静静被害案可能是这个系列中最新的一起。

罗勇对潘建明说："我要重新查这三个案子。"

潘建明还处在惊愕中，半晌，他才说："你知道你推翻樊静静案子的那些结论，会让你陷入一个更深的黑洞中。"

罗勇淡淡地说："我只是做我该做的。虽然这次案件比之前复杂，但是我看到了它们之间相似的核心。"

(7)

这是一次追溯记忆的旅途，充斥了血腥与恐怖。

罗勇来到陆玉梅被奸杀案的发案现场。这里是泄洪区，不发大水的年头，当地的农民就种上农作物。十多年过去了，农田依然保存着原貌，一条条田埂在植株中若隐若现，并向淮河岸边蔓延。

罗勇走上田埂，想着在春节将来临的一天，这位叫陆玉梅的七旬寡居老妇，拎着编织袋，来到淮河岸边捡垃圾的情景。她捡了满满一袋，然后在往回走的路上，遇到了那个终结她生命的人。这个人把老妇打倒在地，然后把她拖到了灌溉大沟边，用铁链将她勒死，随后又褪去了她下身的棉裤，将她强奸。老妇的家人是在正月初二才报的案，大女儿回娘家，找不到母亲，便到处寻找，终于在这个水沟边找到了下身赤裸的母亲。

寒冷的冻土凝结了一枚清晰的指纹和两个并排的泥窝，罗勇能够想象出嫌疑人双手撑地，跪在死者的双腿间实施的暴行。那时候并没有DNA检验技术，也没有提取到嫌疑人的体液，而提取到的那枚大拇指指纹印到现在还未在系统里比对出来。换句话说，这个人从来就没被公安机关抓获过。时至今日，指纹印和泥窝都已经不见了，事实上，罗勇都不确定哪一段是发现死者的具体位置。

第一起案件好歹留下枚指纹，还有些盼头，但挨到中午，当罗勇开车来到矿区边上的和平村，一种茫然感开始涌了上来。这里即将面临拆迁，许多住户已经离开了陈旧的连排瓦房，留下许多正在腐败的印记贴在油滑的墙面上。罗勇在狭窄的巷道里走着，偶尔侧过头，透过玻璃看瓦房内的家具陈设，试图找寻当年死去的那个小女孩肖倩倩的家。罗勇走到一个巷子的尽头，又钻进了另一个巷子，他总觉得自己没有找错方向，但临近了，却又发现的确是走错了巷子。

这是一片迷宫般的棚户区，罗勇抬起头，靠着那座矸子山来辨明方向。那座矸子山没有变高也没有变矮。那些曾经躺在几百米地下的石料被人掘出地面，堆放在一起，日积月累，形成了一座山。有的人被杀了，尸体会被埋到地下，或沉入水底，但肖倩倩的尸体，却被埋在了矸子山的半山腰上，俯瞰了这片棚户区三年多，直到2006年，一个拾荒人在矸子山下刨垃圾时，引发了一场垮塌，这具十岁女孩的尸体才被发现，到了那时，公安局才把肖倩倩的状态从失踪更改为死亡。

女孩的尸体被发现时已经呈白骨化，但即使如此，法医们还是确定了女孩死于勒住颈部造成的窒息，同时发现女孩有被性侵的迹象。

罗勇还试图发现嫌疑人留下的其他信息，但经过三年时间，肖倩倩的父母已经习惯于女儿失踪的消息了，当他们得知女儿的死讯后，签了一套手续，简单敛了尸，送去火葬场烧成一把骨灰，一些证据也随之灰飞烟灭，罗勇就没再过问这个案子的进程。

罗勇在这片棚户区盘桓了许久，却终究没有找到肖倩倩的父母，大概他们已经随着小煤窑的关闭而搬离了这片棚户区。

时间又往前推进到2011年，一个夏日的午夜。在歌吧上班的王莉莉回到独居的出租屋，打开房门，手指伸向电灯开关的那一刻，一根绳子从身后勒住了她的脖子。她试图喊叫，但是她发不出任何声音。她挣扎着，摇晃的身体撞翻了出租屋里的许多物品，但绳子越勒越紧，然后她见抵抗没有效果，就索性主动停止了抵抗，不一会儿她失去了对外界的感知能力。在接下来的十分钟内，她被性侵了。然后，或许是来自第三者的意外干扰，让沉默的勒颈者中断了犯罪，他从出租屋的窗子跳了出去，消失在黑夜之中。

王莉莉没有死，也许是因为她主动放弃抵抗迷惑了那个勒颈者，又或是第三者的意外干扰让勒颈者放弃了杀戮，王莉莉总归是活了下来。王莉莉没有报警，她是一个吸毒成瘾的女孩，她既是勒颈案中的受害人，又是警察禁毒打击的对象，她不想经历两年的强制隔离戒毒，所以这么一起案件直到一年后王莉莉因为吸毒被禁毒部门抓获，才被提及，而随着时间的推移，罗勇也不可能在作案现场提取到任何有价值的线索。

罗勇也来到王莉莉曾经租住的出租屋，他到现在才发现，这个出租屋竟然距离樊静静被害的房间同属于一片居住区，两者直线距离不过一百米。罗勇伫立在这间出租房外，他能听到房间里传出嬉闹声，大概是某个小孩正坐在电视机前看动画片。孩子一定不知道这个房间里曾经演绎的罪恶吧。罗勇信步往前走，夕阳的余晖洒在褪了色的红砖墙面上，呈现出一种古铜般的色彩，一切都在变老与退化，包括作案现场、腐朽的尸体、消失的证据、痛苦的记忆，以及即将迈入五十岁的罗勇自己，一股无力感笼罩了他。

潘建明至始至终都是皱着眉头听罗勇的讲述，手里的烟也是一根接一根没断过。事实上，他的记忆要比罗勇的讲述更加鲜活，因为他也参与了这三起案件的侦办。

陈述完案情，罗勇说出了他最大的疑惑，也是最大的担忧——樊静静被杀一案和前三起案件有高度的相似，因此，有没有可能廖冰不是真正的罪犯？蒋银权是被人连环设计进来的？这个一直隐藏起来的真凶现在想干什么？

潘建明喊了莫炜的名字，让他分析一下凶手的手法和心态。

莫炜边想边说："这三起案件，每一起间隔都在四年到五年，且通过指纹检索未发现凶手留过案底，说明他具有很强的自我控制能力，这是第一点。第二点，从第一起案件，老太太被杀一案，现场遗留下未被妥善处理的尸体和嫌疑人的指纹，到第二起案件，被杀的小女孩被掩埋到不易被发现的矸子山，再到第三起案件，罪犯提前隐藏在独居的王莉莉家，直至樊静静被杀案中，凶手用斧子劈砍掩盖勒颈痕迹，这都说明凶手具有越来越强的反侦查能力，知道该怎样隐藏和销毁证据。第三点，罪犯对被害人有充分的研究，知道即便失手，王莉莉因为吸毒也不敢报案，也知道樊静静被杀，警方会立刻将矛盾点指向与之有冲突的廖冰，说明他在动手前做了大量的准备工作。第四点，也是我们都能看到的，凶手非常残忍，他漠视生命，他选择用勒颈这种方式来杀死被害者，可能就是为了享受杀人过程带给他的快感，这样心理扭曲的连环杀手是一定还会作案的！"

罗勇接过话头道："就像莫炜说的，凶手在作案前做了大量准备工作，那么假定他是樊静静被害案的真凶，他不但了解廖冰和樊静静两人的活动轨迹、生活习性，甚至还精巧地设计了一个局中局，让蒋银权来李代桃僵。如果真是这样，那现场提取到的不利于廖冰的证据，便都有可能是故意安放好的，留待警方去寻找的，只不过，他漏掉了显示自己是左撇子及身高的一些不易被察觉的痕迹。”

马识途插话道：“从作案手法上看，廖冰是不会做出先杀后奸的行为的。从作案动机上看，像蒋银权这样的纨绔子弟，不会因为得不到一个网红就杀了她。”

潘建明听完了三人的陈述，狠狠抽了口烟，仿佛在下很大的决心，然后把烟蒂拧灭在烟灰缸里，很笃定地说：“虽然你们指出的这些作案手段都是主观分析，但的确很有说服力，特别是新发布的尸体检验和现场勘验报告，为樊静静被杀案提供了另一种解读。从疑罪从无的角度来看，我想廖冰涉案的嫌疑出现了动摇，法院不一定会判他有罪，这也就意味着，我们前期的侦查可能是错误的，我们办了冤假错案，是要被追究的。”

罗勇说：“案件是我办的，我愿意承担所有的责任。”

潘建明说：“那我还主持了破案的新闻发布会呢。”

罗勇哑然了。

潘建明接着说：“但是我们办案是以事实为依据，以法律为准绳，如果真是办错了案，那我们就要有勇气去承认，更何况樊静静的案件有可能为前三起积案打开突破口。我们现在就要让凶手去显影，但这很困难，因为他具有很强的反侦查意识，对公安机关的行动和技术了如指掌。”

罗勇思考了一下，说：“不如我们触动他一下，让他主动现身，留下更多的证据。”

潘建明问：“如何触动？”

罗勇说：“这样，我们再开一个新闻发布会，对外公布重启这三起杀人强奸案件的调查，特别申明我们找到了能锁定嫌疑人的关键证据，让这个真凶不安、躁动，逼他来验证关键证据是什么。”

潘建明问：“那你说，关键证据是什么？”

罗勇说："这可能是一个笔录，或是一份痕迹，或是一份视频，这个我正在想，总归是引诱真凶通过某种路径来查看这证据，我们沿着真凶来路反查他的身份。"

莫炜提议道："不如对外就说廖冰在看守所内写了份举报材料，声称见过这三起案件中的犯罪嫌疑人，还能认出真凶，他想立功逃避死刑，但他还没有与办案人员讲出凶手的身份，就实施了自杀。"

潘建明说："这样说不通，他既然是想逃避死刑，为什么还会去自杀？"

马识途接过话头道："可以不说他是自杀，就说是在看守所里和人斗殴造成了重伤。"

罗勇插话道："这会让本来就生命垂危的廖冰陷入更大的危险中，凶手可能会杀人灭口。"

潘建明沉默了一会儿，然后一拍桌子，说："舍不得孩子套不着狼。"

众人瞪大了眼。

潘建明接着说："每天看守廖冰的是四个人，从明天起就留一个！外松内紧，睁大眼睛，我要看嫌疑人到底露不露面。"

出了刑警队院子，罗勇并没有立即回家，而是信马由缰地走在华灯初上的街道上，不觉间来到了廖冰入住的医院。或许在潜意识中，罗勇是想来看看廖冰。

廖冰是听不见的，他和死神的斗争尚未结束，还在昏迷中。罗勇用手抚了抚廖冰的额头，脑海里纠缠着罪案现场和廖冰以前的种种画面，然后他从病房里退出，看到一个二十岁出头的刑警守在门外，抱着一本侦探小说在看，罗勇要他注意安全，小伙子点了点头。

这些负责看守的警察都是潘建明和罗勇逐一审核后定下来的。他和潘局长都有一个预感，这个案件的真凶就在身边，甚至就隐藏在公安局内部。所以为了保险起见，他们只选用了这个小伙子来看守廖冰。因为这小伙子倒推到第一起案发时，才四五岁，那是一个不可能作案的年龄。

就要进入新的侦查状态了，回到家的罗勇反倒好好睡了一觉。

(8)

第二天，真正的较量开始了。

潘建民邀请了各路媒体记者又开了一场新闻发布会，宣布开始重新调查“1998.2.2陆玉梅被杀案”。

作为该案专案组组长的罗勇介绍道：“樊静静被害案的犯罪嫌疑人廖冰愿意帮助公安局抓获陆玉梅案的真凶，且已经提供了部分证据，存储在他笔记本电脑内。更多的关键证据待廖冰康复后会向公安部门透露。”

这时，有记者提问：“廖冰为什么会和警方合作？”

潘建民回答：“他希望能够通过重大立功表现来免去死刑。”

另一名记者提问：“廖冰为什么会受重伤？现在伤情如何？”

潘建民回答：“因为在看守所内和别人发生斗殴，现在伤情稳定，但还未苏醒。”

还有记者提问：“廖冰提供了的部分证据是什么？”

潘建民正色道：“这部分证据存储在罗勇教导员的笔记本电脑内，对外保密。”

……

一场新闻发布会下来，潘建民和罗勇都汗透全身。

马识途和莫炜没有参加这次新闻发布会，如果说罗勇的专案组是螳螂，他俩就是黄雀。他们从樊静静被杀的当晚开始，逆时往前推，试图发现那个一直在樊静静与廖冰身边的影子。他们查看了案发中午歌吧的视频，有争吵的廖冰和樊静静，有来劝架的歌吧保安，有出警的警察，有围观的人群。他们俩暗自做着这些人员身份的核查工作，将他们逐个与凶手的人物刻画做比较：左撇子，身高一米六五到一米七，有悲惨童年，无前科，熟悉公安业务。

这是一项很艰难也很烦琐的工作，有如竹篮打水，即便再缜密，都会有人被遗漏掉，他们只希望被遗漏的人中不会有那个影子凶手。

诱饵已经投入平静的湖面，荡起的微波在一圈圈向外扩散。三天已经过去了，罗勇觉得那个影子应该已经接收到了警方释放的信号，他等待着，等待任何痕迹能够留在那台存储了所谓部分证据的笔记本电脑上，他还给这台不让外人触碰的电脑拍了照。

第四天，刑警队所在的街道整体停电，办公室内的工作做不了，侦查员们就到街上寻找各种犯罪线索。罗勇也把一直敞开的办公室门锁上了，他打算到医院陪一陪正在康复的廖冰。

到了晚上，罗勇回到办公室，拧开门锁，打开灯，光亮充满了房间，终于来电了。罗勇来到电脑前，用强光手电照亮鼠标，上面没有新的指纹痕迹，罗勇有些失望。他打开电脑电源键，便转身擦了把脸，待到屏幕亮起，罗勇的手掌即将碰到鼠标时，他突然愣住了，这台一直连着电源线的电脑竟然显示电量只有84%，它在充电！

一定是有人动了这台电脑！罗勇打开手机照片，像是玩找不同游戏一样，比对着手机里的鼠标照片和现在的鼠标，罗勇找到了不同之处——照片里，鼠标下的鼠标垫中央是一个龙头，喷火的眼睛狰狞着，但此刻，这只眼睛被遮挡住了。

所有的一切，没有留下指纹的鼠标，没有被破坏的办公室门锁，断了电的单位视频监控……尽管依然是捕风捉影，但这个影子已经越来越具化。那份印有看守所公章的举报文书相信凶手已经读过，但那实际上是警方的模糊推理，也正如警方对外公布的那样，真正关键的信息要等廖冰康复后才能知道。那么，必须要时刻关注廖冰的人身安全了。

此刻的廖冰还躺在医院的病床上，虽然已经醒来，却极度虚弱。他平静地听完了来探望的罗勇对案情反转的介绍，沉默了一会儿，然后说："你还是没有放弃我。"

"我差点就犯了大错。"罗勇低下头。

廖冰说："不会影响你这次提拔刑警大队长吧？"

罗勇摇摇头道："我只要等你来到我手下当一名合格的警校实习生。"

廖冰又抬了抬胳膊说："那我都不是犯罪嫌疑人了，怎么还给我上铐子啊？"

罗勇解释道："毕竟我们对外还是说你是嫌疑人，而且你掌握了能够指认连续杀人强奸案的证据，所以你现在还要配合我们演下去。"

廖冰点点头，表示理解。

"你现在要睁大眼睛，虽然有外围的保护，但是凶手还是有可能会出现在你身边，你要机敏些。"罗勇掏出一把手铐钥匙塞给廖冰。

廖冰说："放心，我也是几进宫的人，我能保护好我自己。"

罗勇站起身，准备离开房间，廖冰却又说："我似乎和这个真凶有些心有灵犀。"

罗勇停下脚步，等着他接下来的发言。

廖冰说："小的时候，我爸妈相继离我而去，我便经常在外面偷东西。后来奶奶把我带到农村看管我，但她年龄大了，还要出去干活，所以为了不让我出去偷，她用链子把我的脖子拴住，另一头锁在家里的大桌子上，不放我出去，只给我面前放上吃的，一拴就是一天。有的小朋友知道我被拴着，还跑到窗边来看我。我那时候真的非常恨我奶奶，我甚至有种冲动，想用链子勒她，以至于我的这种恨迁移到了附近的其他老年妇女身上，我会经常拿石子去砸她们。后来有一天，我挣脱了那条链子，将奶奶家砸了个稀巴烂，然后就彻底地离开了那里，再也没回去过。但那种恨，我到现在还能记得住。”廖冰直视着罗勇的眼睛。

罗勇道：“这让我想到了你把你叔叔打成重伤那一次。”

廖冰说：“是啊，要不是他用链子绑我，我还不一定会把他打成那样。”

罗勇说：“你克制住了把他杀了的冲动，但是那个藏在背后的凶手没有。”

“我想他一定是一个和我一样的人，一个被绳子拴住的人，一个童年充满了愤恨的人。”廖冰小声道。

(9)

从医院出来后，罗勇一直在想着廖冰的话，童年、老妇、链子、仇恨，这些词语在罗勇的脑海里构成了一个四边形，将嫌疑人给圈进了这个范围。罗勇想起在第一起案发后，他们怀疑是成年男性所为，因此提取了周边几个村子全部成年男性的指纹，但如今照廖冰的分析，犯下那惊天罪恶的有可能只是一个孩子，一个因为陋习而被铁链拴住的男孩。

罗勇开车回到了第一起案发时的那个村子，找到了村里的老村主任，让老村主任回忆村里是否曾经有这么一个男孩。老村主任翻开村民名册，手指在一家一家的户名上扫过，最终停在了一个只有两个住户的户名上。

老村主任带着罗勇来到这个茅草为顶的趴趴屋前。老村主任指着破败的木门说："就是这户，许多年都不住人了。十几年前，老婆子和她的孙子住在这里，老婆子的儿子在码头争采砂的时候被人捅死了，儿媳妇也改嫁了，就剩这一老一小住在里面。"

罗勇推开门，打开手电进到屋内。手电射出的光柱在发霉的墙壁上扫过，墙上的日历、衣架都笼罩在蛛网中。

老村主任还在说："老婆子下地干活，留小孙子一个人在屋里。小孙子有时候饿，就跑到河里的渔民船上偷吃的。老婆子发现了，就用链子把他锁在屋子里，不让他出来。又过了几年，老婆子在床上一口气没上来，死在家里了，那个小孙子也就离家了，当时据说是出去找他妈去了。老婆子的后事还是村里面办的。"

罗勇问："老婆子是哪年死的？"

"一九九八年冬天。"

正好是第一起案发的那一年，罗勇心里道。

罗勇的手电筒扫过另一面墙，发现上面挂着一串生锈的细铁链。罗勇的手指触摸陈旧的铁锈，想着它曾经发挥的作用。而老村主任则掀开一块压在桌子上的玻璃，抽出张单人照片递给罗勇。画面中，一个小男孩站在照相馆里，目光呆滞，他的身后是桂林山水的图画。罗勇翻过照片，看到后面的圆珠笔迹——查金鹏。

查金鹏，查金鹏，查金鹏……罗勇在脑海里搜索着这个名字，他似乎听过这个姓，一声声"小查"，"小查"的呼唤似乎从记忆深处冒了出来。一定有人在他面前这么喊过，但那是什么样的时间和场合？罗勇一下子断了线。

就在这个时候，老村主任说出了接上线头的一句话："前段时间我进城，好像见到了这个小查，背着一个电工袋。”

是的，小查，电工，就是他。一瞬间，所有碎片化的东西都联系了起来。这个姓查的不仅是公安局聘用的电工，还负责给公安局安网线。他背着电工包，自由出入于辖区所有的派出所和刑警队，不会引起任何警察的注意。他也能够在几乎隐身的状态下，借着停电进到罗勇的办公室，打开那个存着炮制证据的笔记本电脑。

他给负责后勤的民警打了个电话，让他回想小查的体貌特征，一切都和预判符合——一米七、左撇子。对方还说了一个细节，这个姓查的很会绑人，经常帮助派出所绑那些醉酒的人或精神病人。

罗勇挂了电话，不由自主地又看了一眼挂在墙上的铁链。他在心里默默说道，是该把你绳之以法了。

就在这时，罗勇的对讲机响了。守卫廖冰的民警向指挥中心报备说：“医院廖冰入住的那层楼突然停电，电工正在检修。”

罗勇马上道：“注意警惕，一定注意，不要离开病房！”

对讲机那边久久没有动静。罗勇拨通了看守民警的电话，也没人接。罗勇的心猛地一沉，他从房间里迅速奔出，开车往医院赶。

他赶到医院楼下时，第十层楼的备用电源已经开启，一扇扇窗户透出了光亮。就在窗户与窗户连接的水泥外沿，一个穿着条纹病服的男人正贴着墙壁爬行，他的脚尖外就是三四十米的深渊，他昂着脑袋，忍住不看脚下的深渊。另一边，一个脑袋从窗口伸出，用警棍试图戳那个绝壁上的男人。

罗勇冲进了大厅，电梯还要等待，他从楼梯间往上飞奔。马识途的声音从对讲机中传出：“老罗，我和莫炜到医院楼下了，你在哪里？”罗勇没时间理会。

罗勇终于冲到了十楼，他的心脏也濒临破裂。他跑到病房外，门是开着的，发现看守的年轻民警倒在病床边，对讲机掉落在地上，马识途的声音还在继续从对讲机中传出，除此之外，房间里并没有其他人。罗勇扒着窗台，看到了依然在水泥沿上颤抖的廖冰。罗勇伸出了手，对他说：“别怕，过来。”

廖冰看到了罗勇的脸，带着哭腔喊道：“老罗啊，你终于来了！”然后瘸着腿，一步步往窗台靠近。在攥住了廖冰胳膊的那一瞬，罗勇用力把他拖回了病房内。

罗勇又去检查看守的民警，他耳后有电击的痕迹，但呼吸平稳，应该无大碍。罗勇又往他的腰间看，枪套里面的手枪没有了。

廖冰喘着粗气说：“他刚从病房里跑出去，戴了一顶灰色帽子。”

罗勇“嗯”了一声，冲出了病房。

刚好到达的电梯载着罗勇回到一楼，这期间有人想出电梯，都被罗勇拦下。到了大厅，罗勇目光扫过攒动的人群，一个穿着蓝色工装、戴着鸭舌帽的矮个子男人进入了他的视线。罗勇快步赶了上去，而男人则穿过马路，带着罗勇进入到一片堆放建筑材料的草丛中。

男人的身影和灰暗融为一体，消失在罗勇的视线中。罗勇只能一步步往前搜索，他转过一个个集装箱，又检查了一个个水泥管，都没有发现鸭舌帽男人的身影。城市的各种喧嚣在这片空地上汇聚在一起，冲击着罗勇的耳膜，而经过剧烈奔跑后的心脏则在一次次敲打着他的神经。罗勇能够感受到自己握枪的手在发抖。

就在他绕过一处水洼后，从荒草中突然蹿出一个影子，扑向罗勇的后背。罗勇被电击得全身剧烈颤抖，跌落在水洼中。他艰难地转过身，看到正在俯视他的那个鸭舌帽男人。罗勇咬着牙说出三个字：“查金鹏！”

这男人笑了笑，道：“很厉害，这么快就找到我了。我告诉你们，什么狗屁网红就是妓女，廖冰就是个窝囊废，蒋恒更是个废物，他们都该死！这女人只能是我的！”然后举起手枪。

这时，一束强光从远处射来，随着一声枪响，这男人全身一抖。他试图转身看身后，紧接着又是一枪袭来，抵在他的后脑，血雾喷溅在风中，他的身体软软倒下。

马识途出现在罗勇面前。罗勇看看马识途，又看看那强光手电光束射来的方向，那是廖冰病房的窗口。

（10）

这之后的一个月，罗勇也入住了廖冰所在的这家医院，廖冰还经常到罗勇的病房看望他。此外，廖冰还动了个小手术，将之前导致跛足的骨缝中的一块残片给去除了，不久就可以正常行走。两个人享受着难得的闲暇时光。

马识途却没有闲着，他验证了被击毙的男人就是查金鹏，他还将查金鹏的指纹和第一次案发现场的指纹做了匹配，有99.98%的匹配度。此外，马识途还从查金鹏的住处搜到了廖冰的一双鞋。很明显，他在案发前盗窃了廖冰的鞋子和斧头。还在他的住所发现了一辆摩的，经过调查，可以断定这辆摩的撞过蒋银权。在查金鹏的手机里，发现他在贴吧里面早就和蒋银权认识。据蒋银权后来交代，确实有一个男粉丝非常崇拜他，还帮他管理贴吧，网上的照片也都让这个男粉丝参与了修改。虽然涉及肖倩倩和王莉莉的案件证据没有被找到，但大家也都基本认定这是查金鹏所为。

此外，检察院撤销了对廖冰的批捕决定，公安局同时宣布对廖冰终止侦查。

以上内容都在新闻发布会上由潘建民副局长对社会公开，但这次发布会取消了记者提问环节。

破获了系列恶性案件，罗勇和马识途被分别授予了三等功，罗勇也被提拔为蚂蝗刑警队的队长。当然，这都是后话了。

廖冰本应在罗勇前一天出院，但他却多等了罗勇一天。

那是一个晴朗的天气，办好出院手续，罗勇伸了个懒腰，说："一个月不工作，真的都不想回去上班了。"

廖冰拍了拍罗勇的背说："老罗，年龄大了，懈怠了？"

罗勇笑着摇摇头道："这次你救了我，谢谢你。"

"你救了我许多次，我得还你一次。"廖冰还是戏谑的表情。

罗勇正色道："正好，你就要到蚂蝗刑警队实习了。"

廖冰沉默一下。

罗勇笑道："子承父业嘛。"

"但是我爸……"廖冰在迟疑。

罗勇正色道："你父亲的案子还没有定论，他只是失踪，一切传出来的都是流言，还没有证据去证实或证伪。"

廖冰面色严肃地点了点头。

深夜，廖冰在床上翻了个身，看了看墙角衣架上挂着的那套警服，警衔只有一道拐。案头那一沓厚厚的卷宗是父亲廖海波消失前办理的最后一个卷宗。

第二章

二十四小时

案发0时 北京时间清晨6：10

生死有时候只是一闪念的事儿，这话不假。

在我的肩膀真切感到菜刀砍来的疼痛后，我没有选择逃向家里，而是拼命向着巷子外面跑。可那表面看似宽广的所在，隐藏着更大的凶险。

劫数，我终究还是倒在了巷口，虽然我已经看见那些大清早扫马路的环卫工人穿的反光背心。穿过被我跌落躯体激起的灰尘，我望向那些陌生奔跑的背影，我想大声喊——抓住他们！可是我已经喊不出来了。

我似乎听到了警笛的声音，脑子里最后的闪念闪过——劫数和结束听起来竟是一个音调……

案发后40分钟 北京时间清晨6：50

站在巷口，蚂蝗刑警队一探组探长马识途环顾四周。警戒线外簇拥着探寻的群众，居民楼上还有许多探寻的脑袋。在这众多脑袋发出的低频嗡嗡中，还夹杂了楼里传出的号哭，这应该属于死者家属的悲恸。

匍匐在巷口的那具尸体位于警戒圈的中央，是所有目光聚焦的中心，二探组的法医林玲正在尸体前忙乎着。那个躺在地上的男人已经被医生判定为死亡。一探组的探员廖冰则在死者家中询问情况。

马识途的双眼像山崖边的鹰隼，在一个抽离的空间里，冷冷看待这一起杀人案件。他的目光突然扫过围观人群，真凶或许正隐匿其中——罪犯重回作案现场的事情也不是没发生过，不过他随即打消了怀疑，因为那些眼睛没有恐惧与躲闪，除了一个人，二探组的探长莫炜，他正独狼般地在人群中游走，用嗅觉去感知蛛丝马迹。

尸体左侧横着一个水泥管，很大，里面可以蹲两三个人。马识途蹲在了水泥管边上，向巷子里张望，想象罪犯或许在不久前也这么张望过。水泥管里有六个烟头，很新鲜，黑松牌的，像是刚被丢弃。其中有两根长烟头，只吸到一半，剩下四个都只剩烟屁股。

他抬起手腕，看了看表，6:50，考虑到血渍还没全干，死亡时间应该不超过一个小时。

马识途趋步向前凑到林玲边上问：“怎么样？”

“应该是一次有预谋的伏击。死者一共有三处刀伤，分别是右锁骨前侧的一处劈砍伤和右手掌心的一处劈砍伤，从伤口切面判断，应该是菜刀一类的锐器造成的。这两处刀伤不致命，致命的是右边大腿内侧的一处捅伤，应该是匕首造成的，捅到大动脉了。死者的血迹最初出现在二单元的楼道口，呈滴落状，一直延伸到巷口，才出现大量喷射血液。死者的裤子全都浸湿了，大动脉被捅破后没有及时止血，几分钟就没命了。”林玲的声音冷静、克制，透出与年龄不符的成熟。

“那照你所说，死者是在巷内遭遇了凶手，先被菜刀砍到肩膀，然后用手防卫，又被菜刀砍到了手掌，然后逃跑，逃跑到巷口，又被人用匕首捅穿了大动脉。”马识途用手比画着。

“是的。”

“有两把凶器，一把砍刀，一把匕首。”马识途眉头紧皱。

林玲补充道：“作案者应该有两到三个人，其中有一个左撇子。”

“怎么说？”

“从死者肩膀的刀伤看出来的，伤口是斜向左下方。”林玲用手代刀，斜着向马识途的右肩膀比画，“只有用左手才能砍出这样的效果。”

马识途点头，接着问道：“死者身上的财物呢？”

“都在。”

马识途嘱咐道：“水泥管里的烟头你应该提取一下。”

林玲说：“我也注意到了，那两根只吸了一半的烟头很有特色，让我想起一个人。”

“谁？”马识途很好奇。

“潘局长，他吸烟只吸一半，剩下的一半都丢了。他说剩下的一半里尼古丁成分高，很多人都有这个习惯。”林玲的大眼睛扑闪一下，露出一丝狡黠。

马识途嘴角微微一笑，又正色道：“看来罪犯中有一个惜命的家伙。”

正说着，分管刑侦的潘建民副局长和刑警大队长罗勇也一道来了，林玲把现场勘查向他俩做了汇报。刚汇报完，询问完死者家属的廖冰也从楼上下来了。潘局长看到廖冰浑身上下的装束皱了皱眉，林玲把马尾一甩，露出一丝不屑，罗勇则摆出他惯常老好人式的嘿嘿笑。

廖冰倒是无畏地走到这群领导面前，开口就抱怨：“死者家人真是的，我给他们警官证看，竟然说是假的。”的确，这个趿拉着拖鞋，寒冬腊月套了件开襟马甲的小伙子怎么看也不像警察，倒更像是凶手。

发现现场出现了令人尴尬的沉默，罗勇就把廖冰往怀里拉了一把，打圆场说："说说你走访的情况。"

廖冰掰开手指头，像是数数一样开始说："死者名叫秦克军，四十三岁，现在辛庄孜煤矿工作，是采煤队队长，6:10分出门，要在6:30赶到单位，带早班工人下井。"

6:10，一个时间点被标记了下来。

廖冰接着讲："死者的家属并没有听到异常动静，其他住户也没听到呼救声，更没有反映看到了什么。毕竟早上那个点，天还没亮。但是死者的老婆反映了一个矛盾点，死者在昨晚反映和队里一个工人差点打架，但被人拉住了。死者老婆还说，那个要打架的工人蹲过劳改，在队里不服管，当然这也是死者告诉她的。"

潘局长突然问："你的笔记本呢？"

"都记在这儿呢。"廖冰指了指脑袋。

潘局长冷眼看向廖冰的师傅马识途，老马恼火地低下脑袋。

潘局长接着问："你刚才说有矛盾的地方，是什么？"

"死者隔壁正好住了同队的工人，中班下班后在家睡觉。我询问了那个工人，那工人反映的确有个工人因为在井下偷偷睡觉，被秦克军骂了几句。被骂的工人不服气，对骂了几句两人要动手，在开打前被人拉开了。那个工人当时撂了句要搞死秦克军的狠话。"

"那工人叫什么？"潘局长问。

"尹宝昌。"

"宝昌？"罗勇队长冒了句。

"你认识？"潘建民问。

"这人前几年因为强奸被判了几年，去年刚放出来。"罗勇说。

“我的一个线人说他可能涉嫌吸毒贩毒。”一个声音从外围传过来，莫炜从人群中游走了回来。

“尹宝昌今天上什么班？”潘建民问。

“中班。那个工人和尹宝昌是一个班。”廖冰说。

潘建民合上笔记本，问罗勇：“你怎么看？”

罗勇说：“死者身上财物还在，不像抢劫，更像是仇杀。罪犯知道死者上早班的时间，知道死者的住址，再加上廖冰反映的冲突，可以传唤尹宝昌到队里审一下。如果真是他作的案，那么顺藤摸瓜，便能找到他的那些同伙。如果不是他作的案，那按照莫探长的线索，审一审吸贩毒的事，也会有收获。”

潘建民点头，认可了罗勇的分析，开始布置任务：“马识途带廖冰去找尹宝昌，多带几个人去；莫炜去调取周边视频监控，再多走访附近的群众，看有没有目击证人；林玲盯着市局技术部门，看有没有可以比对上的微量物证。罗队长，你把刑警队的所有侦查员都召回来，在队里面待命。”

潘建民抬腕看表，距离案发已经过去了一个小时，要把握好命案侦破二十四小时的黄金抓捕时间，赶紧行动。

马识途点上一根烟，因为空腹，烟气进到胃里，让他打了个嗝。再过一会儿，尸体就会被运走，警戒线会被撤掉，地上的血液也会被清洗，无关此案的人陆续开始了一天的生活与工作。

尸体边上那个便衣警察向人群环视时，奎子将目光迎了上去，他的眼神里满是好奇与兴奋。警察的目光很快掠了过去，奎子却又多看了他两眼，他把这个警察的脸印在了脑子里。

奎子有重回作案现场的习惯。一个小时前，当他在巷口与同伙分手，他立即步行回到租住的房子，带上两万块钱和一把被锯短了的猎枪，回到了案发现场。他想确认那个连名字都不知道的男人是不是已经死透，更想看一看他在接下来要对付的警察都长什么样。

他的观察虽有收获，却令人不安：警方提取到了水泥管里面的烟头，其中的一个还残留着他的唾液，他的DNA因为前次犯罪，早已进入了警方的数据库里。

还有多少时间？一天还是两天？奎子思忖着。奎子知道他需要尽快离开这个城市，但在逃跑前，他需要做更多的准备，否则是跑不远的。

奎子悄然从人群中离开，打了一个摩的，往河下游驶去。那里还有人在等着他。

案发后1小时 北京时间清晨7:10

马识途将车停在棚户区外，只身一人钻进了棚户区的巷道内。这里的各种私搭乱建形成了一个道路与天线交汇的迷宫。老马这样的老警走了一段也迷了路。廖冰爬上一堵矮墙，张望一番，找到了目标四合院。

老马皮笑肉不笑地说了一句："爬墙本事不错。"

廖冰也嬉笑道："那当然，不会爬墙会被堵到死胡同里打得嗷嗷叫的。"说完他摇头晃脑地往巷子深处钻。

一行人来到那个三层小楼，一连串的高跟鞋声越来越近，马识途看过去，一个女人便转身要跑。女人没跑几步便让马识途追上了，被攥住了胳膊。原来是阿美，上个月因为吸毒刚被马识途抓了一次，治安拘留十四天。

见阿美要喊，马识途捂住了她的嘴，道："你跑什么？又不抓你。"

阿美笑道："老鼠见到猫，跑惯了。"

马识途问："你又溜冰了？"

阿美没说话。

马识途问："你住拐头那个院子？"

阿美还是不说话。

马识途让两个辅警把住了巷子的两个出口，廖冰则靠墙点了一支烟。马识途把手机拿给阿美，说："认识他吗？"

阿美看了一眼，说道："原来你不是来抓我的。"

马识途说："我也可以把你给抓走，因为你又吸毒了。"

阿美小腿一弯，恳求道："马探长，求你了，你可别抓我了，我真的改好了。"

"哈！改没改好回去尿一泡就验出来了。"廖冰的声音还是嬉笑的。

阿美急得说不出话。

马识途继续说："你先告诉我这个人住哪儿吧。"

阿美想了想，说："我可以告诉你他住哪，但你别抓我。"

马识途说："你有和我讨价还价的余地吗？"

阿美咬咬嘴唇说："好吧，我表现好点，这人叫宝昌，我男朋友，就住那个院子里。"

"哪个门？"

"二楼西边最后一个门。"

"他现在在屋里吗？"

"在屋里睡觉。"

"房间里面几个人？"

"就他一个人。"

"你怎么确定？"

"我刚刚从房间出来，到歌吧去拿落在那里的手机去了。"

马识途看着阿美的眼睛，眼神带着逼问的力量。

阿美小腿打弯："马警官，你就相信我吧，我干吗和你说谎呢？"

马识途突然问："他果真是你男朋友？"

"我……我男朋友多了。"阿美哼笑。

马识途也跟着嘿嘿一笑，然后说："把钥匙给我。"

阿美从小包里掏出一把钥匙，交给了马识途。马识途留了一个辅警将阿美带上了面包车，又让另一名辅警守在尹宝昌住的院子后墙。一个房东样子的大婶从门房出来，马识途做了个嘘的手势，廖冰则把警官证在她的眼前晃了一下。大婶识时务，没说什么，直接离开了。

两人压着步子，来到二楼西边最后一扇门前。马识途从枪套里抽出手枪，向廖冰点点头。廖冰把钥匙插入了锁眼，轻轻一拧，门开了。外间没有人，马识途又进入里间。床上的人坐起身，一愣神，立刻向窗口翻。马识途拽住男人的一条腿，把他拉回到床上，廖冰扑了上去。在挣扎中，男人的双手被反剪了过来，手铐被拷在手腕上。

男人被拉到地面上蹲着。马识途喘了口气，问："你叫什么？"

男人瞅了瞅马识途没说话。

马识途从桌上翻出男人的钱包，抽出里面的身份证，问道："尹宝昌，没错吧？"

男人点了点头。

马识途厉声道："说！你跑什么？"

"我……我以为是来逼债的。"男人畏畏缩缩地说。

马识途注意到饭桌上的一瓶红茶，红茶的瓶盖上插了根管子，旁边还放了一个酒精炉，一看就知道这是一个简易冰壶（一种用来吸食冰毒的自制器具）。马识途还注意到烟灰缸里的十几支烟头都是黑松牌的，像是刚抽过，其中有几支只吸了一半便被掐灭了。

马识途对着餐桌拍了张照，对廖冰说了句：“收队。”

几乎同时

太阳还未挣脱厚厚的云层，清晨的淮河依然笼罩在一片死寂的灰暗中。金强蹲在岸边，捡起一块石头打水漂，那一头火红的头发看起来像一团燃烧的火。傻吁则望着河水出神，颀长的背影看起来像是一个飘忽的幽灵。

他们在等奎子。终于，奎子从煤堆后面绕了过来，来到这片约定好的二道湾河滩。

傻吁和金强迎了上去。傻吁问：“人怎么样了？”

奎子说：“死得翘翘的。”

傻吁不说话了。

奎子看金强，金强也在看奎子。

奎子说：“小子，你杀人了。”

“大家都有份儿。”金强的嘴巴哆嗦着。

奎子和傻吁互相看了看，奎子说：“把手机都给我。”

傻吁把手机掏给了奎子，金强也从口袋里掏出了手机。奎子从金强手机里找到标记为爸的联系人，写了条短信发过去，然后走到河边，一甩胳膊，两部手机便落入灰黑色的河水中。

金强还在瞅着荡开的水波发呆，奎子的手就已经摸到金强的屁股口袋，掏出了那把折叠匕首。奎子打开匕首，刀刃上还有凝固的血迹。

奎子把匕首顶在金强的脸上问：“这是你捅人的那把刀？”

金强点点头。

奎子一脚把金强踹到地上，左手抓住金强爆炸的红发，把他往岸边拖。金强只是护着头发，嗷嗷叫着，一点反抗的动作都没有。

快到岸边，金强挣扎着想翻身，又被奎子一个顶膝撞在肚子上，金强痛苦地跪在地上。奎子的匕首横在金强的喉咙边上，被激烈的呼吸顶得一起一伏。

奎子问："到底是谁杀了人？"

"你要干什么？"傻吁握住了奎子的手腕。

"一命偿一命啊！"奎子低吼道。

"杀了他，事情就解决了？"傻吁说。

跪在地上的金强呜呜哭着，喊着："救我！吁叔，救我！"

奎子说："你是真傻还是假傻啊，人是他杀的，刀也是他拿的，上面还有他的指纹，刚才他都对他爸在短信上承认杀人了，要畏罪自杀，这还不够啊。你还要怎么样？"

傻吁愣了一下，金强也傻了，不哭了。

傻吁说："他是我带来的，他杀了人和我有关系，不能把罪全嫁祸给他，警察也不是傻子。"

奎子叫了起来："妈的，你他妈的还真傻啊！他死了，也就死无对证了！"

傻吁说："你放了他吧，看在牢里我曾替你扛过事儿的情分上。"

奎子沉默了一会儿，缓缓道："这是两码事，我这样做是为了我们两个好。"

傻吁说："一码事，只要是人命，都是一码事。"

奎子瞪着傻吁看了好久，突然怪叫了两声："他妈的！他妈的！"随之也松开了金强的头发。

金强连滚带爬跑到煤堆边上蹲着。

奎子对傻吁说："我们没情分了！以后我们各走各的！"

"放心，我被抓了不会说你的。"傻吁说完顿了顿，又强调道，"所有事！"

奎子逼近傻吁的脸，手却指着那个少年道："你不会，他会！"

"我带他跑，跑得远远的。"傻吁说。

"唉……说什么都他妈晚了。"奎子恨恨地说。

奎子快步到了岸边，把匕首也扔到河水里，然后转身看了一眼傻吁，便小跑转过稍远的那个煤堆，消失在河滩的迷雾中。

看到奎子离开，金强站起身，来到傻吁身边，嗫嚅道："谢谢吁叔。"

傻吁看金强被煤灰抹黑了的脸，故作轻松地笑了笑。他用手挠了挠金强一头火红的头发，说："别害怕，没多大事，我带你跑。"

金强说："跑？还要跑？"

傻吁说："当然要跑，你等着警察来抓你啊。"

金强说："往哪儿跑？"

傻吁说："我们也需要准备一下。我们先去理发店，把你的头发全部剃了，你这个发型太惹眼了。"

"啊？"金强面露难色。

"走吧，我们的时间很紧。"傻吁搂着金强，快步离开了河岸的这片煤场。

案发后2小时 北京时间上午8：10

尹宝昌被带到审讯室里，马识途又把他全身上下搜了个遍。

尹宝昌抱怨道："不都搜过了吗？除了裤裆中间那把枪，我身上可没啥凶器。"说完还冲马识途咧咧嘴。

马识途没理会，把他拷进了审讯椅。尹宝昌在审讯椅上动弹不得，但眼珠子还在左右乱瞟。马识途找来一包黑松烟，抽出一根，点上，塞进宝昌的嘴里。

宝昌点头说："谢谢啊。"

马识途没说话。

"我说，能不能松开一只手？这样子我没法吸。"

马识途打开一只铐子，宝昌慢条斯理地抽着烟。

"你平时都抽什么烟？"马识途问。

"平时抽七块一包的红金龙。"

"嘿，我看你桌子上还有一条开封了的黑松。"

"那是招待朋友的，瞎装……"宝昌话说了一半，剩下一半被吞进了肚子里。

马识途也不说话，他继续看尹宝昌抽烟。尹宝昌一口口把烟抽得只剩烟屁股，才把烟头给扔了。马识途看了眼地上的烟头，注意到他是用右手夹的烟卷。马识途又递给他一支烟，还把打火机也递给了他。尹宝昌接过烟，点上，又用右手夹着烟一口一口地抽着。马识途没再言语，只是把打火机收了回来，留下两名辅警看着尹宝昌，自己则出了审讯室。

另一间屋，廖冰盯着阿美，把阿美盯得浑身像是长了草。

廖冰开口道："美女，又见面了？"

阿美嘟囔道："贼小子，不在街上混，现在改到公安混了？"

"我本来就是当警察的料。"廖冰嘿嘿一笑。

阿美撇嘴一笑，道："和你那跑得没影儿的老爸一样吧。"

廖冰一怔，一句脏话从喉咙咽回了肚子里，故意用平静的语气道："我记得你上次答应我和马探长说不抽了。"

阿美不说话了，眼睛盯着其他地方。

"你上次还答应马探长当线人，提供线索的。"廖冰继续道。

“我不是带你们抓了我男朋友宝昌吗？我算是有重大立功表现的。”阿美嚷嚷道。

廖冰说：“你还知道这一套。”

“又不是第一次进局子。”

“那你这么有经验，应该知道复吸被抓是什么结果吧？强戒两年！你这次就要在里面待上两年了。”廖冰的声音越来越高。

阿美也嚷嚷道：“我知道！我知道！你干吗说话这么大声？”

“你既然知道，那现在就要拿出一个好态度了，有一说一，别和我兜圈子。你心里清楚我们的目标不是你，别自作聪明，你现在只能救自己，明白了没有？”

“明白，我很明白，你少给我讲大道理。”

“那你和我说说昨天晚上尹宝昌都做了什么？”

“我不知道啊！”

“你不知道啊？！”

“我真不知道，我晚上都是在歌吧上班的，一直到凌晨四点才下班回到房子里，回来的时候人都散了。”

“什么人都散了？”

“宝昌和他的朋友啊！”

“哪些朋友？你具体说。”

“我回到出租屋，看到宝昌正带着两个男的下楼，我问宝昌干吗去，宝昌不说话，那两个男人也不说话。我回到屋就听见摩托车响，那是宝昌的摩托车。我看到桌子上面有个冰壶，知道他们来溜冰，我心里痒痒，也就又点了火，抽了几口，又过了一会儿宝昌回来了，然后……我们就睡了。”

“你们几点睡的？”

“我没看时间，五点多吧，最迟不到五点半。”

“你确定？”

“确定，从下班到家再到上床睡觉中间没过多久。”

“你睡觉后，尹宝昌有没有出去？”

“没有。”

“你又怎么确定？”

“大侄子，你不知道溜冰后睡不着吗？我一直醒的，一直到天亮，然后我就找我的手机，找不到，就到附近的歌吧去找，刚走回来就被你们抓到了。”

廖冰没理会阿美套近乎的称呼，继续逼问：“你是几点出门的？”

“七点多吧，到歌吧的时候七点半，从我出租屋到歌吧就五分钟路。”

廖冰不说话了，他在心里计算着时间，眉头皱了起来。他又问了一遍：“你确定尹宝昌在屋里一直没出去？”

“至少七点前一直没出门，我从房子出去的时候那货已经睡着了。”

廖冰换了个话题：“和尹宝昌一起出门的两个男人你认不认识？”

“不认识，我是上楼的时候遇到他们下楼，那时候天黑，我看不清楚。”

“你再想想，那两个人有没有在哪里见过？或是听尹宝昌称呼他们什么名字？”

“他们走得急匆匆的，也没说话，我真不知道他们是谁。”

廖冰看了看监控探头，他知道罗勇此刻应该也在监控室里看着审讯室。

“你再想想。”

“对了，有个事儿，家里的菜刀不见了。昨晚我想用菜刀去把桌腿砍掉一截，因为桌子不稳当，但找不见菜刀了。我现在想起他们下楼的时候，用报纸包了个东西，可能是那把菜刀。”

“你知不知道他们去干吗了？”

“估计是打架去的，这两天他一直气呼呼的。”

廖冰点头，打开了审讯室的门准备出去。

阿美追问：“我的态度怎么样啊？”

廖冰没有理睬她，只给她留了一个爆炸头的后脑勺。

监控室里，罗勇、马识途和廖冰碰了个头。马识途和廖冰互通了一下审讯情况。

罗勇问马识途：“你什么感觉？”

马识途说：“尹宝昌身上肯定有事儿。”

“他没有作案时间。”罗勇说。

“但不代表他没有参与这个案件。”马识途分析道，“按照他那个姘头说的，我分析尹宝昌是雇凶的主谋，他把两个具体实施犯罪的人带到伏击现场，自己则返回住处，造成不在现场的假象。”

罗勇点头，问廖冰道：“你怎么看马探长的分析？”

“小人常戚戚，君子坦荡荡。”廖冰竟然吟诵起了诗词，见马识途脸拉了下来，他赶紧说，“好吧，我同意，尹宝昌家里的确少了把菜刀，这种菜刀可以造成死者身上的劈砍伤。”

罗勇说：“那么现在的关键是怎么让他承认自己是主谋，并招供他的同伙。”

廖冰说：“我感觉这个尹宝昌可能不知道秦克军死亡的消息，他应该也不至于因为拌几句嘴而要了他队长的命。另一方面，案发后到被抓，他一直没有出门，手机上也没有来电和信息，他的同伙也没有告诉他秦克军死亡的消息。”廖冰看了一眼视频监控中正在抽烟的宝昌，“你们看他那个神态，没有太多的恐慌，不像弄出命案后应有的反应。”

马识途说："我也有同感，那两个同伙带走的是菜刀，菜刀很难致命的，前两刀劈砍无非是给死者一个教训，只不过有某些其他原因，才出现了匕首的捅刺。"

罗勇想了想，道："现在的关键就是，搞清楚尹宝昌雇佣的罪犯身份信息，只有搞清楚了，才能有的放矢，才能形成证据链。但作为雇凶的人，尹宝昌心里的畏罪情绪一定很强，所以暂时还不能告诉他秦克军死亡的消息。如果宝昌认为秦克军只是受了轻伤，甚至是没有受伤，而且我们还掌握了他大量的犯罪证据，那么他心里的包袱应该就不会那么重了。"

三个人陷入了短暂的沉默。

廖冰说："我觉得我们可以利用他的女朋友阿美来演一出戏。"

罗勇和马识途眉毛吊起来，都瞅着廖冰爆炸头下白皙的脸。

几乎同时

奎子从煤场出来了，又跨上一辆摩的，来到老西儿的家。那也是一片棚户区，靠近一个小煤窑。老西儿常年在小煤窑当保安，奎子是来找老西儿取一笔钱的。如果不是命案这个意外，奎子和老西儿原本还算买卖上的搭档，但此一时彼一时，现在最重要的是筹集跑路的费用，而老西儿手里的钱可谓是唾手可得。

奎子没有急着进老西儿住的巷子里，他在巷口的小卖部用公用电话给老西儿打电话，电话响了半天没人接。奎子挂了电话，从巷口往里瞅，里面没啥动静。他从小卖部里买了一个笔记本和一支笔，进到巷子里。

老西儿家的铁门没锁，里面没有动静。奎子没有推铁门，他敲了隔壁的门，一个妇女透过门洞往外瞅。奎子挥了挥手里的本子说："我是派出所的，来登记流动人口，你在这里租房子吗？"

妇女说："我住这里几十年了，怎么是流动人口？"

奎子笑道："不好意思，那隔壁呢？我看隔壁没人。"

妇女说："隔壁那个男的不是昨晚被人抓走了吗？你们派出所抓的。"

"不是，不是，有可能是刑警队抓的。"奎子摆摆手。

奎子从门前往后退，那个妇女还在从门洞里往外看。奎子用笔把老西儿家的门牌号往笔记本上抄，妇女的半边脸从门洞消失，奎子也合上笔记本，快步走出巷子。

他边走边想，是谁抓走了老西儿？这个问题暂时无解，他只能去想些其他的事情。突然他停下了脚步，他想起从老西儿那儿拿来的身份证，这张身份证会有些用处。

案发后3小时30分 北京时间上午9:40

在案发现场周边走访的莫炜有了新发现。

一位开黑车的夜班司机回到家，听老婆说清晨附近发生了命案，一打听，命案发生地点还正好是在他清晨趴窝等客的附近。他开始没当回事，想从车里取落下的东西，然后就回屋睡觉，结果发现车后排坐垫上有血迹。司机一点没耽搁，把车又开回到案发现场，找到了还在走访摸排的莫炜和林玲。

司机自称早上六点半前后在这附近搭载了两个人到二道河的河滩，两人中一个年龄在四十岁上下，一个十几岁。这两人给司机留下了很深刻的印象。首先是那个少年顶着的火红的头发，再有就是少年不停地在那儿抖，而那个中年人则搂抱着少年，好像少年犯了什么事。两人路上一句话都没说，到了河滩边上，中年人给了张五十的。他给中年人找钱，结果那个少年却喊了两句别找了，说完便从车里跑了出去。

莫炜要司机描述一下两人的相貌。司机说中年人很高，很瘦，却没怎么给他正脸看过，而那个少年十六七岁，一脑袋杀马特红毛，口音像本地人。

林玲对后排座位的血迹进行了提取。在送实验室检验前，快速测了血液的类型，是A型，和死者秦克军的血型是一样的。一个微弱的证据链条被扣上了。

这个红色杀马特的标志太过明显，附近的桑拿浴、足疗店或网吧里应该会有人熟悉这个少年。果不其然，在一家网吧前台，网管说昨晚正好有一个满脑袋红色头发的少年在这里包夜，早上出去了，一直没回来，电脑也没退。莫炜要网管把少年登记的身份证扫描件打印出来，让林玲拿去找黑车司机辨认。

莫炜问："为什么没有给少年退网？"

网管耸耸肩："反正这小孩用的是充值卡，他不在的时候也算他的钱，没准他还回来呢。"

莫炜问："他的充值卡里还有多少钱？"

网管查了一下，说："不多了，只剩四块钱了，够上两个小时的。"

莫炜掏出五十块钱交给网管，说："你把钱给我充到这个充值卡上，不要把那台电脑断网，明不明白？"

网管接过钱，没说话，一脸无所谓的表情。

电脑界面上运行着一个射击游戏。莫炜把游戏界面最小化，看到了QQ图标上显示出等待的状态。

林玲从网吧外回来，她的脸上有些激动，汗滴挂在她齐耳的发梢上。

莫炜站起来，低声问："是他？"

林玲点头："对，是他。"

莫炜问："叫什么名字？"

林玲把身份证扫描件递给莫炜，在一串身份证号码的上面是那个少年的名字——金强。

莫炜看了看电脑上的时间，北京时间上午9:40，命案发生后三个半小时，弄清楚了第一个嫌疑人的身份。而就在莫炜正要把目光从电脑前移开时，他突然发现那个QQ头像从等待状态变成了在线状态。

几乎同时

金宝顺在村里兜了个圈子，确定身后没人跟着，才悄悄来到村外的篮球场，直到走到近前，他才认出自己的儿子金强。金强那头标志性的火红头发如今已经成了黑色板寸。金宝顺先是愣了一下，然后一巴掌抽在金强的脸上。金强向后一个踉跄，然后又站定了，金宝顺又猛地把金强搂在怀里。

金强推开金宝顺，往后退了一步，说："爸，我看你这个村主任位置是没法传给我了。"

"我还以为你死了呢。"金宝顺嘴巴哆嗦起来。

"我没死，我把人捅死了。"金强努力克制自己的嗓音。

"你没杀人，你不可能杀人，你才十七岁。"金宝顺刚想咆哮，但又怕声音传出去，只能压低声音吼道。

"我当然杀了人，你看我的手，我的手上还有血。"金强把手伸到他爸面前。

金宝顺气得又一巴掌抽过去，金强往后一退，躲过了这个巴掌。

"你把谁杀了？"金宝顺问。

"我也不知道杀了谁，我是跟别人去的。"金强说。

"你跟谁去的？你还没成年，一定是有人胁迫你杀人的。"金宝顺像是抓住了救命稻草。

金强翻眼瞅自己的父亲，没有说话。

"你告诉我他叫什么，我给他一笔钱，让他把罪担下来，我再给死者家里一笔钱，让死者家里也不要闹，这我都能摆平。”金宝顺火急火燎地说。

金强不看他的父亲了，他在克制自己的愤怒与蔑视，他换了个话题，问道：“钱带来了吗？”

金宝顺从怀里掏出两万块钱，交给金强。

“我还要五千块。”金强接过钱。

“你要钱干吗？你不是要逃跑吧？”

“我拿钱去把人摆平啊，你不是要人家把罪都担下来吗？”

“我来和他谈。”

“他不会和你谈的，他可不愿意见你。”

“他叫什么名字？”金宝顺问。

金强急了，大声道：“你废什么话，赶紧拿钱，我把钱交了就回来找你，我在这儿等你十分钟。”

金宝顺看金强态度坚决，再多说也是无益，便只能听他儿子的话，转身又回村子里取钱。

金强一直目送金宝顺的背影消失，才来到篮球场一侧的公共厕所，傻吁正在里面抽烟。

傻吁问：“搞定了？”

金强说：“搞定了，这是钱。”金强把两摞钱递给傻吁。

傻吁拿了其中的一摞，也就是一万块，问道：“你确定跟我走？你爸怎么办？”

金强说：“我和你走，让他和他的那些钱都滚蛋吧！”

傻吁意味深长地看了一眼金强，又用手挠了挠金强的脑袋，说：“走，我们赶紧离开这儿。”

两人顺着村外的小路快步走去，回到主干道上，傻吁停下了脚步，对金强说："我们先到外省的一个小煤窑躲一段时间。我现在就去联系人把我们送出市，在此之前，我们先各自分开，晚上12点，我们就在宝兴煤矿的大门口见，如果到时候我还不出现，你就自己逃命去吧，你听明白了吗？"

"明白。"金强点头。

"在分开的这段时间你一定要藏好，你可以到闹市区里待着，人越多越不显眼，但千万不要和任何人有联系，明白吗？"

金强又点了点头。

傻吁挠了挠金强的脑袋，笑着说："一头鸡窝没有了，挠起来还真不习惯。"

"我要改头换面了。"金强也跟着笑。

两人笑完，就一个向东，一个向西，各自散去了。

案发后6小时 北京时间中午12：10

被关到审讯室已经五个小时了，除了一直给尹宝昌面前的纸杯续水，还有就是一直给他烟抽，除此之外再没有半句话。尿意克制不住了，尹宝昌向看押他的辅警提出要上厕所，两名辅警押着尹宝昌往审讯区外的厕所走去。

还没到厕所，一个妇女突然从半道杀出来，飞起一脚揣在尹宝昌的小腿肚上。尹宝昌一软，差点跪在地上。

妇女指着尹宝昌骂道："你个喂不熟的狗！俺家老秦不就是训你两句吗？你就找人打他，你的心怎么就这么毒呢？！"

阿美也出现了，她一把拉开妇女，叫嚷道："不就是鼻子断了，赔两个钱完事儿，你还没完了？"

妇女又在叫嚷："我不要赔钱，我要他坐牢！坐牢！坐牢！"

罗勇的声音也加了进来："老马！老马！你跑哪儿去了，你的人怎么看的，怎么都混到一块儿了！”他的声音中有愤怒和不满。

马识途和廖冰从办公室出来了，一个拉着妇女，一个拉着阿美。阿美还做出要咬廖冰的架势。

尹宝昌看着这一出乱局，眨眨眼，上了厕所，灰溜溜地回到了审讯室。马识途也跟着来到了审讯室。

马识途把一沓材料扔在审讯桌上，问尹宝昌道：“你怎么看？”

尹宝昌反问：“什么怎么看？”

马识途抬高了音调：“什么怎么看？！你是揣着明白装糊涂是吧？！我让你想这么半天，你就和我说句什么怎么看？”

尹宝昌不说话了，他的手指在纸杯壁上摩挲。

马识途语气缓和下来，道：“老尹，不就是钱的事情吗？破财消灾吧。”

尹宝昌的手指停止了摩挲。

马识途说：“你不想听听我的建议？”

尹宝昌抬起了脑袋，看着马识途。

马识途和摄像监控那端的罗勇同时意识到，审讯的突破点来了。

马识途说：“我的建议是你和对方主动沟通，争取对方谅解，多赔点钱，花个万儿八千的，减轻点处罚。”

尹宝昌的眼睛在活动，证明他的心也在活动。

廖冰补充说：“当然，你也可以等着法院判，到时候赔的钱可能会少点，但你在里面蹲的时间就长了。”

“这我知道，我不需要你个毛小子和我说。”尹宝昌冷冷地说道。

“好好好，你是老前辈，老猴！”廖冰耸耸肩。

然后是片刻的沉默。

“如果多赔点，对方满意了会怎么判？”宝昌终于上钩了。

马识途克制住心中的激动，严肃道："对方满意了，惩罚也会轻很多，这是明摆着的道理。"

尹宝昌说："让我和秦队长的家里人谈一谈。"

"不行，你首先得和我们谈，先谈你打人的事情。"

尹宝昌不说话了。

马识途说："你不要以为你不说，就能把事情给糊弄过去，在你的同伙指认你之前，你最好先指认他们，材料里面会反映出是你先招供的，这会在日后给法官留下个好印象。"

马识途站到尹宝昌身边，他的手掌搭在尹宝昌的肩膀上，仿佛给他一种心理上的抚慰。廖冰依然在审讯桌后面奸笑。

尹宝昌看了看肩膀上的手，叹了口气，问："我吸毒的事情……会怎么处理？"

"你因为吸毒被抓过？"马识途问。

"没有。"

"那简单，治安拘留十四天，但如果你把你拿货的上线举报给我们，没准你这十四天就可以被免了。"

"我的上线是……"

"别，先说打人的事。"廖冰打断了宝昌。

"唉，吸毒把脑袋吸坏了，办了傻事。"尹宝昌把烟头扔了，摇了摇头。

马识途和廖冰都没有说话。尹宝昌开始了他的讲述。

"我和秦队长之间其实也没什么，前天在井下因为睡觉的事情差点干一架后，我心里有点不快活，昨天就请假赖在家。中午出去买了一小包冰毒准备抽抽解闷，回家路上正好碰到了傻吁。我要傻吁一起来抽，傻吁说有事，晚上来，我们就约定晚上在我的租住房溜冰。晚上十点多，阿美去歌吧上班了，傻吁来了，他还带了一个人来，我不认识，他说是他一起蹲号房的朋友，刚放出来。我们三个人做好了冰壶后，就开始溜冰。我心情不好，就把和秦克军吵架的事情和他们两个人说了，他们知道了，要替我打抱不平，我也是脑子一冲动，就让他们帮我教训教训秦克军。溜完冰，我们又出去吃了夜宵，期间又聊了许多乱七八糟的，再回到租住房已经是后半夜了，大概是凌晨四点，我骑摩托车带着两个人到了秦克军家附近。秦队长今天上早班，一定会从楼上下来，我让他们打他一顿。然后他们留在那附近了，我就回来睡觉了。”

尹宝昌在供述的自始至终，马识途都在他身边站着，他的脸和尹宝昌的脸都正对着审讯室的监控视频。宝昌结束了他这一段的叙述，马识途看了一眼监控探头，他相信罗勇一定可以看到他的眼里闪现的狡黠，而这抹狡黠，他身边的宝昌是看不见的。

马识途收拾起心中的兴奋，问：“傻吁是谁？”

尹宝昌说：“真名叫马振宇，当地人，我和他是在监狱里认识的，因为是老乡，他对我很照顾。”

“为什么照顾你？”

“你知道的，我是因为强奸进的监狱，这个在牢里挺被人瞧不起的。他不一样，他是帮人顶罪的，在里面受人尊重，而且他为人也很仗义，愿意吃亏，别人都说他傻，但实际上他一点也不傻，就是说话有点迂，大家就都喊他傻吁。他在里面人缘很不错，大家选他当牢房的号头，他自然也就能多照顾我。”

“那傻吁带来的那个人叫什么？”马识途问。

“这个人我不认识，我只知道傻吁喊他奎子，傻吁说奎子是他在蹲劳改时的室友。”

“你不也是傻吁的室友吗，你不认识？”

“牢房里的人员变动很快的，为了怕形成小集团嘛，我和那个奎子没在一起待过。”

“这个奎子有什么特征？”

尹宝昌想了想，道：“这人话不多，感觉有点阴狠，我带他们去秦队长家的时候，他还把家里的菜刀拿去了。”

“这两个人中有没有左撇子的？”马识途突然问。

“对了，有，那个奎子，他是左撇子。”宝昌说。

“你怎么知道？”

“他右手的食指没有了，他用的都是左手。”

“你就找的这两个人去打的秦队长？”马识途接着问。

“就这两个人啊。”尹宝昌一脸委屈，“我干吗要骗你呢？”

“他们除了那把菜刀，有没有带其他刀子出去？”

“没有，就这把菜刀。”尹宝昌的表情很肯定。

马识途放在尹宝昌肩膀上的手松开了，他站到了宝昌对面，道：“你的态度很好，我现在出去和领导汇报一下你的好态度，你等我一会儿。”马识途出门了，廖冰笑着给宝昌竖了个大拇指。

马识途回到监控室，罗勇抱着胳膊说：“他就喊了两个人，但还有个第三人，而且这第三个人的身份已经查清了。”

“谁？”马识途问。

“一个叫金强的小男孩。他案发前在附近的网吧上网，在早上六点整从网吧出来，然后就消失了。案发后，有个黑车司机反映搭载了个一头红发的男孩和另外一个中年男人从案发现场逃离。经过网吧登记信息和黑车司机辨认，就是金强。”罗勇把莫炜调查的情况向马识途做了介绍。

“那这么说，尹宝昌也不知道金强参与到这起案件中。”马识途说。

罗勇分析道：“很有这个可能，应该是金强从网吧出来后，遇到了傻吁和奎子，他认识他们，可能提出要帮忙，才误打误撞参与到这起杀人案件中。从你审讯的情况来看，傻吁和奎子最初估计也没想杀人，他们带的是菜刀，想着砍两刀教训教训算了，一定是这个没有打架经验的男孩不知深浅捅了一刀，才把人捅死的。”

马识途不说话了，他能想象死者在逃跑路上，突然遭遇这个半路出现的少年，而冷峻的匕首也迎着奔跑的身体插入了大腿动脉中。

罗勇说：“金强那边我已经让莫炜去追了，傻吁我也让林玲带人去追，你就专心负责奎子这一块。我刚给监狱打了电话，让他们帮我查和马振宇一个监室，符合奎子体貌特征的人员。监狱那边也给了回复，说有这么一个人，叫刘奎，本地人，右手残疾，因为抢劫、伤害罪，曾被判了十二年有期徒刑，去年才刚放出来，出来后就一直处于失控状态。你们现在去刘奎的家，估计这家伙已经从家里跑了，但家里也许会有些有价值的线索。”

马识途没说话，拿着户籍资料，带着廖冰，又喊了两名辅警，立刻往刘奎的住处赶去。

几乎同时

别过金强，傻吁坐上公交车往宝兴的矿上去。公交车上本来人并不多，但停靠在一个菜市场后，上来一大拨提了菜篮的老妇女。傻吁站起来，给其中的一位让了座。

公交车上播放的是一个卡通节目，很逗，傻吁就一直看这个卡通节目。车到了宝兴的矿了，傻吁还没有下车，他又多站了一站路，一直把卡通片看完，才下车，往回走到了宝兴的矿上。

宝兴的矿是一个小煤窑，他把大本营安在了这个小煤窑里。傻吁来过这个矿很多次，矿上的保安知道他和矿长宝兴关系很好，却不知道他们关系为什么好。傻吁到了保安室门前，问宝兴在不在。

保安客客气气地向傻吁打招呼：“俺哥，矿长他不在，他带了一帮人出去了。”

傻吁进到保安室里，看到门后放着的铁棍、砍刀都不见了踪影，他就知道宝兴是干什么去了。但是这是另一码事，和他没关系，他不打算过问。

傻吁从宝兴的矿上出来时已临近中午。两顿饭没吃，傻吁有点饿了，他到小煤窑边上的小吃街里，要了瓶二两的白酒，又点了两个炒菜，就着酒慢条斯理地吃了起来。吃过饭，付了钱，他又步行几分钟到了附近的一座小山。山上有个小亭子，这座山被煤矿花钱整修了一番，正好供当地群众锻炼身体、登高望远。傻吁一级一级爬上山顶，在小亭子的石凳上坐下，背靠着柱子，眼皮虚搭着。从他这个位置可以俯视下面的煤窑，他在等待宝兴的回来，当然，他还可以监视山前山后两条路上的来人。对于那些在山上锻炼休闲的人来说，半闭着眼的傻吁就是一个喝了点小酒来晒冬日暖阳的人。

案发后7小时 北京时间下午1：10

马识途来到奎子住的桃园楼5号楼楼下，还没上楼，就听见二楼有吵吵的声音，还有人求饶的哭声。马识途把手枪从枪套里掏出来，廖冰也同时掏出了手铐，另外两名辅警也贴着墙，保持静默。四个人悄然从一楼上到二楼，转过那扇打开的门，马识途看到客厅里立着四个人，四人中间还有一个跪着的人，那个跪着的人已经是鼻青眼肿。

背对马识途的那个人回过头，马识途发现竟然是宝兴小煤窑的矿长吴宝兴，老熟人。马识途枪口略略下垂，他问：“你这是干吗呢？”

吴宝兴说：“我在干吗……我没在干吗啊。”

“跪着的人是谁？”马识途问。

“谁？谁跪着了？”吴宝兴嚷嚷着把跪在地上的那个人提溜了起来，“他跪着了吗？他是摔倒了。”吴宝兴把那个人拽到马识途的面前，马识途不得不往后退了一步。

“你看看，马探长，你看他把他的脸给摔的，都摔肿了。来，老西儿，你对马探长说，你是怎么把脸给弄肿了的？”

这个被叫作老西儿的男人哆哆嗦嗦地说：“是我，是我自己摔着自己了。”

吴宝兴笑着说：“你看，我没说错吧。”

马识途看这二人在演双簧，一直没有说话，他的目光在房间其他人和角落逡巡着，他在甄别其中有没有奎子的存在，但奎子并不在这里。

吴宝兴已经带人要往门外挤，马识途拦住他们。

马识途这边四个人，吴宝兴那边四个人，中间还有个鼻青眼肿的老西儿。两边都带了家伙，双方就堵在门边上。廖冰和另两个辅警在看马识途，吴宝兴手下的三个马仔在看吴宝兴，局势瞬间紧张了起来。

吴宝兴叫道：“怎么？不让走？”

马识途说：“让走，但你给我一个面子，你把人留下来，我要带他去到医院看伤。对了，你带的这些铁家伙也得留下来，我可不想你拿着这些出去把群众吓着了。”

马识途话刚落音，廖冰就搬了个椅子靠到门框上，自己则跷着二郎腿坐了上去，把门堵得死死的。

吴宝兴这才把廖冰瞧仔细了，道：“呦呵，这不是小冰子吗？不记得跟我后面混过了吗？”

“那是哪些年的事情了，我现在换主子了。”廖冰嘿嘿一笑。

吴宝兴说：“你现在的主子是谁？”

廖冰拍了拍枪套，厉声道：“我现在的主子是法律。”

“不行，老西儿是我矿上的工人，这些铁家伙也是我矿上干活的工具，都是我的，我不能留下。”吴宝兴吃了个软钉子，便强硬起来。

马识途说：“这个老西儿虽然是你矿上的工人，但你不能限制他的自由，你要让老西儿自由选择跟你走还是跟我走。”

老西儿从后面说：“我要跟马……马警官走。”他刚说完，吴宝兴的马仔就踹了他一脚。

马识途慢慢说：“你要是限制了老西儿的人身自由，你就真是非法拘禁了，到时候大家都走不掉了。吴矿长，你觉得闹到这样，对你这么大一个老板，很不体面吧。”

吴宝兴想了想，很烦躁地说：“行行行，人留下，我们走。”

吴宝兴带着马仔走了，留下老西儿坐在地上。马识途带人进了屋，把门关上，想着这突生的枝节，觉得很蹊跷。

马识途问老西儿：“你叫什么名字？”

“我叫王大西，别人都喊我老西儿。”

“你在吴宝兴的矿上上班？”

“我在他的矿上当保安，也算是他的马仔。”

“你知道这是谁的房子？”

老西儿点点头：“我知道。”

“那你怎么跑到这儿来了？”

老西儿不说话了。

“不愿意说？”

老西儿痛苦地摇摇头。

廖冰插话说：“你要不说，我也不强迫你，我现在就把你放了，吴宝兴的人一会儿就能把你抓回去，你觉得怎么样？”

“我不是故意的，我真不是故意的。”老西儿突然叫起来。

老西儿的反应出人意料，廖冰和辅警立即控制住老西儿的胳膊。马识途也提高了嗓音，逼问道：“你什么不是故意的？”

老西儿哭着说：“不是我挑头去抢吴宝兴的，都是刘奎逼我去的。”

马识途心里咯噔一下，这到底是哪出儿啊。但不管是哪出儿，他打算让老西儿把事情经过讲全，就问道：“刘奎是怎么逼你去的？”

“前段时间我到河下的场子里面要了几次钱，不仅把钱都要光了，还欠了不少钱。刘奎当时也在场子里面，他看我缺钱，就过来和我说什么发财的门道，我听了才知道，他是要我帮他瞅吴宝兴的活动轨迹，他要半夜去抢吴宝兴。我当时以为他是在说疯话，吴宝兴是谁啊，他能抢得了？但没想到，他是真动了这个心思。前天下午，刘奎到我家，带了把枪，还和一个赌场里经常遇到的老范一起，他俩准备晚上动手。我是赶上架子的鸭子，没办法，刘奎我可不敢得罪。吴宝兴是后半夜回到的矿上，我在门岗给刘奎打了个电话，又给刘奎和老范放了行。他们就直奔吴宝兴的屋去了。他俩怎么抢的吴宝兴我不知道，抢了多少钱我也不知道，反正没啥动静，从矿上出来的时候，他塞了两万块钱给我。挨到昨天下午，我在家待着，被吴宝兴带人闯到家里，把我带到矿上过堂去了，原来是那个老范在赌场里嘴不紧，说了抢吴宝兴的事情，其他马仔又看到了是我把他们放进矿的，就跑去告诉了吴宝兴这个事。吴宝兴把我吊着打了一个晚上，我受不了那个罪，承认了这个事，今天上午他们就押着我来找刘奎了。”

“吴宝兴就这么容易被抢？他身边不少跟班马仔啊。”马识途说。

“前天晚上我和另外一个马仔在门岗，那个马仔被我支开了。再说，刘奎带着枪，吴宝兴也不是傻子，保命还是保财他心里清楚。”

“老范是谁？”马识途问。

“老范叫范明亮，他欠了一屁股高利贷，所以就想去抢吴宝兴。”

“老范在哪里？”

“老范常年不着家，经常在各个赌场里面转，吴宝兴找不到他也正常。”

“你说刘奎有枪？”马识途又问。

“有枪，刘奎原来在赌场里帮着看场子，看见过那把枪，一把猎枪，枪管被锯短了。”

所有人心里都一惊，廖冰和两名辅警立即在刘奎的房里搜枪，但一无所获。

老西儿突然问：“你们在找刘奎？”

马识途反问：“你知道刘奎在哪里？”

老西儿说：“我不知道，不过，你们不是为了这个事在找他。”

马识途想了想：“是的，我们不是为了这个事在找他，但这件事他也逃不了。”

老西儿说：“刘奎这人做事心狠手辣，但也特别仔细，在做事前一般都会安排好后路，你们不一定能抓到他。”

马识途说：“你要是说不出刘奎跑哪了，你就别给我扯淡。”

老西儿想了想，突然说：“如果我告诉你刘奎在哪，我算不算是有立功表现？”

马识途眼睛一亮，说：“当然算。”

老西儿说：“刘奎在抢吴宝兴的当天下午，把我的身份证给要去了，也没说为什么，我猜他是想借我的身份证来住宿或是坐车。”

马识途点头：“你还有什么猜测？”

“刘奎这人还有点孝心，他把他的妈送到养老院里，每个月都打钱，还会去看望他妈。”

马识途说：“没有了？”

老西儿说：“没有了。”

马识途出了门，把老西儿说的事情用电话向罗勇汇报。马识途把老西儿带上车，准备回队，罗勇的电话过来了。根据火车站反馈，刘奎身份证名下有一张火车票是到福州的，下午四点开，是高铁，从高铁站出发；老西儿身份证名下有一张火车票是到哈尔滨的，从老火车站出发，下午4:10开，是普通列车。这两张票都是刚在市中心的预售窗口买的，购买的时间前后相差一分钟。

很明显，这两张火车票都是刘奎买的。福州和哈尔滨，一南一北；老火车站和高铁站，一东一西，刘奎在分散警方的警力。马识途和廖冰对视一眼，他们有相同的预判。

火车票预售点附近已经安排走访搜捕。马识途带人到老火车站进行布控，那是刘奎用老西儿身份证买票登车的火车站。高铁站那边也已经派人进行布控了，两边的火车站派出所已经把刘奎的情况向他们通报，包括两班火车的乘警也通知了，铁路警方会全力配合。

“一定要在火车站周边隐蔽好，造成外围松散的假象，引诱他主动现身。”罗勇最后强调。

马识途说：“明白了！”就要挂电话。

罗勇又补充了一句：“对方有枪，一定要注意抓捕时候群众和你们的安全！”

马识途挂了电话，安排两名辅警带着老西儿开车先回队里，自己和廖冰打了出租，迅速往老火车站赶。距离刘奎在老火车站登车已经不到三个小时了，而在这之前他还有很多布控工作要做。

马识途闭上了眼，想要静下心来理一理这些线索。但廖冰此时却来了兴头，说：“老大，也不知道玲子那边进展得怎么样了。”

马识途没有理睬他。

廖冰却还在说：“林玲和她莫老大一样，冷冰冰的，没劲。”廖冰边说边瞅着马识途，这个肚大腰圆的探长还是没有吭声，也没有睁开眼。

网吧里，林玲盯金强的QQ聊天记录，莫炜则在追金强手机信号。罗勇看着监控器，审讯室里，尹宝昌正在吃着午饭，他吃得很心安，丝毫不知道等待着他的是什么命运。

几乎同时

从市中心的火车票代售点买好票，刘奎并没有走远，他在代售点马路对面的一家面馆里坐下，要了一碗牛肉面和两个烧饼，他还问店员要几个蒜头。店员说他们的面馆是连锁的，是不提供蒜头这样小食的。刘奎没有和店员争辩，他把旅行袋放在桌子上，看玻璃外面的代售点情况。

有个食客端了碗面要坐在刘奎的对面，他要刘奎把旅行袋挪挪位置。刘奎抬头冷冷地看他，食客看他那一脸的凶相，很知趣地找其他桌去坐了。面吃完了，刘奎却没急着走，他看了店里面的钟，下午一点半，那些隐藏在地下的赌场要到两点钟才开门，现在去还太早。他继续坐在面馆看火车票代售点的情况。过了一会儿，两个年轻人进到代售点里，向售票的姑娘晃了晃手里的证件，姑娘便帮他们操作另一台电脑。刘奎知道那台电脑连接着代售点门头上方的摄像头。又过了一会儿，两个年轻人出来，在代售点外与另外两个年轻人会合，其中的一个人开始打电话。

刘奎又看了看钟，已经两点多了。刘奎给面馆付了钱，出了门，向远离代售点的方向走了十分钟，然后停下来在路边电话亭给他几个赌场老板打了电话，得到了他想要的信息，然后拦下一辆出租车，向八公里外的一处城郊村子驶去。

案发后8小时30分 北京时间下午2:40

我想见你。

不是说不见面的吗？

我现在一定要见你！

你怎么啦？

我就是想见你一面，见完你后我就要远走高飞。

你要去哪里？

我不能和你说，我也不知道要到哪里。

我在带客户看房子呢，能不能回来说。

我马上就要关机了，你带客户看完房，我能见你吗？

没出什么事吧？

你就让我见一面吧，我求求你了。

那你晚上来找我吧，晚上经理请大家吃饭，晚上八点半后你来凤河县找我，就在宿舍楼下等我。

好，那我们再联系……love。

这是地狱使者和坠落天使之间的一段QQ聊天记录，地狱使者是金强，而坠落天使的身份不详。

林玲进入坠落天使的QQ空间，相册里只有一张自拍照，是个十八九岁的女孩，长得很文静，除此之外，再没有任何关于她的身份信息。从聊天记录看，这个女孩应该在某个房地产或是二手房公司做销售。那么是哪个公司呢？

林玲相信找到这个女孩，就一定能找到金强。

林玲提出以购房的名义和这个坠落天使在网上接触，探探虚实。莫炜想了想，觉得这种单刀直入的方式有些不安全。他决定采取笨办法，走访凤河县所有房产销售公司，这个所谓的天使一定就在这个范围内。凤河县房管局的数据显示，全县一共有十三家房产销售公司，如果算上二手房中介，还要更多。

莫炜请求市局指挥中心的调度，很快，坠落天使的自拍照下发到了凤河县九个派出所值班警员手里，一场找寻坠落天使的行动悄无声息地在全县铺开。而此时距离天黑不过三个小时。

几乎同时

吴宝兴的越野车驶回到矿上，傻吁也大踏步地从山上下来，进到吴宝兴的办公室里。吴宝兴的脸色很不好看，傻吁就坐在沙发上，等吴宝兴说话。

吴宝兴说："我被人抢了，这事你知道？"

傻吁点头。

吴宝兴又说："刘奎是主使，这你也知道？"

傻吁说："知道。"

"你昨天下午还和刘奎在一起？"吴宝兴突然提高了音调。

傻吁说："你和刘奎的事情是你们之间的事情，我不能参与，你们都是我的朋友。"

吴宝兴突然愣在那里，然后慢慢坐下："傻吁啊傻吁，刘奎算你什么朋友？这样的朋友你都处！"

傻吁说："不管怎么样，别人没有负我，我就不应该负别人。"

吴宝兴叹了口气，说："其实我欣赏的也就是你这个性格。傻吁，你知不知道警方在抓你？"

“你怎么知道这件事？”

“我手下的一个队长被人杀死了，他队里的工人被警察带走了，而这个工人的家，你和刘奎昨天晚上去过。警方现在正在抓刘奎，当然也在抓你。”

傻吁感叹：“你的消息很灵通。”

“你是来让我帮你逃走的？”吴宝兴问。

“对。”

“怎么帮？”

“你找人连夜开车把我送到你外省的小煤窑打工去。”

“可以。”

“我还要带个小伙子一起走。”

“没问题，你带一个加强连去我都没问题，我一定给你安排好好的，隐姓埋名，吃喝管够。”

“谢谢你。”

“谁叫你原来帮我坐过牢呢，这情我欠你一辈子。”

“那今天这份情你也不欠我的了。我先走了，矿上人多眼杂，今晚十一点半我再过来找你。”说完，傻吁回到了山上的那个小亭子里去了。

案发后9小时30分 北京时间下午3：40

马识途到老火车站后，车站派出所所长将指挥权交给了他。火车站的外广场依旧有特警巡逻，人数没有增也没有减，一切照常如旧。隐藏在这些威风凛凛的特警身后的，是配合廖冰的几名便衣。马识途带一帮人隐藏在候车厅内，一切都准备就绪，就等着刘奎的出现了。

下午3：40，火车站已经开始广播乘坐前往哈尔滨的列车准备检票的信息，火车站的进站口依然没有刘奎的踪迹。马识途给高铁站抓捕组打电话，电话那边反馈高铁站也没有刘奎的身影。广播已经在第二遍播放准备检票的信息了，然后就是开始检票的信息，然后是催促没有检票的同志抓紧检票的信息。

马识途按捺不住了，他对着对讲机低声急促问：“各抓捕组，汇报，有没有发现刘奎？”

特警、刑警、铁路警，还有高铁站抓捕组都汇报没有任何发现。检票闸口已经关闭，而开往哈尔滨的火车也慢慢进站。一声火车鸣笛，让马识途一下子愣在候车厅的中央。

几乎同时

奎子在池塘的阴暗处等着老范，他熟悉这个人，知道这是一个什么样的货色。他本不想带这个人一起去抢吴宝兴，但阴差阳错地，他被卷进了计划中，这人成了一个甩不掉的脓鼻涕。当然，这不是奎子最为讨厌的一点，他真正无法忍受的是老范分食了本属于他的那一份钱，他今天来是要讨回这笔钱的。

奎子在池塘边上多等了一会儿老范，他想老范应该手气不错，他值得多等一会儿。而现在正在摇晃着往池塘边来的那个身影，想必就是他。他熟悉老范内八字的步伐就像熟悉他的秉性一样。奎子做好了准备。

老范来到池塘边上，左右望望，连个人影都没有，是谁托话喊他出来的?他正寻思着，后脑勺就挨了重重的一下。他蹲在地上，鲜血从指缝里流了出来。又是一脚，老范被奎子踹到了池塘里。池塘很深，老范拼命往岸上爬，奎子却一脚脚把他往池塘深处踹。老范慢慢失去了挣扎的力量，奎子才把他从池塘里拉上了岸。

老范趴在青石板上，喘着粗气，一只手护着脑袋，另一只手护着裤兜。奎子不由分说地从两个裤兜里抢出一沓钞票，有两三万。老范吐着殷红的血沫儿瞅着奎子。

奎子说："我们本可以成为合作伙伴的，但是现在我真的需要这笔钱。对不住了。"奎子用钱抽了老范一个嘴巴，转身离开。

离开的时候，奎子看到一个骑着摩托、戴着头盔的男人在注视着他。奎子知道那是赌场撒在外面的眼线，这个眼线是不会报案的，老范也不会报案，此刻没有人会去告诉警察奎子在这里。

案发后14小时30分 北京时间晚上8：40

二探组的探长莫炜以及凤河县许多派出所的民警还在全县大小房地产公司和二手房中介走访着。林玲结束了网吧的蹲守，加入了走访。所有的门店都已经关门，他们只能一家家敲开门，找一个个值守的保安去辨认。

从一家房产销售中心出来，莫炜看了看表，已经是晚上八点一刻，时间正在分秒流逝，莫炜的心底越来越焦虑，使者与天使是否已经相见，相见之后又将逃亡何方，他都不知道。莫炜站在人行天桥上，看脚下穿行的汽车，又抬头看天空光影朦胧的夜色。对面商场的大屏幕正在播放一个娱乐短片，短片结束后是几则广告。

林玲突然指着大屏幕，喊着："头儿，头儿。"

莫炜一个激灵，眼里也有了光芒，他耐心等待着，等待那则广告再次滚动播出。在天桥凛冽的寒风中，他的眼睛一刻不离地注视着大屏幕，终于那则广告再次出现。没错，就是她！莫炜认出了站成一排为大家恭祝新年的最边上的堕落天使。莫炜牢牢记住了这个广告上房地产公司的名字——福海园。

莫炜看了看表，已经是晚上八点半了，这是两个人约定好的时间，他不确定是否已经错过了抓捕时机，只能带着林玲一组人驱车向福海园售楼部赶去。

十分钟后，莫炜从隐蔽处看福海园售楼部，门前的小广场没有任何动静。他抬头看售楼部的二楼，那是员工宿舍，有两个房间亮着灯，但都拉着窗帘，其中的一个房间大概是地狱天使的住处。莫炜又等了二十分钟，已经快九点了，金强要不就在楼上的房间里，要不就已经逃之夭夭。莫炜不能再等了，他在琢磨着硬闯那两个房间的可行性。

此时，林玲用手指了指，其中的一个房间的灯灭了。又过了一会儿，售楼部边上的小门开了，一个男孩和一个女孩出现在广场上，两个人拥抱，接吻。

莫炜点燃了一支烟，从楼一侧的阴影走出，他走得极放松，极散漫，他边走边发着短信，嘴角还带着微笑。莫炜从男孩的身后靠近，擦身而过的时候，他偷偷瞟了眼男孩的脸，只是一瞥，便看着手机，若无其事地往前走。他不确定那个男孩是否就是金强，毕竟目击者说金强是一头火红头发，但那张脸又太像了，实在是太像了。莫炜停下了脚步，拖在后面的林玲看到莫炜的眼神，似乎明白了什么，她对着男孩喊了声："金强。"

那个男孩从吻着的脸中抬起脑袋，脸上出现了诧异，然后变为了惊恐。而莫炜则瞬间回转过身，一把拽住了男孩的手腕，男孩要挣脱，林玲抢前一步，一个扫荡腿把金强撂倒在地上，隐藏在四周的队员们也一拥而出。女孩在一边尖叫，倒在地上的男孩挣扎着抬起头，他的眼角还有泪痕。

莫炜大声喝问："你是不是金强？"

那个男孩点点头。

莫炜将金强交给队员戴上手铐，塞进车子。然后拨通了罗勇的电话，告诉他已经抓到了金强。

北京时间晚上九点，距离案发已经过去了十五个小时。

几乎同时

一盏盏路灯将刘奎的身影拉长、缩短，又拉长，刘奎就这样慢慢吞吞往前方的养老院大门处挪。自从他进监狱服刑，他的母亲已经在养老院里住了十多年。刘奎越来越靠近大门，他偷眼瞅着门岗室，一个小伙子正在门岗室内摆弄手机，那个老师傅不知去了哪里。刘奎把脖子往衣领里缩了缩，路过大门，继续往前走，他转过一个巷子，来到一个还没关门的小卖部，拨通了养老院里的电话。

熟悉的声音响起："奎儿，是你吗？"

"是我，妈。"

"这大晚上有什么事啊？"

"没啥事儿，就是想您啦。"

老太太抱怨道："你最近也没来看我。"

"最近忙，近期我还不能看你，我要出去一趟。"

"你又出什么事了？"

"没有，妈，你放心吧，我给你的卡里打了两万块钱，有什么缺的就买，别不舍得。"

"你哪来这两万块钱？"

"我赚的，妈，打工赚的。妈，睡觉吧，我走了。"说完，刘奎挂了电话。

刘奎望着养老院亮着的灯光，他跪了下来，磕了三个头，然后起身，消失在夜色里。

案发后17小时50分 北京时间凌晨0:00

刑警队的审讯室内，莫炜和林玲居高临下，望着审讯椅上的金强，少年全身在颤抖。

莫炜问："你知道找你有什么事吗？"

金强抬起头，愣了一下，点了点头。

莫炜接着说：“这个女孩是你什么人？”

“网友。”

“你们之前没见过？”

金强摇了摇头。

“网恋？”莫炜问。

金强沉默了一会儿，说：“不算吧。”

“有没有谈过恋爱？”莫炜问。

“没有。”

“你多大了？”莫炜又问。

“十七岁。”

“金强，你的一生还很长。”莫炜幽幽地感慨，一旁的林玲则抿了抿嘴。

金强不说话了。他的头快要埋在两腿间了，两只腿也在颤抖着。

“我希望你现在能自己救自己，帮我们抓你的同伙。时间紧迫，你得抓住机会。”林玲的语气有些急迫。

莫炜一直盯着金强，半晌，金强没有反应，莫炜叹了口气。

又沉默了一会儿，金强的嘴皮动了动，道：“吁叔。”

“谁？”莫炜忙问。

“吁叔，我们约定的十二点在吴宝兴的矿门口见面。”

“傻吁？马振宇吗？”

“是。”

“你们见面是什么目的？”

“吁叔说要带我去外面的小煤窑避避风头。”

“为什么他要带你一起走？”

“我从网吧出来买早饭，看到他和另外一个人躲在那里。我问他是做什么，他说去做活儿，我知道他是要去教训别人，就非要缠着和他一起，结果捅了娄子，他或许觉得过意不去。”

莫炜不再过多讯问，他从审讯室出来，撞到了从监控室出来的罗勇，两个人一句话也没说，便往楼下的警车赶，林玲也带着手铐下了楼，吴宝兴的煤矿成了他们的新坐标。

吴宝兴的矿外。

考虑到吴宝兴的一帮马仔，罗勇从市局特警支队调来了二十名全副武装的特警。矿外的广场要比售楼部外的广场大出许多，但依然是没有一个人。

罗勇说：“傻吁应该藏身在吴宝兴的矿里面，据说傻吁对吴宝兴有恩。”

莫炜点头道：“这么大的矿，想藏个人太容易了，如果直接去搜，只会打草惊蛇。”

罗勇说：“傻吁看不到金强是不会现身的。”

莫炜说：“但金强不可能现身的，他在审讯室里。”

“我想，如果傻吁看不到金强，会认为金强出事了，他应该会直接离开。”罗勇分析道。

莫炜忧虑道：“那怎么办？”

罗勇说：“见机行事。”

已过了十二点，一辆越野车从矿门口出来，大灯开着，慢慢停了下来。藏在暗处的所有警察都不说话了，他们都看着罗勇，等待他下达命令。

罗勇握着对讲机，说：“等等，不要行动。”

越野车启动了，沿着矿门西侧的马路驶离。罗勇在对讲机里说：“特警一分队，迅速驾车绕到沿矿西路的出口进行堵截，控制车内人员，其他人继续待命。”

特警一分队的两辆车出发了，他们没有开车灯，悄然无息地向沿矿西路包抄过去，其他人继续屏息等待。过了五分钟，一分队的队长在对讲机里汇报：“车内除了驾驶员，没有其他人，驾驶员不是傻吁。”

罗勇说：“看驾驶员的通信记录。”

分队长停了几秒，说：“他刚给吴宝兴打了电话，说外面安全。”

罗勇的心定了定，这是出来探路的车子。矿内又有了车灯亮光，又一辆越野车从矿门内驶出，车也在矿门口短暂停留，门开了，一个男人左右张望，向车内的人说了两句话。罗勇用望远镜看清了这个男人的长相，是吴宝兴，而车内的人想必就应该是傻吁了。

越野车没再迟疑，径直驶向了沿矿东路。罗勇下达了追击指令，特警二分队的两辆车立即追了上去。而莫炜和林玲则驾车沿着矿上铁路边上的一条小路包抄过去。

对讲机里传来二分队队长的汇报：“越野车已经发现追击，正夺路而逃。”

莫炜兀自点头，踩死了油门。林玲扣上安全带，右手握住了门的内把手。莫炜走的是直路，而被追击的越野车需要兜一个弧，越过铁道口，才能上主干道。他得在铁道口堵住那辆越野车，否则就凭他们的桑塔纳警车，是不可能追上吴宝兴的越野车的。

莫炜向前疾驰了三公里，终于来到了这处铁道口前，分队长他们还在沿矿东路上追击。莫炜透过对讲机，静静谛听外面的声响。车轮在沙石上的摩擦声越来越近，紧接着是一身刺耳的声音。莫炜想越野车应该已经转向，往铁道口驶来。莫炜看了眼林玲，他发现这个女徒弟也在看着他，眼神中满是坚毅。

莫炜在心中数到五的时候，他启动车子，横在了铁道口。与此同时，越野车车灯亮光也照亮了驾驶位上莫炜的脸。越野车紧急刹在了铁道上，宽大的保险杠将警车车门撞出个瘪子。

莫炜和林玲放下车窗，对越野车举起了枪。特警的两辆车也同时赶到，他们堵在越野车的后面。特警队员冲了出来，举着微冲对着车内的人，吼道：“下车！熄火！”

一名特警打开车门，车的前排坐了两个马仔，后排坐着吴宝兴和傻吁。

莫炜冷冷地看了眼这两个男人，命令道：“都带走！”当他再回身，发现林玲则坐在铁轨上，恐慌至干呕。

几乎同时

奎子从小巷出来，向一处歌吧走去，门口停靠了许多趴窝等客的出租车。一辆出租车启动，向身处黑暗中的他驶来。司机是个小伙子，奎子拦下车，坐上后排。

“师傅去哪儿？”

“淮蚌市。”

“出市啊？”

“奔丧，我给你两百块钱，够你来回车费了。”

小伙没再说话，一脚油门，车子迅速向邻近的淮蚌市龙河县驶去，那是奎子逃亡的第一站。此刻，奎子蜷缩在后排座位上，看着车外这个几乎完全冷寂下来的城市。就要离开这里了，以后将流落到哪里，奎子的心里并没有答案。他揣摩着自己没有答案，警方便没有答案。反正在哪儿都是混口饭吃，随便找个城市，找一间地下赌场安顿下来，几年便会飞快过去，就像坐牢一样，不要想太多，够吃够喝就行。没准几年后，换个身份，漂白自己，又可以开启新的生活。奎子揉了揉眼，他有些累了，他不想想太多，他需要休息，他以为已经将警方越来越远地甩在了身后，而车子几乎要到淮蚌市的边界了。十二点了，刘奎自语，又是新的一天到来了。

案发后18小时55分 北京时间凌晨1:05

养老院里蹲守的一组刑警已经从后台查清了固定电话的登记地址，立即来到奎子使用电话的那个小卖部，他们扑了个空。调取以小卖部为圆心周边五百米的所有监控视频，终于在一处树丛中的城管探头中捕捉到了刘奎的影像，更拍到了刘奎乘坐的出租车车牌号。

罗勇接到线索汇报，看到审讯室里已经关了尹宝昌、金强、傻吁、老西儿、吴宝兴，还有吴宝兴的两个马仔，而另一组巡警正把老范往刑警队送。这个家伙挨了刘奎的打后竟然报了警。整个刑警队此时已经是人满为患，可用的警力捉襟见肘。还好，潘建民副局长调集了分局所有备勤警力，亲自接管了刑警队的审讯，这让罗勇可以腾出手来，带着马识途、莫炜两个探组的人向龙河县长途客运站赶去。

午夜，车子在夜色中呼啸前行。

坐在副驾驶位上的马识途低声说："有烟吗？"

罗勇从口袋里掏出一包烟，马识途抽出一根，又给莫炜和廖冰散了烟。林玲则摇下车窗，冷风吹了进来，她已经习惯了这群大烟枪。

罗勇说："不是让你们睡会儿吗？"

林玲说："嗨，困劲儿过了。"

一旁，廖冰却打起了呼噜，烟灰散落在了林玲的身上，林玲厌恶地拍了拍烟灰，用胳膊肘捅了捅廖冰。

廖冰翻了个身，咕噜了一句："抓个人，女孩子家掺和个什么？"

林玲有些尴尬，市局局长女儿的身份一直是她的负担，她急切地想证明自己，才在警校毕业后主动要求分配到刑警队里。黑暗中，没有人注意到她已经憋红的脸。

林玲听廖冰的呼噜声越来越大了，暗骂了句："没心没肺。"

罗勇则笑了笑，说："听说罗马贵族会在奴隶决斗前一晚看他们睡得怎么样，能边睡边打呼噜的奴隶会选出来带兵打仗。"

廖冰说："头儿，我们可不是你的奴隶，我们是你的马仔……不，马前卒。"车内的人都在笑廖冰，不带恶意。

这个口误却让林玲更加觉得不快，她很讨厌廖冰身上那种流里流气的市井味道。

罗勇说："既然睡不着，那就说正事。从龙河县发出的第一趟班车是早上六点整，刘奎很有可能会乘坐这趟班车出逃。我们就在汽车站的进站口等着刘奎，如果发现，尽量在候车厅内把他抓着。"

林玲问："如果刘奎是从站外坐车怎么办？"

罗勇说："已经安排人在客运中心的监控室守候了，可以从监控看到车内的情况，一旦嫌疑人从站外上车就能发现，到时候我们就在高速路的服务站进行抓捕。"

马识途说："一定要慢慢接近，迅速控制，嫌疑人手里有枪。"

莫炜说："嫌疑人选择龙河县是有计划的，这个县的长途车站老旧，安检很松，嫌疑人应该会将枪藏在身上带进候车室。"

案发后22小时20分 北京时间凌晨4：30

凌晨四点半，车子到达龙河县城，停在了长途站的一侧，车里的人揉揉愈来愈沉的眼皮，盯着昏黄路灯照射下的站前广场。这是黎明到来前的黑暗，大家都在强忍着睡意，耐心地等待着。没有人点烟驱除睡意，他们不想外面人知道车内有人。慢慢地，一些旅客开始出现在长途站外。

过了近一个半小时，马识途捅了捅罗勇的腰眼，指着窗外道：“看！那个拎旅行包的人。”

五双眼睛盯住了马识途指着的背影，罗勇则开车慢慢靠了上去。

模糊的背影慢慢清晰，黑色的面孔也慢慢凸显出轮廓。罗勇看了一眼马识途，马识途点点头。罗勇轻轻说了声：“小心点，控制手。”

马识途、莫炜、廖冰、林玲分别从左右下了车子，廖冰和林玲兜了个圈子，来到了背包男人的两翼，莫炜堵在男人前方，围在进站口，背对着男人，只有马识途待在男人的身后，低着头，磨蹭着，打开翻盖手机，手机屏幕上是奎子的照片。马识途等待背包男人一个回头，一个正脸就够，他需要再确认一下。

穿着呢子大衣的工作人员出现在车站大门，她在解开圈在围栏上的铁锁，所有乘客都开始往门前拥。拎包男人往前走了两步，却突然停了下来，像是有些留恋，有些不舍，他终于侧过脸望了望即将到来的清晨，东方确实已经泛起了白色的晨光。而这灰暗的白光，照在了男人的脸上，倒映在马识途的瞳孔里。马识途收起手机，向男人快步走去。而面前的男人，也注意到了脚步匆匆的马识途，那一瞬间，马识途的脸也倒映在了他的瞳孔里，并激发起了近一天前的回忆，是他！那个出警现场的警察。

男人转身就跑，但只跑了两步，就撞进迎上来的莫炜怀里。莫炜一把拽住男人的拎包，男人却甩开拎包，将力道使在莫炜身上，莫炜踉跄着摔在地上。男人左右一望，廖冰和林玲也围捕过来，他一脚踢翻正欲起身的莫炜，挤开进站口的人群，钻进候车厅内。马识途、莫炜、廖冰和林玲也跟着追了进去。

男人奔跑着来到唯一的一个登车口，大巴车女司机还在登车口发愣，男人便一把把她搂在怀里，掏出的那支截短的猎枪也对准了女司机的太阳穴。

女人的尖叫唤起了所有人的注意，所有旅客停下了脚步，看到了登车口的这一幕。女人从玻璃里看到了自己和男人的倒影，两只腿开始打软。

男人在暴喝："站直了！给我站直了！！"

马识途四人拨开围观的乘客，来到人群的前沿，他们每个人都举着枪。

马识途说："你冷静点。"马识途终于看清了奎子的面孔。

奎子倒退着，他想退到大巴车上，他似乎想让女司机开车带他逃离这里。大巴车上空无一人，停车场里的人都在逃离着危险的中心，只有一个人，像是一位搞不清发生了什么情况的单身乘客，从大巴车车尾部绕了过来。奎子往后退着，那位乘客则在往前凑着，他们的距离越来越近。

奎子终于靠近了大巴车车门，就在他试图将女司机拖上大巴车的瞬间，他的眼角余光里出现了身后男人的影子。那个影子举起胳膊，指着侧过来的右耳，"砰"的一声，一簇火光突然出现又突然消失，只有一片血雾溅在泛着寒光的汽车后视镜上。

罗勇收起枪，望着脚边躺着的奎子，女司机瘫坐在地上，裤腿上沾染的都是血渍。

北京时间6:17，一切都结束了。

马识途等人来到罗勇的身边。罗勇掏出对讲机，说："指挥中心，已经击毙犯罪嫌疑人，人质安全，请求龙河警方来现场进行勘验……"

第三章

灵魂躯壳

(1)

光亮越来越小，越来越小，从充满整个瞳孔，到缩成一枚硬币，最后变得再也不见踪影，林玲已被无际的黑暗包围。

下坠的速度越来越快，越来越快。那呼呼的风，那黝黝的黑，那黏黏的湿，都像是肮脏的手指，缠绕住林玲的喉管，让她呼吸不得；又像是握紧的拳头，揍向她柔软的腹部；更像是章鱼的八爪，裹住她的胸口，把她越发快速地向黑暗最深处拉拽……

也每每在此时，她便会猛地醒来。

她努力睁开眼，周遭的物体影影绰绰。再望向窗外，黎明时的灰蒙让她感受到真实带来的些许慰藉。

林玲慢慢起身，靠在单位的行军床架上，平复着自己的呼吸，而敲门声，也在此刻响起。

“有个现场，收拾收拾，我们去看一下。”简单利落，没有废话，这便是莫炜的风格。在接手案件前，他从不发表主观判断。

林玲迅速穿好警服，钻进警车，已给发动机预热的莫炜拉下手刹，松开离合，警车便驶离了刑警队大院，钻进了破晓后的灰白世界。林玲抹掉玻璃上的窗花，沁湿后背的汗液已经冰凉，她打了一个喷嚏，不自觉地自语道："又是一个大雪天。"

警车在寂静的马路上行驶了二十分钟，然后离开道路，拐进一个工地，在一栋已经建好的居民楼前停了下来。

刚下车，一个红帽子、黑皮鞋的男人便迎了上来，对他们道："二层，有一个男孩儿，死的。"

林玲的脚步顿了一下，她的心沉了下去。

莫炜回头看了看自己的这个女徒弟。

"头儿，我没事儿，进去看看。"故作轻松的言语中夹杂着些许勇气。

在门外，两人默不出声地穿好鞋套，戴上口罩，从防盗门鱼贯入屋。毛坯房内空无一物，寂静无声，唯有窗外呼啸的风发出鬼魅般的号叫。林玲抽紧着心，随着莫炜穿过客厅，打开左侧卧室的木门。里面空荡荡的，什么也没有。他们又折返过来，打开了右侧卧室的木门，里面的情景慢慢展开。先是一个火盆，然后是双腿、屁股、腹部、肩膀，以及乱哄哄的后脑勺……一个小小的身体展现在面前。林玲抽着的心此时反倒落下，她往卧室迈开步子，却被莫炜拦了下来。

"先通风！"莫炜指了指火盆。

林玲重新审视着屋内的景象，一个流浪的男孩，一个闷烧的火盆，一个密闭的房间，小孩儿发青的嘴唇，皮肤上清晰可见的殷红色尸斑，"头儿，难道又是一氧化碳中毒？！"

"快让老柴上来！"莫炜一步跨到窗前打开窗户。

“又一名因一氧化碳中毒死亡的乞儿，我实在忍不了了！”林玲情绪有些激动。

莫炜教训道：“最近你神经太紧张了，我跟你讲，你给我控制住了，别总是一激动就要拯救世界！”说完，莫炜打电话联系市局法医和局里的“专业收尸人”老柴，只留下卧室里的林玲和躺在地上的小男孩。

林玲蹲下身，看着侧身躺着的少年，久久凝视着这白皙的小脸，自语道：“离开前痛苦吗？恐惧吗？还是在梦中得到了想要的一切？”

老柴带着他的收尸队伍挤进卧室，四处望了望，问道：“你跟谁说话？”

“当然是跟他。”林玲指了指男孩。

小小的尸体被轻松举起，放在担架上，晃晃悠悠出了门。

(2)

穿着警服的莫炜和林玲跟在收尸队伍的后面。

天色已亮，农民工们从活动板房里出来，慢慢汇聚到这栋楼下，他们几乎都戴着黑色的帽子，穿黑色的工服，静静地站立着，没有人发声，都在注视着担架上小小的尸体，大片的雪花打在他们身上。林玲认真地观察着每个农民工的举止。

老柴将尸体连同担架放进面包车的后排，排气管发出黑烟，车子一溜烟消失在浓浓的雪雾中。这次行程的终点是殡仪馆的停尸间，法医老白已在那里等候做尸体检验。

一个月内的第三起案件，三个孩子的生命如同三片轻飘飘的雪花一样，融化在了泥水里。

半晌，莫炜向林玲侧头，问：“你怎么看？”

林玲吞咽了口水，没有说话。

“你没觉得很像吗？”莫炜又问。

画面在林玲的脑海里闪回。建筑工地抑或是拆迁工地，上肢残疾抑或是下肢残疾，泥质火盆抑或是陶瓷火盆，连工地里的工人都是如此类似，只不过他们有的扛着的是拆房子的大锤，有的拎着的则是建大楼的泥斗子……

“现场……现场没有打斗痕迹，死者也没有明显外伤，之前两个死去的孩子体内也没检测出毒物，如果一定是刑事案件，那么……那么一定还有被隐去的内容。”林玲艰难地说。

“但是三起案件的现场的确很像。”莫炜说。

“现场太脏乱了，即使有嫌疑人的指纹和脚印，也会被灰尘所覆盖，也有可能嫌疑人做了清扫。”林玲开始恢复她的专业素养，“但即便这样，现场还是有些不对劲，前一次的死亡现场和这次的现场都发现了一些相同的遗留物，比如，都有一个同一牌子的薯条包装袋。”

“你是说有人在布置现场？”莫炜的身子扭了过来。

“上帝不会掷骰子。”林玲像是自言自语道。

“你对现场的观察能力越来越强了，除了警校学的那一套，你也开始进行大胆的假设了。”莫炜评价道。

林玲抿了抿嘴唇。

“不管是刑事案件还是普通的意外死亡，查清楚尸源才是当前的首要任务。殡仪馆可不会免费停尸。”莫炜启动了车子，早间的广播播放出杂乱不清的音乐。

“也许，这种无痛的死法，对于那几个身患残疾的流浪儿来说，才是一个好的归宿。”莫炜边挂挡边幽幽地说道。

林玲突然觉得莫炜的感慨像一把小刀割在了她的心尖。

莫炜按住车喇叭，尖锐的警笛声刺破了浓浓的雪幕。

跌到黑洞的底部，整个人被平压在一块冰冷的铁板上时，林玲明白过来，这又是一个梦境。但梦境是如此的真实，让她不能醒来，也不想醒来，她想弄明白这黑暗的最底处到底隐藏着什么。

尖刻的声音让林玲转过头来，她看到一个男孩被从抽屉般的铁柜里拉了出来，和她一样，躺在了冰冷的铁板上。林玲盯着那个男孩，他乌青的嘴唇，低垂的睫毛，淡紫色的皮肤，很安详的样子。

林玲不禁想把脑袋探过去，想看得更清晰些。男孩却突然睁开了眼睑，他盯着林玲的脸，缓缓张开了口说道："告诉我，我是谁？"

林玲不得不把自己从梦中弄醒，发现冷汗湿透了被褥。她打开手机，时间已近黎明。林玲刷了一下朋友圈，发现朋友们都在转发来自公众号上的一条消息，转的内容简单到只有一句话——"我市连发三起流浪儿一氧化碳中毒案，请警方给出解释，请政府给出解释，救救孩子！救救孩子！"

林玲关上手机，"救救孩子"的口号却越发震耳欲聋，她想再睡个回笼觉的奢望看样子是要泡汤了。

刑警队食堂，廖冰端了碗稀饭，夹着两个包子，坐到了莫炜和林玲那一桌。莫炜抬头瞟了一眼廖冰，林玲则无视。

"看微博微信了吗？"廖冰晃了晃手机。

莫炜点点头。

"好事不出门，坏事传千里。"廖冰骂完一句，啃了一口包子，见没有人理睬他，又讲，"有人说现在媒体都追逐耻感文化，发的新闻都是博眼球的内容。"

“耻感文化？这新词你又是从哪儿听说的？”莫炜轻轻一笑。

“没听说过？这是经典词儿。想想莱温斯基，比尔·克林顿的那个绯闻女主角。”廖冰大大咧咧地说。

“不错啊，你的视角很国际！”林玲不动声色地插了一句。

廖冰没在意语气中的讽刺，反倒继续说：“咱们做刑警的，就要耳听八方，对吧？”

莫炜笑着喝稀饭，没有搭话。

“要不要跑一跑周边学校、福利院，看看有没有孩子失踪的报案。”林玲认真说道。

“不用跑了。”莫炜也正色道，“市局DNA实验室回话了，尸源查清了，昨天的那个孩子曾经被采过血，是个小乞丐，具体的人员信息全在法医老白那里。”

“那就省事了，咱们去把数据拿回来。”廖冰说。

“咱们？”林玲质疑道。

“是咱们啊，反正我们组这几天也没事，老罗要我这个实习生多跟你们组学一学。”廖冰朝邻桌的罗勇努努嘴。

“老白在殡仪馆的停尸房里，那里陈放着许多尸体，有的已经陈放了好多年。”莫炜说得不动声色。

“呦呵，你是想吓唬我啊？我阳气可重着呢。”廖冰说完，把手里的包子全部塞进了嘴里。

林玲则在细嚼慢咽中想起了夜里纠缠自己的那个梦。

殡仪馆里，停尸房内，温度比数九的室外又低了许多。

法医老白从铁抽屉里将少年们的尸体一具具拉出，一共五具。

林玲愣在那里，半天没有动弹，她在想，梦境会不会重现？尸体会不会向她转过头来？

莫炜问：“怎么是五具？”

法医老白说：“不仅仅只有你们队发现了小孩的尸体。”

没有人接话，莫炜驻足在墙角边，廖冰则在五具尸体前踱步，查看着这五具奇特的死尸。他边踱步边分析道：“这具少了一截胳膊，再看这具，少了一截小腿，这具两只耳朵没了踪影，还有这具，两片嘴唇向上开了一道拉链，最后这具背部耸着。每具尸体的情况倒是都不一样。”

“这些都是陈旧伤。”老白的声音响起，“有的是先天的残疾，比如那个兔唇，但更多的则是外力的原因，那个少了前臂的孩子，明显是被截肢的。”

“这个缺了胳膊的孩子是你们昨天送过来的，从DNA库里查到了他的信息，叫王小虎，五岁，经常在市中心乞讨，不像是个真名。其他几个孩子，从他们的外伤看，也应该是乞讨团伙里面的。你们可以把街上要饭的那些老娘们儿抓过来审一审。”老白说。

“那么……死因呢？”莫炜问。

“都是一氧化碳中毒，只要看一下血蛋白的颜色就可以知道。”老白说。

“死亡时间？”莫炜接着问。

“你这个问题问到点子上了。”老白突然笑得有些自满。

“怎么回事？”林玲的声音很尖细。

“其中四个孩子都是死在被发现的当天黎明，这一点从尸斑的消退时间上可以判断出来，但是这个女孩，哦，就是兔唇的那个，送来时却没有尸斑，我坐等了好几个小时，都没有发现。我想，尸斑一定是已经褪尽了，那么她死亡的时间至少超过了二十四小时。后来，我询问了发现尸体的小伙儿，他说发现尸体的时候，火盆里的煤块还在闷烧。”老白说完了这段话顿了顿，“莫炜，你明白我说的是什么意思吧？”

莫炜一愣。

老白指向廖冰：“你呢？”

廖冰歪着脑袋，嘴角揪着，努力在想着什么。

林玲的嗓音颤抖了：“您的意思是……那个兔唇的女孩死亡在先，而火盆放进现场在后！”

老白一拍手，道：“有希望！连这个小丫头片子都能理解这个逻辑，案子一定能破得掉。”老白的拍手声在偌大的停尸间里回荡着，一遍又一遍地在铁柜子间撞出回音。

没人接话，他们都明白老白那句“案子一定能破得掉”已经给这五起非正常死亡案件定了性——这是一起系列连环杀人案！

罗勇带着廖冰将这几个死去的孩子的情况向打拐办的主任陈岩做了汇报。

陈岩主任眉头锁了许久，道：“那些流浪乞讨儿大多都是有组织的，但这个组织极其严密。流浪儿都得把乞讨所得的钱上交了，也不知道交给了谁，他们只能感觉到一片恐怖的阴云始终笼罩在他们头上，如有不从的孩子，一定会被弄伤，例如把小拇指弄骨折什么的，总之是那种不起眼，却是极疼的伤。”陈岩主任顿了一下，“总之是伤上加伤，反正这样对于他们乞讨反倒是有利。”

“那么，这些孩子有什么习性呢？共通的，可以去了解他们的？”罗勇问。

“唔……”陈岩在沉思。

“比如玩游戏什么的。”廖冰插话进来。

“这是肯定的。他们会去一家黑网吧，在下岗再就业一条街里面，他们只去那儿，大概是和流浪乞讨团伙有联系，不怕那些乞讨儿跑没影儿了。”

廖冰看着罗勇点点头，罗勇心中有了数。

(3)

入夜，廖冰蜷缩在一个五菱之光面包车里。他已经摸清了这个黑网吧接入的网络光纤，获知了网吧的IP，他只需要悄悄通过这个IP，进入到这家网吧的局域网内，这样他不仅能够从后台看到网吧的每一台电脑信息，更能通过接入电脑的视频监控看到里面的情况。

两个乞讨少年在一个妇女的带领下进到了网吧里，廖冰打起了精神，打开网吧内的监控画面。两个少年打开一个网络游戏开玩，妇女在吧台和男网管闲聊，聊什么廖冰听不到，他只能看到两个人的嘴型。此时廖冰真恨自己为什么没学习唇语。廖冰也进入到了两个少年玩游戏的房间，可还没和两个少年说上一句话，便被人家手起刀落，Game Over了。廖冰无奈，只能继续等待。

耗了大概一个小时，妇女驱赶两个意犹未尽的少年离开座位，看来游戏结束了。妇女又来到吧台，网管拿出一个本子，妇女拿起笔画了两道。廖冰此刻按下了暂停键，放大，再放大，他看到了类似于一个登记本上面的名字——庞霞，刚才那妇女画的两道就在这个名字后面。廖冰记了下来。然后两个乞讨少年跟着这个妇女离开了，又有一个妇女带着另外两个少年来了。廖冰又等了一个小时，这个妇女又带着这两个少年离开，这妇女也在那本子上画了两道，还是在庞霞的名字后面。

廖冰把这个庞霞的名字画了好几个圈。看来已经有了一个猎取的目标。

翌日晚，商贸文化广场，东西南北四个出口，两条大道十字交汇，大批便衣警力已经部署完毕，只待指挥部的统一收网指令。

莫炜和林玲及市局打拐办主任陈岩一同矗立在商场楼顶，俯瞰着下面即将开演的一出大戏。架起的高倍望远镜在一个又一个围着土黄色头巾的妇女身上扫过，试图发现任何可以标记出可能作为乞讨团伙领袖的庞霞的身份标识。

夜已深，商业广场人流渐稀，华灯霓虹愈见清冷，有些头巾妇女已经凑在一起，互相盘算着一天的收益，有的则在打点收拾，同时，一组便衣也跟着消失在黑暗处。

实在不能再等了，年关将至，这个乞讨团伙也要回家过年了。陈岩主任对着对讲机喊下了“收网”两个字。

寂静的广场上出现了骚动。

穿着时髦的廖冰架住一个黄头巾，像是搀扶着在雪地里打滑的老妪。一辆商务车及时赶到，车门打开，廖冰把黄头巾撂进车内，商务车加速驶离。

半分钟的一次抓捕，五分钟的统一行动，一切在路人反应过来之前便已经宣告结束。

根据市局的统一部署，打拐办的警察已经在审讯乞讨团伙利用被拐卖的残疾儿童进行乞讨的犯罪行为，一旦审讯有了突破，刑警队指派过来的莫炜和林玲便立即跟进，调查乞讨儿童失踪并最终遇害的线索。当然，他们还要带着非要跟来加班的廖冰。

一夜过去了，双眼熬得通红的陈岩回到办公室，对廖冰和林玲道：“乞讨团伙中的妇女平均年龄不到四十岁，她们每月固定向一个银行卡里汇款两千元，作为乞讨的份子钱，同时也能从一个出租房里领回一个身体残疾的儿童和她们一同行乞。”陈岩喝了口浓茶，接着说：“租赁房子的人身份还没有查清，收款的银行卡是用假身份证开的，这是个无名氏。”

“那么，那个庞霞呢？抓来的人里面有没有这个叫庞霞的？”廖冰问。

“没有人带身份证，也没有人能说清对方叫什么名字，她们都以阿猫阿狗相称。”

大家沉默了。

“庞霞这个人身份查清了没有？庞霞孩子的身份呢？”林玲插话。

“全市登记这个名字的就一个，是一个没有头像的，她的孩子也没有头像，年龄应该在五六岁，叫庞小军，和他妈一个姓。”廖冰说。

林玲思索一下，说：“我想看看那些女人。”

单面透视玻璃后，女人们摘下了头巾，一溜地靠墙站着，高低胖瘦，黑黄白丑，以各种不屑的姿态接受着黑色玻璃后未知眼睛的检阅。

陈岩小声说：“这些女人的反审讯能力很强，许多人都不止一次和公安机关打过交道。”

莫炜沉思着，没有作声。

林玲凝视着这一行女人，推开门，走到她们身前，一个个瞅着，没有人和她有眼神的回应。

林玲走了两圈，停在一个女人面前，转过身，背对着她，张张嘴，在正要发出第一个音节前，突然改变主意，她说出了“庞小军”这个名字。

林玲虽然背着身，却知道身后有个女人身体摇晃了一下。

林玲又冷冷地说：“庞小军已经死了。”

身后，一个女人两腿一软，摔在地上。

目标已经确定。

倒在地上的女人被陈岩和打拐办的同事带到另外一间审讯室，交代了自己便是庞霞，然后便绝望地问自己孩子的情况。

而此刻，退到审讯室外的廖冰问林玲："你厉害了啊！怎么最先看出这个女人有问题的？"

"微表情。"林玲言简意赅。

"哦！"廖冰虽然半懂不懂，但也没法从林玲的嘴里套出一个字。

看到自己死去孩子的照片，庞霞失去了全部的理智，她尖叫、她撕咬、她咒骂、她哀号，她像一只斗狠的公鸡一样跃起半空，又像被打落的大雁一样摔到地上，她的头发乱了，眉眼乱了，她被血淋淋的真相撕扯得体无完肤。

林玲冲进审讯室，踢开一切利于女子自残的物件，按住她剧烈起伏的肩膀，将她逼进了一个无法施展开的小角落里。已如稀泥般的庞霞发出一声长长的悲号，倒伏在林玲的怀里，泪水钻进了她的脖颈，指甲嵌入了她的掌心。慢慢地，女人的哭声渐弱了，号哭变成了一阵又一阵的抽泣，心中的悲伤如冲淡了的血栓，蔓延至身体的每个角落。审讯室里，所有的警察都默然，加害者如今成了受害者，命运的轮转，让当事人与见证人都感到摄人心魄的力量。但即便如此，林玲知道，女人已经从生死的边缘回来了。

后续的审讯简单了许多，失去了精神支柱的庞霞供述了从人贩子手里买来身体残疾的儿童，然后组织了一帮家乡妇女进城实施乞讨的犯罪事实。在她的强力统治下，一切都进行得很顺利，只不过没想到，在一个月内，那些买来的儿童会接二连三地失踪，连她一直带在身边的孩子也被人拐走了。

三个小时后，负责审讯的警员将庞霞的供词向陈岩和莫炜做了汇报。

陈岩感叹道："玩火者，必自焚。"

警员继续说："首犯招供了，其余抓的那些妇女也都招供了，她们不仅承认了有组织乞讨的事情，还交代了七个孩子失踪的时间和地点。"

“七个！”林玲感觉脑袋瞬间炸了。

“陈尸间那里不就只有五具尸体吗？”陈岩问。

“陈主任，恐怕我要赶紧回队里了，还有两个孩子生死不明，不能陪你们了。”莫炜面色凝重。

“好，你们赶紧去吧，我让手下把孩子们失踪的时间地点抄送给你们，找人贩子的事情就交给我们吧。”陈岩说。

“谢了。”话音未落，莫炜便和林玲拉开门，转身消失在漫天的大雪中。

(4)

除去已经发现的五具尸体外，另外两个孩子的身份是一个谜，目前只知道其中大一点的女孩外号是妮子，小一点的男孩外号叫二狗。

一道奇特的命令被下达，社区居委会大妈以及市内所有在建工地、拆迁工地的农民工都被动员了起来，他们被要求逐间搜索每一户没有人居住的毛坯房、待拆房、茅草屋及简易窝棚。

这些人对他们要搜什么不知道，他们只知道，一旦有任何发现，立即将现场保护起来。一把把生锈的铁锁被打开，一道道手电照亮了逼仄之处，一个个脚印留在了积压的灰层上，一种肃杀的氛围连同低沉灰色的天空，笼罩住了这个即将迎来旧历新年的小城。

七个乞讨儿童失踪前的最后影像被视频监控定格下来，全部分布在商贸文化广场，全部都处于视频探头的远端。小小的身影离开了土黄色头巾的视线范围，他们仿佛是满心欢喜的，连蹦带跳的，向小商品批发市场的街口走去，好像那里真有什么给他们带来欢乐的东西一样。

摄像头的取景范围只延续到批发市场积雪皑皑的棚顶，棚顶下隐藏着什么，一无所知。

另一方面，更多的信息被本地的微信公众号挖掘了出来，“妈妈们请关注”“宝宝杀手”“安乐死杀手”“他是谁？”一类的标题在本地网络上疯传，那些案发现场被网友们标记在了电子地图上，不同的人以不同的情绪在消费着这个连环杀人案件。

社区居委会的大妈们以幼吾幼以及人之幼的态度，更不知疲惫地搜寻着更多的空闲屋子；爱好侦探剧的网友则根据残缺的信息，不断揣测下一个案发现场将在哪里；年轻的妈妈们把自己的孩子看得更紧了，有的孩子成天被锁在屋里，无法下楼去打雪仗、堆雪人；而各类公众人物则通过各种平台，对民政的救助工作和公安的侦破工作施压。

压力层层传递，连历经过许多大案要案的莫炜也患上了失眠症，妮子和二狗这两个名字成天在他的脑子里萦绕，他不知道这究竟是两个焦急等待着被营救的孩子的外号，还是只是两个已经死掉了的孩子的外号，他甚至连这两个孩子的照片都没有，但是每到夜晚，他眼睛一闭，这两个名字便会出现在他的视网膜上。活要见人、死要见尸！他咬着牙对自己一遍遍地说。

不同于经历失眠症困扰的莫炜，林玲则不断遭受梦魇的折磨。

又是一个晚上，林玲依然躺在冰冷的铁床上，一个个铁抽屉再次拉开，兔唇女孩、缺手男孩，一具具尸体依次暴露在日光灯的惨淡白光下，林玲甚至可以看到他们僵硬的皮肤上反射着的幽幽蓝光。那些尸体已经不再转头问“我是谁”的问题，他们的身份已经核实，他们的故事已经结束，他们的命运已经终结。

林玲平躺着，想这一切都是梦，再撑几个小时，明天终将要到来。林玲闭上了眼，其实更准确地说，她在梦中闭上了眼。日光灯的冷寂白光慢慢消失，黑暗侵袭，一个弱弱的声音渐起："救救我，救救我。"林玲抬起脑袋，声音从黑暗处传来，什么也看不清，却越来越响，越来越近，一句又一句，压迫着，紧逼着。林玲不自觉缩着腿，缩着腰，往后退，但无路可退，她只能翻身下床，跌在地砖上。然后，她醒了，揉着发痛的脑袋，坐在黑暗的宿舍地面上发呆。

窗外的雪停了，风也停了，许久不见的月亮出现在半空，虽然还是隐约朦胧的，但月光却照亮了大地上的一切，积雪又反射着月光，四下沐浴在一片柔和的光芒里，虽不明澈，却可以让林玲看清掌心的纹路。

林玲起身，穿上厚厚的棉袄，坐到桌前，抽出一张纸、一支笔，定了定神，借着月光，在白纸上刷刷写下那些在脑海中如流星般燃烧的念头。

回到清晨的刑警队食堂，侦查员们快速吃完早饭，各自奔赴新的出警现场。

莫炜盯着冷了的馒头，有点失神，一旁的廖冰则在不断刷着微博，看关于孩子失踪的帖子。

林玲从屋外进来。严重失眠、错过了早饭的她却精神亢奋。她将身上的雪片抖开，拉开一张椅子坐下，再将叠着的一张图展开——一个戴着线帽和蓝色口罩的男人身影占据了画面中央，他的身边站着一个男孩，男孩左侧的袖管无力地悬在空中。

林玲的手指按在男人的影像上，语气坚定地说："他，便是案件的真凶！"

是的，那个孩子，正是已经逝去的乞讨男童，而他小手牵着的身边大手，无疑证明了男人与男童间的关联。

莫炜和廖冰半天没有说话，"震惊"这个词已经无法形容他们此刻的心情，他们瞅着林玲喝完了一碗温热的稀饭，等待她揭示这张截图的前因后果。

"你们或许记得，五具孩子的尸体并没有外伤，没有遭受折磨的痕迹，甚至可以说，除去套在外面的破烂外衣，他们的尸体是干净的，从案发现场送过来便是如此，这一点很不寻常，这不是一个乞讨儿童应有的卫生标准。根据法医老白的尸体解剖证实，死者们的胃部盛满着食物，而且还是鸡块一类的食物，这会让你们想起了什么？”

林玲的眼睛泛着光，她望着莫炜。

廖冰却不自觉地说：“吃饱喝足洗干净，再送上断头路。”

“快餐，肯德基或是麦当劳那一类的。”莫炜的回答则具体得多。

“是的，一氧化碳、洗澡、鸡块，罪犯是让那些孩子在无痛中，体面地、有尊严地接受死亡。”

“那些发现孩子尸体的案发现场并不难找，他确信警方会做好后续的收尸等后事工作。”莫炜插话道。

林玲点点头，道：“我想，对于一个乞讨儿童来说，最大的羡慕便是去吃一顿城里孩子经常吃的汉堡包，而这个罪犯也在最后的晚餐中实现了那些小乞丐的愿望。”林玲环顾莫炜和廖冰，他们已经进入了自己的思索链条中，“我按照这个逻辑，到了咱们市内的三家快餐店，调取了案发当晚的视频画面，结果便发现了他！这只是我匆忙截图中的一张，同样的画面，还存储在快餐店的电脑中，一共五段。”

莫炜再次拿起这张截图。那是一个高大男人的背影，身高在一米八二到一米八五之间，体态中等，看不清脸，所有的面容都被线帽和口罩掩盖。

莫炜将截图交给廖冰，廖冰也皱着眉头，挖掘着画面中可能隐藏的信息。

“我或许有一些推测。”林玲的声音不似刚才的兴奋与坚定。

“你说。”莫炜命令道。

“犯罪嫌疑人未婚、独居、有车，有独门独院的房子，经济条件较好，童年生活不幸福。”林玲言简意赅，没有任何模棱两可。

莫炜凝视着林玲，这位警校优秀毕业生展现出了她的自信，不禁暗暗感叹。

廖冰的身体也前倾过来，说："我也不得不同意你的判断。"

"犯罪嫌疑人是医务工作者。"林玲继续她的心理画像。

"怎么说？"莫炜问。

"他懂得用最有效的，却又最无痛的方式结束一条性命，他了解尸检的所有步骤，能够伪造出非他杀的一切假象。更重要的信息在这图片里，他戴的墨蓝色口罩，这是现在医用的，他只戴过一次，也成了他唯一露出的马脚。"

"还有什么发现？"莫炜的身体也前倾过来。

"他和公安、民政或各类慈善机构有着联系，至始至终都有着联系，或许这种联系还非常密切。"林玲的断言已经拓展了眼前两位刑警的思维边际。

"他在一个月内制造了七起乞讨儿童失踪案，不可谓不高效，也不可谓不准备充分。但如果时间往前推，在为儿童制造安乐死这一念头形成前，他一定也做过努力，希望能够将这些悲惨生活中的孩子解救出来，这当然是一项社会工作，因此，这个努力，也必然会和政府机关或慈善机构产生联系。失踪案件陆续发生后，媒体关注了，政府重视了，他也通过了这种极端的方式，推动了全社会对乞讨儿童问题的解决。利用拐卖孩子乞讨的团伙的覆灭就说明了这个问题。"莫炜冷静地分析道。

莫炜瞅着两个实习生问："你们觉得罪犯把自己想成了什么？"

廖冰缓缓道："上帝已死。"

"是的，上帝已死，尼采。"林玲点头，"他把自己当成了上帝。"

"快接着说，你还有什么发现？"廖冰催促道。

"失踪的二狗和妮子还活着。"林玲用一个短句结束了她的结论。

"为什么？"莫炜问。

“因为他把自己当成了上帝，他会根据物竞天择的理论，杀死那些肢体有残疾的孩子，自认为即便那些孩子苟活于世，却还会因为身体残疾而经历命运的折磨，不如提前结束他们痛苦的生命。二狗和妮子则不然，他们肢体健全，他留下了他们的生命，他在许以一个改变命运的机会。”

林玲最后的分析让莫炜和廖冰陷入了沉思，沉思中有着希望，希望中有着恐惧，恐惧中则是作案动机揭开那一瞬的愕然。

(5)

你以为你是上帝，却流淌着懦夫的血液。

你以为在所行善事，却终将下到底层地狱。

正义已成为邪恶，殉道已成为伪善，任何彰明昭著的罪恶，都可能伪装在一副道貌岸然的面具下。

不用时间的打磨，你连被历史唾弃的机会都没有，你很快将会被人们遗忘。

敲下最后一个字符，廖冰的指尖在回车键上悬停了许久。他扭头看了看莫炜，莫炜点了点头，他们愿意承担这条信息带来的任何后果。

一秒钟后，这段话发布在了刑警队的官方微博上。

虽然林玲已经为嫌疑人做了心理画像，但全市医务人员近万人，仅是逐一排查就需要许久，重压之下的警方没有那么多的时间。

这个自诩为上帝的人足够傲慢，傲慢到不愿他那所谓的正义事业遭到任何玷污。所以他们决定引蛇出洞，激怒对方。

一晃神的工夫，拥有上万粉丝量的刑警队的官方微博沸腾了。网友们用不同的方式表达对这一段话的情绪，有支持的，有谩骂的，有猜忌的，有毫无理由便点赞的。这段非典型性的官方表态正在以几何倍数速度向外扩散开来。或许犯罪嫌疑人无意中也会看到这条信息，或许犯罪嫌疑人已经将刑警队的官方微博添加为特别关注，他正在暗中时时刻刻关注着警方的一举一动，而他握着手机的手正在因为警方的批驳而愤怒地轻轻颤抖。

廖冰翻阅着这些网友留言，对可疑的数据进行锁定、跟踪。

莫炜穿上大衣，准备赶往卫生局，那里有全市海量的医生档案需要查询。

林玲也起身，被莫炜拦了下来。莫炜说："你忙了一个通宵了，好好睡一觉。"莫炜拍了拍林玲的上臂，便出了门。

林玲斜躺在皮椅上，雪终于停了，太阳也出来了，照得积雪明晃晃的，照得林玲的眼睛也明晃晃的。她把眼睛眯缝起来，感受从窗外传进的短暂暖意，失眠引来的午后困顿将林玲淹没。

冰冷黑暗的停尸房没有了，响起了字正腔圆的女声普通话："火车即将离站，请乘客们从三号检票口检票进站。"林玲睁开眼，发现自己正身处在日光下的火车站候车大厅。

林玲开始在来往的行人间绕行，那么欢快，那么兴奋，提着拉杆箱的行人纷纷避之不及，她把鼻子贴在落地窗上，看铁轨上加速驶离的火车，夕阳也在一扇扇窗间穿行。她想，那里一定有一辆带我离开的火车。

她返身在候车厅里找寻检票口，找寻一扇可以出去的门，但没有找到。她去找广播声音的源头，却只发现几个冷冰冰的扩音器。她去找任何穿着制服的人，他们都只是一丝不苟地站立着，没有任何言语。

她站在候车厅的大厅中央，看来往的行人。他们行色匆匆，提着拉杆箱，小跑到了大厅的一端墙壁，然后自然折返，沿着来路，向另一端的墙壁进发，依然形色匆匆，依然小跑向前，仿佛那才是自己的目的地。这些行人和林玲擦肩，他们或沉默不语，或低声交流，或在擦汗，或在微咳，他们似乎没有发现林玲的存在。

夕阳即将收走最后的光线，在黑暗降临前，林玲还在找寻着出口，但慢慢地，林玲明白过来，这栋候车大楼是没有出口的。更为糟糕的，林玲也找不到带自己来到此地的父母。

她，和那些旅客一样，永远地被困在这里。只不过，那些旅客如在梦境，而林玲则异常清醒。

她开始挣扎，她找来灭火器，砸那玻璃幕墙。那些梦境中的旅人扭头看林玲，眼神冷漠，之后继续赶他们的“路”。林玲跑上前去撕扯他们的衣服，摇晃他们的身体，告诉他们这是一个陷阱，是一个无妄的梦境，他们依然冷眼看林玲，轻易甩开林玲的纠缠，继续赶他们的“路”。

林玲想制造更大的噪音、更大的混乱，却感觉到双腋被人提起，整个身体悬在了半空。就在此时，林玲从玻璃窗上看到自己的倒影，那是一个熟悉的影子，那是十八年前的自己，那是个经常哭泣的女孩。一道黑影劈下，林玲向下坠落，掉进一个洞口。

林玲醒了过来。

廖冰递过来一条毛巾，说：“瞧你这一脸汗吓的，你不会是有心理疾病吧？”

林玲惊了一下，打落了廖冰手中的毛巾。

廖冰又把一部手机递了过来，得意地说：“不愿接受怜香惜玉，那我给你来点实在的。”

这是刑警队的官方微博，一条网名为dog的人在发布的帖子下面留言：“罪恶正在蔓延，正义应要伸张。”而留言下方是廖冰的回复：“罪恶的手段并不能为正当的目的开脱。”

林玲问：“什么时候的事?”

廖冰说：“刚刚。”

林玲陷入了思考，此时，微博私信对话框弹了出来，还是那个叫dog的网友发来的信息：“法律也不能，即便你们可以揭露罪恶，却不能消除罪恶。人们只能通过罪恶走向光明。”

“人心都是向善的。”林玲立刻打字回复道。

“但人心也有恶的成分。”对话框很快又亮了起来。

“人们的心并不能因为对恶的审判而变得更加温暖。”林玲情不自禁地敲下这几个字。

“总有人要去行使索多玛和蛾摩拉的职责。”信息又跳了出来。

林玲陷入沉思中，半分钟后，屏幕黑了下去，林玲的心却慢慢悬了起来，她想到索多玛和蛾摩拉是耶稣对一切罪恶审判的执行人。

林玲突然急迫地解锁手机，把屏幕倒了过来，那个叫作dog的英文网名成了另外一个单词——god，翻译成中文就是上帝。

林玲抬头看窗外，厚厚的乌云悬垂在低空，像是某种紧迫的预言，压迫着林玲的胸腔。林玲把掌心的手机握紧，写道：“你是谁？”

手机沉默一小会儿，亮了：“我是我全部的意义所在。”

林玲紧接着发过去一句话：“但你不是上帝。”

“上帝已死。”这次回复得异常迅速。

林玲愣在那里，仿佛喉咙被人掐住。

手机屏幕又亮了：“再见，我们会见面的。”

“你要去哪儿？”林玲赶紧回复。

“工作，救人。”

“你是医生？”

一个笑脸回复了过来：“找到我，我们便会见面。”之后，再没下文。

半晌，廖冰才伸出手，把林玲手中的手机接了过来。这几分钟的对话蕴含了大量的信息，廖冰还要处理一下。

林玲立即拨通了陈岩的手机，抢白道：“陈主任，不好意思，打扰你休息了，有件事情必须现在向您核实一下。”

“没关系，小林，你说。”陈岩的声音异常疲惫，经过连日的奔波、抓捕与审讯，他们已经打掉了一个跨省的拐卖团伙，抓获了人贩子二十多人，解救了十一名被拐卖的婴儿，庞霞只是那个拐卖团伙最下游的买方。

“你们是不是在管理着打拐办的官方微博？”林玲问。

“是的，那也是一个接受举报线索的平台。”

“那你们对微博举报的线索有没有登记？”

“有的。”

“记不记得有一个叫作dog的微博网友向你们举报拐卖线索？”

“什么名字？”

“dog，英文，狗。”

电话那头沉默了一会儿。似乎过了很久，陈岩的嗓音才响起：“有。”

“什么样的线索？”

“他在市中心给流浪乞讨儿拍照，通过微博传给我们，要我们查这些乞讨儿的身份。”

“你们是怎么处理的？”林玲的声音愈加急迫。

“我们尽力去找那些乞讨的儿童，将他们采血录入到DNA库里，有的孩子比对上了，找回了父母，有的孩子没有比对上，送到了孤儿院，不过，有的孩子在警方行动的时候，被乞讨团伙隐藏了起来，没有能够提取到DNA，被转移到他地行乞。”陈岩的声音越来越慢，也越来越痛苦，“那些孩子被害的案子是不是有进展了？”陈岩问道。

“你们有没有和这个叫dog的人联系？”林玲没有理会陈岩的疑问。

“我们后来给这个dog网友留言，没有回音，他已经清空了所有的资料，除此之外，我们没有其他能够联系上他的方式。”陈岩说道。

林玲“嗯”了一声，在把手机挂掉前，林玲听到了陈岩主任说出的最后四个字：“早日破案。”

林玲沉思了一会儿，转向廖冰，用从来没有过的急迫，甚至是乞求似的语言对廖冰说：“你帮我查一个微博号码绑定的手机号。”

“就是这个dog的微博号？”廖冰也没有废话。

“你怎么查？”林玲问。

“发个木马程序，黑入他的账户，看他用什么手机号登录就行。”廖冰语气轻松，说完就回他办公室去了。

已经晚上八点了，林玲看向窗外，大雪又在静静地、缓缓地飘落，一些城市的灯光在密集的雪片中闪烁。

林玲推开窗户，窗台上的积雪落了下去，打在楼下的雨搭上。一些雪片落进了写字台的玻璃上，白色开始褪去，花瓣开始肢解，几秒钟，雪片便成了小小的一汪。林玲深深吸了口气，凉气进入肺部，让她有些走神。

又一次陷入到黑暗中。

她不敢睁开双眼，不愿意去看那冰冷的尸体与冰冷的床，不愿意面对那无尽的黑暗与无尽的忧伤。

但她又明白，即便是摸，也要摸到门的方向。推开它，光明将照进黑暗，困局将有了答案。

停尸房，一些毛绒绒的东西惹得她鼻尖发痒，让她忍不住睁开了双眼。那是母亲的呢子大衣，高高悬挂着，尾端下面蜷缩着的，是林玲小小的身体。她拨开大衣的下摆，指尖触到了粗糙的木板。触感虽很久远，却很熟悉，这是童年藏身的衣柜。

衣柜外，男人与女人的撕扯，没有休止。躲在衣柜里的那个小女孩，拇指塞进了耳蜗，拳头打在木板上，指甲嵌入到了肉里。小小的她只能继续蜷缩在逼仄的衣柜里，抱起膝盖，无声地哭。

儿时的那个火车站，那是她最后一次见到母亲的地方。

莫炜带着一沓卫生局的资料回来了，纸质的封面已经被雪水润湿。他把林玲屋的窗户关上，骂道："这鬼天气，还开窗户，也不怕冻着。"

廖冰此时也出现了，他手中的白纸上写了一个尾号是4444的手机号，这是那个dog微博绑定的手机号。莫炜的人员资料加上廖冰的电话号码，那个交叉点便是他们寻找的犯罪嫌疑人。

李钰，照片中男人的姓名，三十三岁，医学博士，市人民医院首席麻醉师，单身，在郊外有一处四合院，两年前购买了一辆SUV，孤儿院长大，父母不详，靠自己的努力一步步走到今天。

照片中的他虽然微笑着，金丝边眼镜下的眸子却含着浅浅的忧伤。

真的是他吗？

即便符合所有林玲的心理画像，但当真凶浮出水面的那一刻，林玲心里还是出现了迟疑。

同样迟疑的，还有莫炜。他明白，仅凭微博上的对话，还有假定的人物画像，是不能作为定案的证据的，而仓促的抓捕，只可能为失败的审讯埋下伏笔。

经过新一轮的数据查询，廖冰带回了另一条令人振奋的证据：dog那个尾号为4444的手机号正是当地微信公众号的儿童失踪新闻线索提供者的电话。很明显，实施犯罪的人总是能够提供最及时和最准确的线索，而通过网络的炒作，流浪乞讨儿的命运也突然受到全社会的关注。

三个人一合计，决定当晚仅由廖冰开展与李钰相关的外围调查，待到明天李钰到医院上班，莫炜便潜入他的家中，搜寻任何能够定罪的微量物证。

“我的任务是什么？”林玲问。

莫炜严肃地说道：“你现在的任务就是休息，我们要保持你的脑袋一直灵光，不能累着了。”

莫炜和廖冰从林玲的宿舍退了出来，留下林玲躺在床上。林玲下床再次把窗户打开，飞雪又飘进了屋子。她看着天花板，脑子里有些空白。她又打开手机，看到dog在微博上发了一条状态：“生而同，死而不同，每个人都有自己的救赎路。”

不祥的预感笼罩了林玲。为了不触动李钰，她把手机关机，放在了枕前，闭上了眼，等待另一次梦魇的侵袭。

飞雪还在不断地飘进屋子，但那一晚，林玲睡得非常沉。

(6)

第二日清晨，人民医院的手术室。

照片中的男人站在手术室里，一台耗时许久的手术正在进行。林玲和廖冰守在手术室外，等待正在李钰四合院里秘密勘查的莫炜的消息。一旦收集到能够定罪的微量物证，林玲和廖冰就将把手铐拷在李钰的手腕上。

莫炜没有让他们等待许久。用于释放一氧化碳的火盆找到了，一些失踪儿童的衣物鞋子也找到了，卫生间的搁物架上摆放着儿童用的牙刷牙膏，卧室的枕巾上也提取到了明显不属于李钰的细小毛发，极有可能是那些孩子留下的。

廖冰和院方沟通，要把里面的李钰带走，但院方不同意，这场手术攸关一个生命，不能有任何差池。

透过厚厚的玻璃，林玲看李钰的眼睛，认真、疲惫，但依然忧伤。李钰将长长的针头注射到病人的皮下，一管药水被推进了病人的体内，林玲的心颤了一下。

李钰也看到了外面的林玲和廖冰，虽然两人没有穿警服，但林玲肯定李钰认出了他们的身份。李钰好像点了点头，然后转身，进入了一扇医用的屏风后面。

林玲立即去拉手术室的门把手，但门需要密码。随行的副院长说："里面没有窗户，也没有门，他只是坐下休息一下。"

漫长的等待后，手术结束了，时间已近午后。护士推着病人出了手术室，医生解下带血的手套，也出了手术室，没有人说话，马拉松式的手术耗尽了所有人的力气。唯独李钰迟迟没有出来。

林玲和廖冰也不管副院长的拦阻，闯进了手术室里。血腥的味道和福尔马林水的味道正在交织。他们绕过帷幔，看到了正在椅子上坐着的李钰。此时的他已经解开了口罩，那个他在肯德基店里戴着的墨蓝色口罩。

李钰对他们笑了笑，没有起身，他已经瘫软在了椅子上，身边的桌面上留有几支空了的针管。

林玲和廖冰站在他的面前，一时间竟没有了话语。

李钰又笑了笑，道："法网恢恢，疏而不漏。"声音十分微弱。

"上帝的网也是一样。"林玲说道。

"每个人都有每个人的命运，是吧？"李钰艰难地把头抬了起来。

"是的。"林玲答道。

副院长进来了，他看到了桌面上的针管，还有那些装着药粉的小瓶子，他猛地愣住了，急忙道："李钰，这些麻醉针你都给谁注射了？！"

细长的胳膊无力地耷拉下来，掌心里的针管也摔碎在地上。

"我的命运……命运……终结……"这是李钰最后的言语。

无影灯将整个手术室照得通亮，每个人的影子都消散开来，像是这个世界没有黑暗的那一面。

(7)

林玲和廖冰赶到李钰位于郊区的四合院，那是一个郁郁葱葱的院落，里面种着各式花草，外面则有池塘、有树林，最近的人家相距一百多米。

推开房门，廖冰的皮鞋踩到一个物件，一声尖叫在屋内响起，吓了两人一跳。廖冰低头，脚边是一只橡胶制成的玩具公鸡。四下瞅瞅，看到了角落里的大收纳盒，那里满满地装了许多玩具。廖冰将捡起的公鸡放进了收纳盒。莫炜从里屋出来，默默地看廖冰的举动，没有出声。

随后，莫炜打了个手势，领着林玲和廖冰到侧屋去看那些可以给李钰定罪的证据。林玲则坐到了电脑前，屏幕上显出了一个憨态可掬的小考拉，它正瞪大着眼睛，惊恐且好奇地望着什么。打开微博，自动登录，微博标识上显出了

dog的头像，个人微博还是那句“生而同，死而不同，每个人都有自己的救赎路”，林玲的心中在轻轻叹息。

电脑里的内容已经几乎被清空，只有D盘里有个文件夹标记着“请看”两个字。林玲点开，里面有五个子文件夹，每个文件夹都以死去的孩子姓名命名，依然失踪的二狗和妮子的名字没有出现在上面。

林玲打开了那个唇裂女孩的档案，里面有一份文件与一段视频。文件记载着女孩的年龄、病情和日程。日程显示有三天的时光，内容记载了李钰带女孩到了游乐园、电影院、动物园、童装店和各种美食店，日程的最后一条定格在那顿看似平常的肯德基快餐，几个小时后，女孩走向了人生的尽头。

林玲又打开视频文件，视频中是一个有着微弱灯光的房间，房间的中央是一张床，被褥里裹着一个沉睡的小身体。门被轻轻打开，李钰端了一个炭火盆进到房间里面。他把火盆放在床头，立在床前俯视床上的小身体，然后他坐到房间的角落，双掌护住了两侧鼻翼，弓着腰，直直地看着女孩。有几次，他起身，走到火盆前，站了一会儿，又回到了角落里，他开始撕扯自己的头发，开始捶击自己的脸颊，开始一遍又一遍抹去脸上的泪。他的动作越来越缓慢，越来越虚弱，他挣扎起身，走到门前，最后看了一眼那张床，拧开门闩，离开了房间，门在他的身后锁上了。

几乎陪到最后一程，耗尽了所有善与恶的火花，李钰还是将死亡留给了那个有着兔唇的孩子。

林玲挨个看完了五段视频，然后关机，屏幕回归黑暗，隐约反射着林玲的流泪的脸，又好像反射着李钰的脸，又好像反射着那些死去的孩子的脸。

出了院门，林玲站在大柳树下，日过中天，阳光融化了积雪、融化了冰凌，一阵风吹过，树枝上的雪簌簌而下。

远处，一个女孩领着一个男孩慢慢走近，他们戴着崭新的棉帽，穿着皮靴，来到林玲的身边。

女孩问："你是谁？"

林玲说："我是警察。"

女孩问："那你知道爸爸中午为什么没有回家吗？"

林玲问："你们两个的爸爸吗？"

男孩擤着鼻涕说："李爸爸，我们当医生的李爸爸。"

林玲努力笑了笑，蹲下身，将两个孩子搂在了自己的怀里。

第四章

血晶

有时，挣脱引诱的唯一方式就是接受它。

(1)

办完了那起“死亡医生”案，林玲请了个公休假，到青海旅游散心去了。

在茶卡盐湖，林玲拍了张自拍照发到了朋友圈内，题目是——“让一切的孤独与恐惧都收藏于这片天空之镜中”。

廖冰看了，在下面评论了两个字：“矫情”。

林玲回了两个字：“滚蛋”。

廖冰看到这条留言，哼笑了一声，对探长马识途说：“林大小姐的体验生活该结束了吧，该回市局机关快活了吧。”

马识途叹道：“基层从来都是很难留住人的。”

可没想，一周后，林玲背着一大包行李回来了，她送了刑警队每个人一块颜色各异的戈壁石，这其中也包括廖冰。

廖冰把石头在手里转了个圈，说："你就不能带回来点值钱的东西吗？"

林玲问："哪里的臭鸡蛋的味道？"

大家面面相觑。

"很浓烈的二氧化硫的味道，你们没有闻到？"

廖冰摸了摸自己的臀部，笑道："你什么意思？我说话就是放屁？"

"无聊至极，我没开玩笑。"林玲道。

从罗勇、马识途到莫炜，几杆大烟枪都摇了摇头。

林玲静静地嗅了一会儿，道："味道不在咱们院里，在外面，东边，那片棚户区。"

廖冰笑道："你狗鼻子啊？"

林玲正色道："要不出去看看？"

林玲和廖冰收拾好了勘验箱，准备去调查味道的来源。此时临近傍晚，罗勇塞了支强光手电，让廖冰跟在林玲后面，保护她的安全。

廖冰撇着嘴，抱怨道："就她还要人去保护安全啊？！"说完，便跟在林玲身后出了刑警队大院，往东侧拆了大半的棚户区去了。

臭鸡蛋的气味随着他们的靠近越来越明显。循着气味的方向搜索，来到了一栋栋老旧居民楼跟前。两人驻足，猛地嗅一下，随后又屏住呼吸，咸腥的味道让他们的喉管和胃里阵阵泛呕。距离腐烂的中心还有一段距离，他们继续着气味源头的搜寻。

在一条流淌着污水的大沟前的居民楼前，林玲和廖冰停下了步伐。一个老人端着尿盆从楼道出来，将排泄物倒进了大沟。老人转过身，看到了穿着警服的两人。老人摆摆手，让他们跟着他走。只是往前走了七八步，进入到老人居住的楼道单元，他们知道了，味道的源头就是这里了。

的确，因为楼道不通风的缘故，浓烈的恶臭在这里郁积了起来，像层层叠叠的海浪一样，不断进逼着两人，往他们的眼睛里、鼻子里，乃至所有暴露在外的毛孔里钻。

老人迅速消失在一楼的房门后，林玲和廖冰也赶快从楼梯口退了出来。

夕阳把这栋老楼照得红彤彤的，蛛网盘附在楼梯管道上，油垢泛着光亮。

大多数人搬离了这片即将拆迁的旧楼区，但还是有些人站在了楼道外，他们在窸窸窣窣地交谈着，分享着对不祥预感的种种猜测。

林玲从勘验箱里掏出一瓶风油精，打开，往鼻子下方抹了几下，然后递给廖冰。风油精强劲的冲味儿暂时压制了咸腥的恶臭。他们戴上了口罩，咬着牙又进入到这栋三层小楼的楼道里。

他们敲响了每一户的房门，敲门声在回荡，没有开门的声音。在二楼的西户，林玲试着推开一扇木门，没有动静。廖冰飞起一脚踹开，一个笼罩在灰暗中的房间向他们张开了怀抱。

廖冰打开了日光灯的开关，但没有电，只能打开强光手电。光线所及，空荡荡的客厅只有一个覆盖了灰尘的木桌。林玲慢慢走到桌前，手指揩着灰尘，却不小心接触到了某种黏稠的东西，抬起手指，恶臭像一把矛一样刺了过来。天花板上，粉白色的中央湮湿了黑黑的一团，悬垂的一滴在重力的作用下，挣脱下来。林玲一个闪身，黑色的脓液坠落在廖冰的右手背上。

“你这是什么情况啊？”廖冰疯狂地甩自己的右手。

“啰嗦。”林玲出了门，向三楼的西户走去。

三楼西户的门上了锁，廖冰从口袋里掏出一根回形针，捋直了，又弯了弯，伸进了锁眼，也就是两三下，外面的铁栅栏门便开了。廖冰笑着看了看林玲，很是得意，又是两三下，里面的木门也开了。

门开的瞬间，腥臭味排山倒海般向两人拍了过来，戴上了护目镜，林玲一个人钻进了臭味的“海洋”中。廖冰在门外伸长脖子，看到了从客厅长沙发上伸出的一条腿，腿的下面，是一摊黑色的液体，上面好像还有某些白色的东西在蠕动。廖冰一口就将早饭和午饭都吐了出来。

林玲的声音冷冷地传来：“受不了的话，就下楼做好警戒，别污染了我的勘查现场。”

廖冰想辩驳两句，但一张嘴，还是想吐，他扶着栏杆，匆忙下了楼，呼吸新鲜空气去了。此时，楼梯口聚集了许多围观的群众。

十多分钟过去，林玲发来了微信消息：“身份证信息，楚萍萍，1994年出生，一个扎着马尾的女孩，欢快的笑牵出两个深深的酒窝。”

“有酒窝，还面带笑容？笑着死的？”廖冰一头雾水。

“可能是吸毒过量，她的手里还攥着一个注射用的针管。你查一下这个女孩的亲属的联系方式，让他们赶紧过来，我们要在他们的见证下挪动尸体。再有，通知罗队，过会儿现场可能不好控制。”

“又给我下命令。”廖冰抱怨完还是按照她的指令，先打电话给罗队说了现场情况，将死者的情况通报给了110指挥中心。接线员很快告知这个叫楚萍萍的女孩有吸毒史，还把她父母的联系方式给了廖冰。

攥着手机，拨通了女孩父亲的电话，忙音；廖冰又拨通了女孩母亲的电话，盘算着怎么把这个消息告诉她。

“我是刑警队的侦查员，你们马上到刑警队后面的工字楼来一下，和你的女儿有点关系。”廖冰在对方提出任何疑问前，匆匆结束了对话，他长长地吁了一声。

廖冰又拨通了老柴的电话，廖冰能感觉到对方在叼着烟嘴，含糊地吐了两个字："等着。"然后便挂了电话。

老柴的收尸队和死者的父母几乎是同时到达的，一同来的还有一个少年，年龄上看像是死者的弟弟。当那个妇女距离现场还有五十米的时候，聚集的人群，收尸的面包车，还有廖冰脸上的表情让她的腿软了下来。她坐在了地上，她似乎已经知道了答案。男人也蹲下身子，两个人开始抱头痛哭。反倒是那个少年走到了廖冰的身前，直愣愣地看着廖冰问："是不是我姐？"

廖冰点点头。

"我姐死了？"

廖冰没有任何的表示。

林玲从身后出现了，说："我们需要在家属的见证下挪动尸体，做进一步的勘验。"

少年点点头。

林玲又问："你能和我们上去吗？"

少年咬咬嘴唇，显出巨大的悲恸，他还是点了点头。

"那我们走。"林玲轻叹一口气。

一前一后，少年走在两名警察的中间，一步步地上了楼，压制着心中的恐惧与忐忑。

这次，他看到了完整的尸体。女尸匍匐在沙发上，长发遮蔽了脸，如果除去强烈的恶臭，一切仿佛很安静。林玲向廖冰示意，两个人开始翻动尸体。

尸体已经僵硬，一只胳膊阻碍了他们任何试图为她翻身的努力。廖冰也上前把手放在了死者的肩膀上，他能感受到臂膀上的肉像是一块死面，被他一推，离开了原来的位置。

女孩的尸体被翻了过来，被平放在地板上，一些肌肉组织和内脏伴随着脓液从身体脱落，糊满了沙发和地面。

少年依然在一旁垂首而立，大颗的眼泪从眼眶滚落。

林玲在勘验笔录上刷刷地写着，然后递给了少年，说："她是你的姐姐吧？"

少年点点头。

"这是初步的勘验情况，从表面看没有明显的外伤，你签一下字，具体的死因还要等到市局法医解剖后才能得出结果。"

老柴和他组建起来的农民工收尸队是一群在城市游走的奇妙队伍，由于工作的特殊性，很多城里人都不愿意从事这个工作。老柴看准了商机，从家乡拉起了这么一支队伍。他们虽然衣衫陈旧，鞋帮上经常沾满了泥水，却有着丰厚的收益。

老柴带着他的人马来到楼上，没有任何除臭的措施，他们早已习惯各种各样的死亡。老柴皱着眉头看着地上的尸体，把烟屁股从嘴边拿开，道："一千。"

廖冰说："不是八百吗？"

老柴摆摆手，道："你看这都烂成啥样了，而且是顶楼，抬下去很麻烦。"

廖冰说："好好好，明天到刑警队找咱罗队报销。"

四个汉子围着尸体忙乎起来，僵硬的胳膊没法捋顺，尸体被放在担架上往下抬，上面盖了一个薄被。

楼道口，死者的父母早已哭成一团，女人蜷缩在男人的怀里，男人则将脸背了过去，所有的声音都被压低。旁边有个正在端着碗的路人，一口把饭呕在了自己的饭碗里，只有那个少年还在垂首而立，像是送别自己的亲人。

林玲把还装有液体的针管小心翼翼地往物证袋里装。

少年问："我知道会有这么一天。你们能帮我查出来是谁把毒品卖给我姐姐的吗？"

林玲看着少年，郑重地点点头。

廖冰回头看看这栋楼，晚霞已经退去，黑暗开始笼罩，围观的人三三两两地散去，恶臭味依然浓烈。

(2)

虽然腹中空空，但廖冰实在没有食欲，他破天荒地在洗澡间里洗了一个小时的澡，才回到宿舍休息。

灯关了，他有些睡不着。午夜后，他悄悄抱着枕头，溜到马识途的宿舍，在马识途旁边的床上躺了下来。马识途心里哼笑了一下。

到了第二天中午，廖冰可以往肚子里塞一些素菜的时候，林玲带着一些陆续做出的报告进到餐厅，开始了汇报："检测报告主要体现在以下几个方面。一、女孩果然死于因吸毒而引发的心跳过速；二、女孩死亡的出租屋是由一个外号叫孝三的男人租住的；三、针管上除了死者的指纹，还留有一枚残缺的指纹，因为残缺成分较多，暂未能比对出指纹的主人；四、针管里的液体成分为甲基苯丙胺，也就是冰毒，但其呈红色，是一种在本地市场上从未见过的品种，纯度也高于发现的任何一种缴获的品种。"

罗勇听后说："分局的禁毒部门全被派往云南办一起部督的大案子，所以这个案子现在交由咱们蚂蝗刑警队办。潘局长的目的很明确，从女孩的死因入手，查清这种从未出现过的毒品的源头。"

罗勇扭头看向马识途，接着说："这个案子交给你们一探组办，二探组的林玲跟着做技术支持。"

马识途点了点头，道："已经开始查了。"他从口袋里掏出一个手机，

“这是死者的手机，是她弟弟提供的。女孩离家前留在家里的，微博微信和QQ都是自动登录。廖冰来发挥一下专业特长吧，看看里面有什么发现。林玲，你把检测数据再给我看一下。”

这是一个仿冒iPhone的山寨机，廖冰带回到宿舍里，躺在行军床上，长按开机键，屏幕亮了，女孩的头像出现，长发遮蔽了她半边微笑的脸，给人一种温婉活泼的感觉。

廖冰凝视了一会儿，进入到女孩的所有社交账号，也进入了女孩生前的生活，他沿着她的轨迹探索着，手指轻滑着，滑过了女孩生前那些快乐的、悲伤的、纠结的，以及疯狂的时光记录。

的确，特别是在微博上，女孩上传了一些视频。在录像中，女孩将粉红色的晶体溶于水中，放置于酒精炉上煮沸，白色的水蒸气弥散在她的鼻尖，她开始变得癫狂，她揉乱了她的头发，指甲刮破了她的皮肤，她高唱、尖叫、哭闹、沉默，各种极端化的情绪，在短暂的视频中集中上演，她从一个恬静的人，变成了一个好像内心灌进了一只恶兽的躯壳。

廖冰无法将眼神对焦画面，他的眼神游离到视频的下方，那里有一个链接符号，后面跟着一个网名叫“极乐地狱”的网友。

廖冰进入到了极乐地狱的微博界面，更多的视频展现在廖冰的面前。每一段都是以纤细指尖的袋装红色晶体开始，经历女主角们濒临撕裂的疯狂，在生命陷入彻底癫狂时结束。很难说那是一种快乐，也很难说那是一种痛苦，廖冰想到的词只有“燃烧”，而许多人似乎都在渴望着短暂的生命被燃烧。

这个叫极乐地狱的网友转发了所有的视频，让他拥有了上万名粉丝。他在置顶签名上如此留言：“如果想和我一同疯狂，请邀请至少三位上传视频的美女来认证你的身份。”

廖冰站起身，挺挺腰，揉了揉眼睛，施展些小把戏的时候到了。他从抽屉里拿出一个U盘，插入到电脑接口上，对话框弹出，他挑选了一个上传视频的女子的微博账号，输入到了对话框，程序开始在后台运行，很快，这个女子的手机号码、开户信息便到了廖冰的手上——夜色桑拿浴，尹梅，手机尾号是0888。看来是一个桑拿浴的小姐。廖冰皱了皱眉，他把这个手机号码输入到系统里。这次程序运行的时间比较长，两三分钟后，一个饼状图出现了，有八成的人将这个号码标记为8号，很明显，这是嫖客们对她的统一称呼。

有了鱼饵，廖冰的心里便有了底了。

廖冰将一个诱捕方案向马识途做了汇报，马识途斜着眉毛看廖冰，嘴角带着坏笑："这个诱捕的方案好是好，但是由谁来装嫖客呢？"

廖冰跟着傻笑。

马识途摸着下巴，道："干了十几年的警察了，我这老脸，一照面就会被认出来。"

林玲发现了廖冰的注视，横眉冷对了回去。

马识途拍了拍廖冰的肩膀，笑道："我觉得就你这小鲜肉去比较好，鱼也容易上钩。"

廖冰哑然，本来他是想去抓鱼饵的，没想到自己成了鱼饵。

"别把持不住啊！"马识途说完这句话，留下一个意味深长的笑，便转身走了。

晚上八点，从酒桌上退下的男人们，耐不住酒精的作用，三三两两到了这个叫作夜色的桑拿浴泡澡，或许还会去做些苟且的交易。

一辆民用牌照的轿车里，廖冰坐在后排，手心冒冷汗。

"马探长，你别这么盯着我，这方面我没经验啊！"廖冰忸怩道。

"又不让你真来，你就是伪装一下，和这个8号打上照面后，给她提外出包夜，把她给诓出来，如果不愿意出来，你就给我们短信，告诉包间号，我们立刻上去。”

廖冰“嗯”了一声。

“还等什么，去吧。”马识途催促廖冰。

林玲说：“等等。”

廖冰心里松了一下。

林玲说：“把裤腰带解了。”

“为什么？”黑暗中，廖冰的脸一红。

“你系的是单位发的，带国徽，别暴露了。”

廖冰换上了马识途的腰带，林玲又摸出一小瓶白酒，洒了点在廖冰的身上，才让他下了车。

廖冰回头看了看车上的二人。马识途摆摆手，不耐烦道：“别搞得像是阉了的公鸡一样，要相信你自己，很帅的，去吧。”

林玲在黑暗中若有若无地笑了下。

粉红色的灯管照得廖冰的脸也红彤彤的，他在吧台换了鞋子，领了一个大裤衩，被一个男孩领到了一个同样有着粉红灯光的包间。廖冰不仅手心出冷汗，他的脚丫子也都开始变得凉凉的了。

就这样，他想在包间里平息着自己的呼吸和心跳，墙壁上惹人热血贲张的海报，倒是让廖冰觉得身体暖了些。这种身体反应，让廖冰不禁又打了个寒战。竟然半天没有人理会他。他把脑袋探出门外，一个大妈坐在走廊的尽头。他招招手，大妈走了过来。

“我要8号！”言简意赅，不给任何露馅的机会。

老鸨（大妈）靠在门边，贼笑着不说话。

廖冰明白老鸨姿态的意味，他返身，背着老鸨在翻钱包，两张一百的，一张五十的，仅有的两百五十元像在嘲笑他此时的智商。

廖冰把那张五十的整钞掏出，递给了老鸨，老鸨撇了撇嘴，转身下楼去喊8号去了。廖冰趁着这个空当，用手机给马识途发了307这个数字，代表了包间号。短信刚发出去，高跟鞋的声音便由远及近，廖冰的心开始往上提，很难说是因为激动，还是因为紧张。

门被推开了，一个衣着“凉爽”的瘦削女人进来，她的舌头在上嘴唇游舔了一圈，对床上已经呆若木鸡的廖冰说：“呦，小帅哥啊，老娘今天运气不错。”

廖冰哪里见过这场面，惊得下巴都要掉下来了。他的手在摸向枕头下的手机，连忙说：“等等！”他赶紧掏出手机，给马识途发了两个字：“救我。”

还好马识途及时赶到，女人刚转身，便看到马识途亮出的警官证，林玲则把衣服扔给女人，让女人赶紧穿上。

女人像是突然领悟过来，她开始尖叫，桑拿浴的老鸨、服务员和保安便拥了过来，还有其他包间的人也出来了。

穿着便服的马识途突然高声喊道：“没见过黑社会抢女人啊？！谁敢乱动，要是乱动，肯定就有人要倒在枪口下。”

身后，林玲三下五除二给女人套上了头套，嘴上还贴上了胶布，强拉硬拽地把她往楼下拉。马识途时而驱前，时而殿后，没人敢靠近他。

(3)

审讯室的强光照在尹梅的脸上，让她抹了厚粉的脸显得越发的白，也让她涂了口红的唇显得越发的红。

“尹梅，你想得怎么样了？”马识途问。

她抬起头，向马识途要了一根烟，夹着烟的手指颤抖着，仿佛在下一个很大的决心。

“要不你就到强戒所待上两年。”马识途又一遍提醒道。

尹梅的脑袋也跟着颤抖起来，她一口接一口地猛吸着指尖的烟。

忽明忽暗的火焰即将燃烧到她的指尖时，尹梅做出了她的选择——合作。

尹梅像往常一样给这个网名叫极乐地狱的男人打电话买这种叫血晶的毒品，然后在桑拿浴外面的马路上等极乐地狱来送货，这一切都会在警方的埋伏圈中进行，一旦完成交易，警方便把他们一举拿下。

控制下的交易是一种常见的抓捕手段，便于取证。

如果一切顺利，马识途便会给尹梅另一次机会，用十四天的行政拘留来取代两年的强制隔离戒毒。

一辆黑色面包车停在了桑拿浴隔壁的巷子里，三辆类似于黑车的小车也很随意地停在了桑拿浴门前的马路上，午夜已过，一切都很平静。

面包车里，马识途最后一遍和后台技术部门做了确认后，把电话交给尹梅，压低声音说：“你知道你该说些什么。”

尹梅拨通了极乐地狱的电话，车内沉寂下来，只有一遍又一遍的等待音在回荡。

“哥，我是尹梅，你给我送点货来，我快撑不住了。”尹梅的声音略带哭腔。

马识途则皱着眉头，用手掌做着平静心态的手势。

“要多少？”对方的声音沙哑，像粗糙的金属在互相摩擦。

“给我送五千块钱的吧。”

“要这么多？”

“明天我要去外地，好几天才能回来，我得多备一点。”

对方沉默着。

“哥，求求你了。”

对方终于说话了：“你把钱给我打过来，打到我的支付宝账号上。”

这是要钱货分离！林玲停下了笔。

尹梅抬头看看马识途，马识途向她点了点头。

尹梅说：“好，我现在就把钱打过去。”

“好，那你等着吧，我过会儿过去。”对方挂断了电话。

“我的卡里没有五千块钱。”尹梅面露难色。

“我给你转五千块钱过去。”马识途把手机交给林玲，让林玲帮他操作。

坐在驾驶座的廖冰摘下耳机，对马识途说：“持机人已经开始向这里赶过来，速度很快，应该是开车过来的，预计七八分钟后到。”

“这个男人开的什么车？”马识途问道。

“一辆黑色途观越野车。”尹梅回答。

“嫌疑人男性，中年，开一辆黑色途观车，七八分钟后赶到，眼睛都给我放大点！”马识途对着对讲机发布命令。

城市已经睡去，街道越发空寂。桑拿浴的霓虹招牌也不再闪耀，只有一盏盏昏黄的路灯照亮了一段段的路面，尹梅穿着高跟鞋，拎着一个小包，走到了一盏路灯的黄光中。

时间已经过去了二十分钟，还没有任何的响动，马识途看了看表，对讲机里传来声音：“嫌疑人的手机信号已经出现在包围圈附近，十分钟内没有发生位移。”

或许是对方也在观察，也在等待。

马识途放下对讲机，隔着茶色玻璃向外张望。后座，一个参与抓捕的特警小伙点燃了一根烟，马识途一把把烟揪了下来，狠狠地瞪了他一眼。也就在这时，远处两盏大灯亮了起来，一辆黑色途观车从正前方缓缓出现，驶过尹梅的身边，径直停在了马识途所在的面包车前。

灯光把空空的面包车车厢照得透亮透亮，马识途和车内的其他人都匍匐在座位上，压低了身子，不发出任何的动静，整个车子真的像一辆空车一样。

途观挂了倒挡，回到了尹梅的身边，副驾驶的车门打开，尹梅对着黑暗的车厢里的人说着什么。对讲机里传出了声音，那是来自对面楼顶上的观察哨，很简单，就三个字："交易了！"

"行动！"马识途的话也很简单。

参与围捕的四辆车辆几乎同时亮起了大灯，特警队的小伙子们已经冲下了车，向交易的中心飞奔，马识途则猛踩油门，别克商务车向途观越野车近逼。

车前灯照亮了途观驾驶座上男人惊恐的脸，被吓到的尹梅没有逃跑，却被男人一把拽进了副驾驶座。途观的发动机爆发出轰鸣，下一刻，在特警队员的飞身闪避下，途观撞开了堵在前面的别克商务，向夜深处遁逃。

刑警队员、特警队员们已经掏出了手枪和微冲。

"别开枪！追！"马识途立即吼道。

四辆大车、小车甚至没有等待马路上的战友，它们也向夜深处驶去。马识途的车上现在只有林玲和廖冰，蚂蝗刑警队三人战斗小组出发了。

嫌疑人在抛撒毒品了！林玲指着途观驾驶座伸出的手说道。廖冰猛踩油门，撞在了途观的尾部，而拿着装着毒品的包装袋的手也猛然一松，包装袋掉在了地上。马识途抢过对讲机："最后一辆车停下，守着毒品，别碰包装袋，不要污染包装袋上的指纹！"

"第三辆车走沿湖路，超到前面，堵在高架路口，一定不能让车上高架路，把车逼到一旁的县道上去。"

以一百二十迈的时速行驶了六分钟后，途观和追击的车辆逼近了高架路口，第三辆车里的三名队员已经举枪。

途观突然折向，向黑瞎瞎的县道疾驰，跟在马识途后面追击的第二辆车趁机追上了途观，开始和它并驾而行，却没想到对方猛打方向盘，把小车撞得失去了方向，一头冲进了县道一侧的田埂里。

马识途气得拍打着方向盘。

追击的车辆剩下一辆了，只有马识途、林玲和廖冰三个人还在紧追不弃。

“通知指挥中心，让前方五公里外的所有派出所、交警岗亭设卡，用破胎器！”马识途吼道。

林玲迅速通过对讲机将现场的情况向市局指挥中心做了汇报。两辆车开始在偏僻的公路上飞奔，只有车前灯照亮了前方的路，还有一群群躲避不及的飞虫，撞死在前挡风玻璃上。

又向前疾驰了大概一刻钟，两辆车带起一阵风，掠过了一道派出所还未设置好的卡点，廖冰看看马识途，没有看到他脸上的任何表情。

“五公里外还有最后一个警务室，里面只有两个常备值班的辅警，再往前就没有路了。”林玲说。

车子继续向黑暗的深处疾驰，廖冰焦急地说：“警务室方向连点亮光都没有。”

途观以一百迈的时速掠过警务室前的马路，尾灯却突然甩向了一侧，尖锐的声音开始发出，地面竟然擦出了火花。

廖冰踩死了刹车，马识途从后座摔到挡风玻璃上。而途观则从路上翻滚着，摔进了旁边的稻田里，轮子空转着。

马识途和林玲拉开车门，冲了出去，跳进了稻田里，廖冰也跟了上去，两个辅警从黑暗里出现，拎着水火棍，站在路基上往下看。

众人站在驾驶位旁，手里握着枪，探视着司机的状况，终于，马识途弯腰把男人拖了出来，林玲从副驾驶座上把陷入昏迷的尹梅拉了出来。

路基上的两位辅警帮助稻田里的人把伤者抬到路面。林玲检查了一下两人的情况，情况不很严重，她用两根水火棍给尹梅骨折的腿做了固定，男人则在一旁迷迷糊糊地呻吟。

林玲又跳进了稻田，钻进了车里面，开始一寸寸、一件件地搜寻车里的物品，马识途向指挥中心汇报抓捕的情况，廖冰在联系其他抓捕的弟兄，辅警则在打电话给医院急救中心。

林玲吆喝一声，戴着手套的右手捏着一个塑料包装袋，手电筒的灯光打在袋子上，显出里面有如红宝石一般的半透明晶体，足足有半斤重。

马识途放下对讲机，看着两个辅警，开始给每个人散烟，“大家辛苦了，特别是你们俩。”

“还好这次有惊无险，弟兄们也都平安。”说完这句话，廖冰抽了一口烟，突然感到全身瘫软，一屁股坐在了地上。

“贩毒的都他妈的是亡命徒！”马识途叼着烟，开始在男人的身上搜索。他摸出来了一部手机，打开，看到了二十个未接电话，还有数量等同的短信。

“妈妈的，拔出萝卜带出泥，今天晚上是歇不住了！”马识途把手机撂给廖冰。

廖冰看到几乎所有的短信都是联系购买毒品的。

“你跟这些人短信联系，看他们都在哪里，全他妈的是吸毒的人，全给他们收了！”马识途怒喝。

很快，后面追击的特警队员也都赶到了马识途身边。

(4)

清晨，廖冰和林玲顶着黑眼圈跟着马识途的身后，马识途的步伐带风带火。

进入了骨科病房，尹梅已经苏醒。她脸上写着许多纠结、痛苦和惊惶。

她开口的第一句是："你们不会关我两年吧？"

马识途摇摇头。

"那你还要关我半个月？"

"实际上，我们不打算关你了，你这次立了功，也做出了牺牲，我们表示抱歉。"林玲轻声说。

尹梅靠回到床背上，脸上的表情并没有放轻松，小声道："地狱出来后也不会饶了我的，还有你们抓的那些人，都会认为是我给提供的线索。"

马识途正色道："所以我劝你，病好后，就离开这儿，离开这个城市，和你的那群吸毒朋友彻底断绝联系，回到家乡，或是一个没有人知道你这段生活的地方，把毒戒了，重新开始新的生活。"

"新的生活，哪有这么容易！"

"再不容易，也比现在强，别让我再抓到你了。"马识途说完这句话，便和林玲转身走了。

廖冰还逗留在床前，眼前这个苍白的女人是他昨晚手忙脚乱、面红耳赤应对，并设计欺骗的女人，虽然是为了正义的目的，但廖冰心里还是觉得有些缺失。他凝视了女人一小会儿，也转身离开了。

在另一间病房，这个叫作孝三的毒贩享用了一个单间，手和脚都被拷在了病床上。他睁开眼睛，一副强横的样子。

"警官，我什么时候出院啊？家里的狗还没喂呢。"

“我可以帮你喂，可以一直喂到它无疾而终。”

“那可不行，我可不会把它送人，反正它也不会等我多久。”

“你认为你会让它等多久？”

“十天半个月咯。”

“什么依据？”

“妨碍公务咯、超速驾驶咯、暴力抗法咯，反正你们给我罗列个罪名不就得了。”

“看来从你车上搜出来的冰毒和你无关咯？”

“我的车里可什么都不放。”

“冰毒包装袋上面你的指纹也和你无关咯？”

“我好像听说过一种东西叫作指纹膜，没准有人要陷害我呢。”

“那从你家里搜出来的那些红色晶体的东西呢？”

“行了，警官，你别兜圈子了，劳改队我又不是没有蹲过，就算是这些货都算在我头上，最多也就定我一个非法持有毒品罪，这个罪名的刑期，我蹲个七八年，再减减刑，不需要太久的。”

“你真这么想？”

“反正你们没法把我定到贩毒上去。”

“好。”马识途从公文包里翻出一沓纸张，每张纸都印着九个人的头像，孝三的头像也位列其中，他的脑袋上有着红红的手印，二十多张纸，每张都是这样。

马识途把纸张放回到公文包，道：“这些都是你的下线指认你的辨认证据。现在还这么想吗？”

孝三沉默了。

“如果你愿意等，我可以把在网上搜索你，并把拍下视频的那些吸毒的女人全抓光，让她们都来指认你。哦，对了，别忘了，楚萍萍的死也和你有关，她可是在你租的房子里死的，而且注射了你卖给她的毒品，针管上还有你的指纹。”

孝三的身子扭了扭，他有些坐不住了。

“我现在想的是，怎么能够保住你这条命，虽然只是一条烂命，但总比现在就死了强。”

孝三的眼睛开始瞟马识途。

“对于你与警方的这次交谈，你心中一定已经预演了许多次，所以不用我说，你明白我的意思。”马识途最后说。

“我明白，你要我合作。”

“你的态度？”

孝三的眉毛纠在一起，好久才道：“我……想想。”

“好的，你的住院费我交了三天，三天后就投送看守所了，我只给你三天的时间。”

孝三没有再看马识途，他只是心事重重地点了下头。

在生与死的选项前，孝三没有迟疑，对于即将面临的糟糕形势，蹲了许多次大牢的孝三心里可是透亮透亮的。马识途刚下楼，便被负责看押的民警给叫了回来。

“如果合作，我会被判多久？”

“无期。”

孝三沉默了一下，开始说话：“对方是一个四十来岁的男人，姓名不详，也没有称呼，我和其他贩毒的只是私下称呼他为血哥。他在年初主动找到我，要我尝一种新型的冰毒，就是那种红色的晶体。妈的，真他妈的爽，不是吹的，那一瞬间，我知道这种红色的冰毒可以秒杀市场上的一切冰毒。他问我一个月能卖多少的货，我说五百克的，他给了我三百克，让我先试着卖。卖得果然不错，晶体的颜色本来就吸引人，更别说它的纯度。一个星期，货就卖完了，但我联系不到他，只能断货。三个星期后，也就是第一次见面后满一个月，他又给我打了电话，是另一个号码，继续给我供货，这次是一公斤，然后从那以后，每到月底，他都会联系我，用不同的电话号码，给我供货，每次都能卖得完。”

孝三眼巴巴地瞅着马识途，补充道：“我知道你们急于搞清楚他的身份，我也很想知道，但是他很神秘，一个月只能见一次面，每次联系的电话号码也不一样，干我们这行的，你知道的，保密工作做得都很好。”

“距离下次交易还有多久？”马识途冷冷地问。

“大概还有五天。”

“除了你，他还给谁供货？”

“我注意到这种叫作血晶的冰毒也出现在其他区，但是在淮下区，只有我一个人在卖血晶，还没人敢侵入我的地盘。”

“为什么？”

“会血拼的，会死人的。”

“哦？”

“马警官，我们不谈这个好吗？”

“你这么强悍，有没有想过黑你的上线？”

“盗亦有道，更何况我们这些天天刀口舔血的人，不被你们警察抓到就不错了，还想着黑上线？至少我没这个胃口，我只想着安安心心地赚钱。”孝三斜着眼睛，脸上有了些无奈的笑意。

“淮上区就没有人发现血晶的存在？”

“有过，听说那里有个歌吧老板，还挺有势力的，也是垄断了那里的毒品交易。他的胃口大，想着黑血哥，于是在预先交易的地方埋伏着，想把血哥连人带车带货一起给黑了，结果被对方一枪打掉了耳朵，第二枪打掉了半个脚掌。至此后，淮上区也就买不到血晶了。”孝三说着，眼睛没有看马识途，眼皮也没有眨，看得出，他非常恐惧，“事发后两天，歌吧老板的场子有两个小姐就被毁容了，歌吧老板的狗还被肢解了，挂在了他家的门框上。”

“唔，”马识途也思考了一下，接着问，“对方有车？”

“有，黑色的汉兰达，不过从来不挂牌照。”

“你描述描述这个人的长相。”

“男性，四十五岁左右，中等身材、中等个头，皮肤黑，一直戴黑色墨镜，看不到眼睛，本地口音，说话很慢，右下巴有道刀疤……就这么多了。”

早上的阳光明媚，照得房间亮堂堂的，如果不是扎眼的手铐和脚镣，一切都仿佛呈现出一种安静的神色。

马识途又开口了：“你知道怎么和我们合作吧？”

“知道！和你们抓我一样。”

“愿意合作？”

“我能有什么选择呢？”

“那就好，我再替你交五天的住院费，我们一起等这个叫血哥的人联系你。”

“另外，我们还需要你时不时露一露面，你不能彻底地销声匿迹了。”

“我知道。”

“所有丑话说在前头，你不要耍小聪明，我们不想在你脑子错乱，尝试逃脱时，提前结束你的性命。”

“马探长，有必要说得这么吓人吗？”

“知道厉害就好，那你先好好养病吧，你外出的活动我会安排的，如果有任何需求或情况要汇报，你找负责看押的警察。”

孝三点点头，马识途便带着廖冰和林玲退出了病房。

(5)

只在医院待了两天，孝三便被驱逐到了街头，连同他那辆不再光鲜的途观车。

有人在淮下区的各大歌吧门口放羊，对，是放羊，只不过牧民不是孝三而是警方。孝三的脚上装了一个铁环，里面内嵌了一个微型的GPS定位装置，这是廖冰捣鼓的新奇玩意儿，既能让孝三跑起路来不那么方便，也能够随时对他的方向进行定位。当然，这个小玩意儿也就是一试验品。

廖冰和马识途、林玲等其他警察始终在二十米开外注视着孝三的一举一动。他就像是一条狗一样，被授予任何警方指令的行动，比如和歌吧老板们套套近乎，和桑拿妹们打打招呼，或是和马仔们说一两个黄段子，顺带解释一下脑袋和胳膊上的伤，编一个黑帮火并的故事。

规定放风的时间结束了，孝三乖乖地回到医院，在警方的看押中养伤。

一天，两天，三天……时间在不紧不慢地往前走着，在此期间，警方还有意无意地在其他区展开了抓捕行动，另外一些血晶的三级、四级分销商被抓获，大部分送进了看守所里面，个别因为身体疾病，被警方采取了取保候审的措施。马识途相信，这会对现在的形势造成某种混乱，让这个叫作血哥的弄不清谁在和警方合作。

所有人都在等待一个未知号码的来电，没有人心里有底，警方编造的假象是否管用？是否这个电话还会打来？是否背后的供货者，这个叫作血哥的人真的会出现？

警方很焦虑，孝三更焦虑，这是关乎生死的一次交易。

淮下区的血晶已经基本告罄，许多人已经开始联系孝三购买毒品，他的回复统一是：再等等，再等等。

等待终究是有结果的，在第五天，也就是警方允诺孝三的最后一天，一个电话终于打进了孝三的手机，或许是经过了技术处理，没有电话号码显示在手机屏幕上，孝三几乎要把它当成一个诈骗电话给忽略过去。

电话的内容很简单："明天晚上，舜耕山凉亭，两公斤血晶。"说完便挂断了电话，时间短到连定位都没有时间。

舜耕山上的凉亭只有一座，位于舜耕山脉几座矮山中的最高一座的顶上，可以俯瞰整座城市的流动，且周边树木稀少，除了偶有锻炼的人，人烟比较稀少，很难设置埋伏。

血哥对于交易地点的精心选择，让警方相信，他应该会在今晚现身。孝三没有对即将进行的交易发表看法，他已经习惯自己成为警方的木偶，在极大的恍惚与紧张缝隙，为自己的命运祈祷。

马识途通过指挥中心调集了许多特警队员埋伏在了半山腰处，自己则和廖冰匍匐在了山顶的荒草丛中，身上披盖了黑色的防雨布，天色黑了下来，这两个防雨布下的警察，也便和周遭的环境融为了一体。

而不远处的凉亭里，作为诱饵，也是木偶的孝三已经抽完了半包烟，他的身边放了一个小皮箱，里面整整齐齐地码放了十万元人民币。

他向马识途、廖冰和林玲藏匿的方向张望了一会儿，又背过身去，避开了吹来的山风，靠着栏杆点燃了另一支烟。

对讲机响了，是山下的观察哨，压低的声音告诉马识途："一辆黑色的汉兰达停在了山下的停车场，一个戴着墨镜的男人打着手电筒，向山上一步步走过来。"

全体人员注意，目标出现，注意不要暴露。马识途暗暗做着部署。

山风越来越大了，吹鼓着警察们身上的防雨布，使他们不得不拼命地拽着布的边角，不使自己暴露在外面。凉亭里，孝三已经站起了身，面向下山的方向，僵直了身子，而一束光，在摇晃着，照在孝三的身上，变得越来越强，孝三的脸却越来越苍白。

这个叫作血哥的人终于出现了，他站在孝三的面前，打量着孝三，没有任何的言语。

他把手提袋递给孝三，然后提起了放在孝三身边的钱箱。

"行动！行动！"马识途的话还没落音，廖冰便嗖的一下冲了出来，一把手枪引导着他冲向凉亭中央的两个人，两个没有任何行动的人。一道道光束也开始从山下爬升，照亮了山顶上的草木。

血哥把钱箱放下，垂手而立，而孝三早已跪在地上，两大包装得满满的血晶放在他的膝盖边上。

就在马识途冲到血哥面前的时候，这个个子不高的男人竟然伸出了手，做出了一个要握手的姿势，却被廖冰一个反剪，按在了地上。林玲则持枪警戒。

"你们抓我干什么？我是合法的公民！"血哥吼道。

"合法公民，你美国大片看多了吧？"压在血哥身上的廖冰言语充满了兴奋。

马识途蹲在了血哥身边，瞅了瞅身边的毒品包装袋，又瞅了瞅血哥的脸，一副咧着痛苦的笑的脸。

林玲蹲下身来，打量着两大包红色又显得有些污浊的晶体，一言不发。

“马探长，久仰大名。”血哥的脸还被压在青石板地面上，挣扎着吐出这几个字。

马识途示意廖冰把血哥扶起来。

“这是什么？”马识途指着袋子里的晶体问。

血哥嘿嘿一笑：“你可以尝尝。”

廖冰扬起的拳头被林玲拦住了，林玲又问：“这是什么？”

“一点冰糖。”

“冰糖？！”林玲怒目而视。

“不信的话，你可以尝尝，加了点红糖，味道不错的。”

林玲用小刀起开封口，割下晶体的一小块，仔细研究了一下，放进了嘴里。她的嘴成为全场的焦点。林玲轻轻地摇摇头，失望之情溢于言表，她把马识途拉到一边，道：“我可以断定，这可以是任何东西，除了冰毒。”

“妈的！”马识途一转身，便将血哥的衣领揪在了自己的手里，两个人的脸互相贴着，可以感受到彼此的呼吸。

“马探长，你这样就不合适了。”血哥还是一副玩世不恭的表情。

“你认识我？”

“知己知彼嘛！”

“好！不打不相识！我们这也就算是认识了！”

“这也是我来山顶吹吹风的原因。”血哥收敛了笑容。

“我还可以留置盘问你二十四小时，你知道的，有他的指认。”马识途的指尖指着脚边跪着的孝三，眼睛却依然锁住血哥。

“马探长，你不会就这点本事吧。”

“我的本事多着呢！”

“那我们走着瞧？”

“走着瞧，我们一定还会见面的。”

消失了一小会儿的廖冰重新出现在马识途的余光中，马识途也慢慢松开了揪着衣领的手，狠狠道：“走！收队！”

抓捕队员们押着已经抬不起脑袋的孝三下了山，马识途最后看了一眼还在假装看夜空中星星的血哥，扭头下了山。

没想到，第一次照面竟然是这种戏剧化且充斥着失意的场面。

马识途让廖冰去研判偷装在汉兰达上的GPS，看是否能从行车轨迹上看出某种端倪。

他太骄傲了，和我一样。马识途想着，不自觉地露出了微笑。骄兵必败，这一次是我，下一次便是他了！马识途在心里道。

马识途的心态刚调整过来，从看守所就传来了让他皱眉头的消息。前去提审的警员发现孝三对自己的上线，也就是血哥不再指认。他手里的血晶像是从天上掉下来的，又像是从路边阴沟里捡来的一样，就是不说是从血哥那里买来的。

当天上午，有个人托门卫给孝三捎了一张照片，一个男人搂着一个老太太坐在一起，那个老太太是孝三的母亲，而那个男人，经过提审的警官辨认，便是昨晚出现在山顶上的血哥。用意很明显。

为了老母的安全，孝三重新做出了选择。

林玲推门进来，带着她的数据和结论道：“血哥，本名张天山，男，四十七岁，初中文化，无犯罪记录，但早年因吸毒被行政拘留过。户籍显示其独身，名下没有房产，有辆车，黑色汉兰达，购于去年夏初，那时候血晶刚刚出现在市场上。高速交通卡口未显示出该车离开过本市，且张天山本人也未有购买火车票离开本市，以及在外地旅馆入住的记录。这一点还可以通过张天山的手机记录反映出来，虽然他频繁更换手机卡，但从他昨天使用那个手机号，已经反查出来了他使用手机的物理IP，并通过手机串号，把他使用过的手机卡的号码全部调了出来。而这些手机号也都没有在外市漫游的记录，所以……”

“所以你怀疑张天山的货来自本地？”

“是的。”

林玲停顿了一下又说道：“还有一个情况，有一个易制毒化学品工厂，因为证照的问题，去年初被查封了，据厂方的人员说，查封后，因为保安看管的漏洞，有一大批麻黄碱不见了踪迹。”

“你是怀疑咱们当地有一个制毒工厂？”廖冰诧异了。

“廖冰，安在血哥汽车上的GPS正在运行吗？”马识途问。

“正在运行，特警队的弟兄们也在二十四小时不间断地跟踪他。”

“他也许……被我们最近一段时期貌似无差别的严打搞得摸不着头脑，便通过昨晚，或是近一段时间以来的一系列的虚假交易，排查了自己的下线，并最终证实了我们盯上了他的这个预感。那么，危险就在身边，如果真存在这么一个制毒工厂，他还需要做什么？”马识途提出疑问。

“销毁手里的存货，销毁一切犯罪证据。”林玲回答。

“如果真如我们所推测的这样，他没有机会，因为我们在二十四小时跟踪着他。”廖冰说。

马识途思考了一会儿，道：“这样，把GPS定位的情况和跟踪的弟兄们通报，让血哥的车离开他们的视线，只保持在一公里左右的行动距离即可，我们用视频探头进行跟踪。一旦有任何情况发生，就让一公里外的弟兄们扑上去。”

“那我们怎么办？”廖冰问。

“等待！从视频里盯牢了张天山的车。你来分析他每次交易前的行车轨迹，看看是否能够有某个地方会重复出现，如果是，那么那里可能就是我们要找的地方，我们等待的便是他再次回到那个地方的时刻。”

廖冰抿抿嘴唇，感受到了这个案子越来越重的压力，便转身到视频中心去调全市监控探头去了。

跟踪是漫长的，不仅对于路面上的弟兄们，也包括在屏幕前的马识途、林玲和廖冰三个人。他们几乎一刻不停歇地盯了视频监控大半夜。在廖冰的眼里，黑白的图片竟然有了颜色，简直是色彩斑斓；在空寂街道上停了许久的车也开始飞离地面，像是悬浮在了半空中。为了摆脱无聊，他买了一大堆零食，就连一直为了保持身材而节食的林玲也吃了两盒薯片。

从外面洗了不知第几把脸回来后，廖冰从短暂的混沌中清醒，他突然发现血哥的汉兰达车子的尾灯亮了，它轻轻驶离了空寂的街道，并消失在不远的转角处。

“头儿，金蝉脱壳吗？”廖冰的嘴里还在咀嚼着。

窝在沙发上面的马识途道：“什么脱壳？”

“血哥的汉兰达启动拐弯儿，同时，另一辆一样的车从侧面停车场的卷闸门里驶出来，恰巧就停在了血哥汉兰达刚才停放的位置，熄火了，好像从未发生过的一样。”

马识途一个激灵：“快，嫌疑人是要行动了！”

两人迅速往楼下跑，打开车门时，林玲也从宿舍钻了出来，穿戴周正，装备完全，看来她一直保持着战备的状态。

夜行的吉普车上，马识途用对讲机对各路跟踪的抓捕组做了分工，一路特警继续盯住血哥脱下来的壳，故意给他造成一种被欺骗的假象，另一路特警则加速向淮河岸边的一个码头驶去，并埋伏在码头周边。那里有一些库房，是每次血哥交易前车子的始发点。

马识途也将车子停在了码头的外围，下车，和廖冰与林玲猫着腰攀上了一栋老楼的楼顶，俯瞰着楼下仓库外面的空地上的那辆黑色路虎。

血哥从车上下来，站在空地中央，抬头向周围环视。黑暗中，没有人发出丝毫动静。他打开后备厢，将一个塑料桶放在了一个仓库门边，并在黑暗中对着门锁窸窸窣窣地摆弄着，但显然，血哥的摆弄失败了，他气急败坏地转过身，掏出手机，拨通了电话，然后上车，驶离了码头，只留下门前的一个白色塑料桶。

马识途把望远镜放在眼前，长久地凝视着这个塑料桶，他知道里面装着的是什么！是过早暴露，还是证据全毁。他需要做出一个决定。

他没有迟疑，迅速起身，从外围进入了仓库中央，进入了所有人的视线中，廖冰、林玲紧跟在他的身后。

马识途走到塑料桶前面，用手提起桶，轻飘飘的，几乎没有分量，马识途愕然。

此时裤兜里的手机响了，一个声音略显陌生的男人的腔调传来："马探长，你怎么按捺不住了？"

马识途抬起脑袋，望向周边死寂的黑暗。

"马探长，螳螂捕蝉、黄雀在后，耐心总是会有回报的，而现在，你什么都不会得到了。"

男人的话音刚落，马识途身边的仓库里便蹿出了火苗，三秒钟的工夫，火苗成了火团，在马识途和廖冰、林玲扑倒在地的刹那，仓库爆炸了，各种玻璃碎片溅到半空。

"你安在我汽车底盘上的小玩意儿我还给你了，放在刚才你埋伏的地方。”对讲机里，血哥一阵狂笑声。

飞溅的玻璃划破了马识途的脸颊，咫尺之遥的战果，转瞬化为灰烬。

四下埋伏的警员冲进了仓库院子，却被马识途轰了出来，他蹒跚着回到刚刚埋伏的土坡，看着脚下不远处的烈火熊熊，其间还伴随着小型爆炸。

发生爆炸时，廖冰用身体护住了林玲，这种在关键时刻激发出来的亲密接触，没有让林玲感到反感，不过她嘴里却说：“拜托你下回管好自己就行了。”

“我这是自然的生理反应，所以你不用谢我。”廖冰小心翼翼地看了一眼林玲。

林玲噘了噘嘴，抖落沾在身上的碎屑。

马识途走到土坡上坐了下来，耳畔除了噼噼啵啵的爆裂声，还有夹在风中的耻笑声。他看着黑色路虎红色的尾灯沿着河堤越开越远。

现在该怎么办？上去把人抓了？没有证据，利用法律赋予的留置权利来逞一时英雄只会带来更大的羞辱。

他在荒草里发现了廖冰安在血哥车上的那个GPS无线发报器，他把这个小玩意儿举在面前，思考着一个问题——跟踪怎么成了反跟踪？是什么让血哥对警方的行动一清二楚？

他把GPS发报器递给了廖冰，也把寻找这个问题的答案的任务交给了廖冰。

那么，另一个问题，另一个更加苦涩的问题呢？就这样结束了？穷图匕现后，血哥将自此收手？

马识途将这个疑问交给了走上前来的林玲来解答，他希望这个警校优等生能给他答案。

而他，马识途，仰望了一会儿夜空，然后站起来，拍了拍身上的灰，对廖冰说：“我要回去睡会儿，妈的，三天没好好睡觉了！”

那天晚上，马识途睡得还真香，就连那些嵌入到皮肤里的玻璃碎屑也没有打扰到他的睡梦。

(6)

第二天清早，马识途睁开眼，看见徒弟廖冰躺在隔壁的床上，警服也没有脱。

廖冰像是感受到了什么，也醒了过来，揉了揉眼说：“搞清楚了，这个家伙黑进了我们的无线电通信系统。”

“怎么黑进来的？”

“他已经搞清楚我们公安电台的发报和接收波段，然后买了一套仪器，也设置成我们的波段，我们说的话他便全部听进去了。”

“你怎么发现的？”

“从这些折线图上。”廖冰展开手边的几张画着折线图的纸张。

“具体讲一下。”

廖冰瞅了瞅探长，眼神中有着“你能听得懂吗”的质疑，“我们发的手台都是设置好的频道，不需要调波段，但这个家伙买来的是车载台，需要手动调整波段，因此便会与我们的频道有些许误差，反映到耳机里，便是一些杂音。另外，车载台的功率大一些，产生的噪音也就大一些，你要是有注意，便可以发现昨天的通话系统里有许多间断的噪音。我从技术部门查了一下昨晚的无线电信号情况，便有了这么一张图。”廖冰指着图上纠缠在一起的折线，“这些折线代表着我们，对应了昨晚我们携带的八部手台，而这条折线，也就是用红线标出来的，和其他折线不在一个区间上的，便是那个家伙的。”廖冰说完了一大段，抬起头，“探长，这样解释，你能听明白吗？”

马识途点点头，他的手掌放在了廖冰的肩上，道：“好样的，干得漂亮！”

“那下一步该怎么办？”

“睡觉！”

“睡觉？”

“是的，现在是早上八点多，你从现在睡，一直睡到吃午饭，午饭后，我们还要继续工作。”

“但是这家伙已经烧毁了他的制毒工厂了啊？”

马识途笑了，说：“今天一大早，你带来了好的消息，也带来了希望，我相信还会有好消息的，要继续保持希望。别废话了，赶紧睡觉。”说完，马识途趿拉着拖鞋离开了宿舍。

时至中午，在冷清的刑警队食堂，林玲带了一沓纸出现，然后说了三个字：“不一样。”

“什么不一样？”马识途捧着碗，在小心翼翼地喝着热腾腾的西红柿蛋汤。

“毒品的成分不一样。”林玲也给自己盛了一碗汤，“昨天晚上我们从燃烧后的仓库里提取到了一些冰毒的成分，也是那种呈现红色晶体状的冰毒，我把这些冰毒带到了市局实验室做化验，这是化验结果。”林玲指着桌上的纸张，“这些冰毒比我们现在市面上发现的冰毒纯度要低，低得不是一点两点，而是远了去了。最关键的是，这些冰毒里面缺少了最重要的麻黄碱的成分，可以说，这里面的麻黄碱完全是提炼出来的，完全不是上次化工厂失窃的那一批麻黄碱。”

“那你的意思是？”马识途放下了汤碗。

“被烧掉的毒品只是张天山早期的试验品，或者说是半成品。”林玲激动地说。

“你有多大的把握？”马识途问。

“现场提取了许多的样本送检，检测的结果都没有发现与血晶纯度相当的冰毒。”

廖冰也凑过来，说道：“张天山终究是不愿意放弃这么一大笔血色的财富啊！”

马识途笃定地说：“听说他还是通过预售制来实施贩毒的，供不应求，很多下线是提前把钱打给张天山的，我们这样盯住了他，也让他交不了货，让他很着急，他一定还会出手的。”

下午两点，许多夜行的人此刻也该醒来，廖冰拿起一部对讲机，马识途也拿起一部，两人面对面，调整到1频道。

廖冰对着对讲机喊：“老马，你他妈怎么搞的，好好的案子给你搞砸了！”

马识途对着对讲机支吾着。

廖冰继续道：“你们刑警队果然没有禁毒队靠谱，你们还是干回老本行，回街头抓贼吧。”

“那血晶的案件怎么办？专案组怎么办？”马识途接话。

“人家都收手了，还能怎么办，专案组撤销。等以后有机会再看吧。”廖冰不耐烦道。

“潘局！”

“别废话了，就这样吧。”廖冰松开了通话键，对着墙角立着的林玲发笑。

马识途却依然皱眉，道：“即便是专案组没有撤，配合我们一同抓捕的特警队员已经都被调回去了，下一步就只能靠我们三个人了。”

“希望这通对话能麻痹一下张天山的神经。”林玲说。

“不能太乐观，我们就是太乐观了，才连续输了两阵。况且对方是干的掉头的生意，他一定谨慎着呢。”

“头儿，那我们现在怎么办？”廖冰问。

“从现在开始，我们全部用微信联系。”马识途开始部署，“还有，我怀疑张天山应该还有同伙，他不可能只靠自己来制毒贩毒，而且制出来的冰毒纯度还特别高。昨天晚上有帮助他实施金蝉脱壳的人，驾驶了一辆一模一样的越野车出现在跟踪小组的前面，那么这个同伙是谁？我们一定要挖出来。”

“我同意，一定有这么一个同伙存在，他是绝缘的，被隐藏在身后的，一定是我们警方不掌握，甚至是那些买毒的下线不掌握的人。”林玲分析道，说完这一切，她把目光看向了廖冰，马识途也在注视着廖冰。

“这需要点时间，但是我会努力的。”廖冰明白林玲和马识途眼神的意义，更明白他们话中所谓的绝缘是什么意义，不仅仅是距离上的绝缘，更是通信的绝缘。

也就是说，有一个单线联系的手机号码，这便是作为电脑高手的廖冰的强项了。

经过一个下午的监控视频取证，马识途得到了一个窄肩、薄唇、不长的马尾搭在前肩的女孩的身影。

当时，她把车停在了张天山停靠的地方后，在座位上静静地坐着，遮阳板挡住了她的脸，只能隐约见到颈上的一条闪着亮光的链子。女孩没有任何动静，时间仿佛是凝滞了一般，过了一段时间，大概是仓库爆炸的那个时刻，女孩拿起手机，放在耳边听了一个电话。然后车子启动，大灯亮起，驶离了这个巷子。

突然，林玲的电话打了进来，汇报说化工厂失窃时，一个类似张天山的男人的身影出现在化工厂的仓库附近，化工厂外，一辆黑色汉兰达停靠着，像是在望风，汉兰达的驾驶位上坐着一个女孩。

一个女孩！

马识途在等待着廖冰海量信息的过滤。

在一排排交换机的轰鸣中，上亿条的数据在给定的条件下被一而再再而三地筛选。

“血哥在舜耕山顶、淮河码头出现时，都带上了那部与下线联系的手机，那么这部手机便从经度和纬度上给血哥定下了一个坐标，坐标的数据被距离血哥最近的基站给记录了下来。当然，基站也在那一刻记录了其他成百上千部手机的定位数据，如果恰巧有一个电话号码，在相同的时间、相同的地点两次出现，那么这个号码除了连续两次参与抓捕的警员，就一定是血哥的那部与所有下线绝缘的手机！”廖冰解释给马识途说。

得亏舜耕山顶的凉亭和淮河码头附近的人流量不大，需要甄选的手机号码也不像商业区里那么多。很快，廖冰看到了马识途的手机号、林玲的手机号、自己的手机号……陆陆续续地许多两次出现的手机号被系统碰撞了出来，这些手机号各有各的警察主人，只有一个号码，一个尾号是3388的手机号无法识别主人。

廖冰在打印纸上把这个手机号码圈了起来，调取了这个号码的通信记录，“只有一个联系人，尾号是3338。果然是绝缘的手机号码。”廖冰似笑非笑地看着马识途。

“这么说，两个手机在仓库爆炸后，有一次简短的通话记录。”

“这个背后的人总归是浮出了水面。”廖冰低声说。

(7)

持机人的信息很快便被搞清楚了。此刻，她正站在不远处的化校大门外的公交站台。

一个戴着棒球帽的长发女孩，略显苍白的脸，略显忧伤的眸子，略显孤单瘦弱的肩膀。车里负责盯梢的廖冰意味深长地打量着，看得有些出了神。

女孩的信息发到了马识途的手机上：芳馨，女，23岁，省理工大学化学应用专业大四学生，母亲去世，父亲不详，无登记住所。

“化学专业，似乎可以解释得通。”林玲紧紧地攥着手机。

马识途深吸了一口气。

“那么，这个女孩是不是仓库发生爆炸的晚上驾车的女孩呢？”林玲说话时略顿了一下。

“那个驾车的女孩的脖颈上有一条带着吊坠的项链，可以凑近看一下。”马识途说道，“廖冰，你去一下。”

“怎么又是我？”廖冰问。

“你不记得怎么说的了？我是老脸啊！”

“你是怕了人家姑娘吗，还是……”林玲意味深长地看着廖冰。

廖冰愣了一下，满脸绯红道：“别还是，我这就下去，成了吧？”说着推开车门出去了。

公交站台边有一个报亭，廖冰掏出零钱，拿起一张《体坛周报》，眼睛却瞟向女孩的脸。就在这时候，女孩的脸转了过来，连同她略带忧伤的眼神，与廖冰的眼神撞在了一起。

柔软征服了刚硬，忧伤迷失了探寻，一时间，廖冰竟然像撒了一个弥天大谎的男孩，羞赧地低下了脑袋。

女孩的脸从疑惑开始变向震惊，随后便是恐惧。下一秒，当廖冰恨恨地向盯梢的吉普车败退时，直觉告诉他，他搞砸了，即便只是一次对视，已经将一切的信息暴露无遗。

果然，刚上车，马识途就劈头盖脸地骂过来："怎么搞的？！就这都能被对方发现！"

廖冰低着头没有说话。

"要撤也别回吉普车上啊，你把我们全部的盯梢都给暴露出去了。"林玲也很气恼。

廖冰对自己的愤恨已经让他抬不起头了。此时，他的手机亮了，微信上一条来自附近的人的添加好友的信息，廖冰的眼睛睁大了。是眼前的那个女孩，是芳馨，她竟然在申请添加廖冰为好友。

廖冰把手机举过脑袋，拿给马识途和林玲看。

这是什么意思？跟踪又成了反跟踪了，对方也太嚣张了吧。车里的人没了主意。

怎么办？如果这时候逃跑，就此地无银三百两了。如果通过验证，那么就彻底将警方的侦查暴露了。

怎么办？！

就在此时，又一条申请验证的消息到了廖冰的手机上，验证消息上只有三个字：快加我。

三个人面面相觑。

林玲的手指轻抚着柔软的唇瓣，她说："现在分析什么都没时间了，已经走到死胡同里了，是要靠直觉了，我觉得索性就同意验证，反正对方都知道我们羊头下卖的是什么肉，主动了解一下对方，没准还有转机。"

廖冰吞吞吐吐地说："这女孩看着挺面善……"

"这就是你的直觉？！"马识途质问道。

廖冰又不敢说话了。

马识途望向车窗外，公交站台边上的女孩一定是在等待着什么，她的眼神一会儿望向马路，一会儿又望向他们的吉普车。是该做决断了。

"妈的，这狗屁运气，给通过验证吧。"马识途说道。

廖冰迅速通过了对方的验证，而也就在此刻，黑色的汉兰达停在了女孩的身边，副驾驶位的门开了，女孩回望了一眼，然后钻进了车里。马识途可以从汉兰达的后视镜里看到血哥那张没有表情的脸。

车子离开了，没有动静了！吉普车内则又陷入了疑云密布的沉寂。

"这他妈的都是怎么一回事。"马识途低声骂道。

"没办法，我们现在能做的就是等待，毕竟张天山和这个女孩在一起。"林玲说道。

那等着吧。每个人的心中都充满了无奈和挫败。

但是他们并没有等待多久，也就是半个小时，廖冰的手机亮起，是芳馨的微信信息，没有文字，只是一个地址截图，标记着市郊的动漫园。

"这是在告诉我们她的位置吗？让我们盯梢？"马识途自言自语。

"也有可能又是指东打西的虚假信息。"林玲说。

"这个简单，调取一下动漫园周边的视频监控看一下就知道了。"马识途说道。

廖冰拿起了对讲机，想呼叫指挥中心，却被马识途一把夺了过来。

马识途骂道："你脑子又糊涂了，你忘了血哥也能听到对讲机里的对话。"

廖冰拍拍脑袋，又赶紧换成手机向市局指挥中心请求视频监控的支援。很快，指挥中心便告诉廖冰血哥驾驶的黑色汉兰达刚刚驶过动漫园附近的交通卡口。

"芳馨给的地址是对的，怎么办，探长？"廖冰是彻底没了主意。

"等。"马识途只回了一个字。

陆陆续续又有一些地址图片传到了廖冰的手机上，每次也都得到了市局指挥中心的认证，而马识途则开着车至少距离三公里外跟随着汉兰达的轨迹。

天色已暗，车内没有人说话，他们不懂得此行的意义，更不懂得此行的结果，他们只是被一幅幅图片引导着，向着未知与黑暗一公里又一公里地进发。

夕阳即将收尽余晖，芳馨没有发来图片，而是发来了两个字："合作。"

目前看来芳馨是暂时离开血哥身边了。

马识途要廖冰回复道："我怎么相信你？"

很快，屏幕亮了，是一个身份证号码，后面缀了六个字——"我死去的母亲。"

林玲在随身带的警务通上迅速输入了这一串身份证号码，下拉的信息显示："方丽萍，女，2007年死于吸毒过量。"

廖冰的手机又一次亮了，显示的信息是："张天山是我的父亲，我不想死！"紧接着是另一条信息："救救我！"

机会还是陷阱？三个人面面相觑。

此时，廖冰的手机屏幕又亮了，还是一条地址定位截图，是前日晚上发生爆炸的那个码头。

"晚上十一点，码头外河面上的采砂船，制毒工厂在那，有交易。"文字是片段式的，但内容却是完整的。

“不管你们信不信，反正我是信了。”廖冰终于鼓起了一次勇气。

“我也觉得是个机会，毕竟女孩这么做还不能被解释出其他动机。”林玲也分析道。

马识途还在沉默着，没有说话。

廖冰和林玲都在盯着马探长。

良久，马识途说道：“你这样回复她，就说‘我会救你的’。”

一个没有泄露下一步行动的承诺。

廖冰微微点头，立即将信息发了过去。

一分钟后，对方发回来一个字：“好。”

之后便没了消息。

(8)

解散回到特警队的小伙子们又火速被召集了过来，同样被召集过来的，还有全市两个水上派出所的五艘巡逻快艇。这些快艇静静地藏在石湾渡口两侧的茂盛的芦苇荡里，而湾外开阔水面上的那艘抛了锚的采砂船，则是所有隐藏在芦苇荡里的刑警、特警的关注重点。

为了不至于行动泄密，上至后台调度的指挥中心，下至每一名参与抓捕的警察，都摒弃了无线电通讯。像是觉得这一切还不够似的，指挥中心还故意在电台中下达一些与血晶案无关的抓捕指令，造成警力被分散的假象。

廖冰看看表，荧光指针显示出时间已至晚上10：40，两岸的灯火渐次熄灭，开阔的水面暗淡下来，只有哗哗的水浪有节奏地拍打岸边。廖冰的身子匍匐下来，罩住了手机的亮光，他又一次查看了芳馨发来的定位消息：“汉兰达还在市区兜圈子。”仿佛是要反复确信没有警方的盯梢，但毕竟这条消息距离现在已经过去二十多分钟了。

水浪中出现了杂音，一道灯光由远及近，从湾西的一侧露出了一艘小艇的尖角，探头探脑的，最终停在了水面的中央，静静地等待。看来买家已经到位了。

车辆的灯光也从仓库的后面转了过来，扫过芦苇尖，停在了渡口边上。

一个男人和一个女人的身影下了车，站在了大灯前，向着水面眺望。随后，男人和女人从码头跳进了一条小艇，马达开始轰鸣，男人掌着舵，却没有急于向他的金主驶去。他开着小艇沿着河岸开始了巡视，像是在检阅由芦苇丛组成的沉默的军队。每个人都屏住了呼吸，没人能说清下一秒将会发生什么。

廖冰已经可以看清血哥和芳馨的脸。

女孩的尖叫响起，男人惊惶地回头，女孩扶住船沿，在对着男人说着什么。男人突然掉转了船头，开始向河中央的采砂船驶去。

血哥和芳馨登上了采砂船，另一艘小艇上的两个男人也登了上来。

血哥在和其中的一个男人握了手，看来买家和卖家终于见面了。

岸边，喷涂成黑色的无人机已经起飞，它悄悄地向河中央进发，像一只略带聒噪的乌鸦一样，掠过了采砂船的甲板，毒品与现金全部被定格在它高精度的大眼睛里。

甲板上的人终于抬起了脑袋，看着顶上这个悬停的家伙，他们的脸出现在廖冰的手机屏幕上。

起初黑乎乎的，他们看不清楚，下一刻，周围一大片便被探照灯照亮。与此同时，五艘巡逻艇一同发出轰鸣，冲出芦苇荡，将采砂船和另外两艘小艇困住。几名特警队员手里的枪已经对准了甲板上的四个男女，而马识途、林玲则带领着其他特警队员跳上了采砂船。

一切看似已经尘埃落定。

血哥此刻掀开了自己的上衣，光光的前胸包裹着两块土黄色的方块，从中引出的线汇聚成一个塑料开关，握在血哥的手上。

“马探长，你以为我会这么乖乖就范？”血哥笑得很狂暴。

“我从来没有觉得你会乖乖就范。”马识途努力克制自己的声音。

“那就好，你别逼我做出什么不冷静的事情。”血哥向前逼近了一步。

“即便你今天跑了，你也将会成为逃犯，被全国通缉。”马识途继续说。

“没关系，我从来没想过善终，能多活一天都是赚的。”血哥说完，一把把芳馨拉到了怀里，“我要真完蛋了，我就多拉几个垫背的。”血哥进逼着，逼散了前方围堵的警员，一步步来到了采砂船的边沿，所有人都在等待马识途的命令。

马识途慢慢抬手，道：“放他们走！”

一个纵身，血哥带着芳馨，也就是他的女儿，跳进了来时的小艇。血哥抬头看着上方的马识途，笑道：“我又赢了你一次。”说完，便启动了小艇，划开了波浪，向岸边驶去。

血哥和芳馨下了小艇，上了汽车，开出了码头，向着城区驶去。

为避免意外，马识途带领着特警队员只能远远跟着，他们发现追击的还有一辆车，那是本来操控无人机的廖冰驾驶的车辆，他紧跟着汉兰达行驶的方向，不愿放弃，却又没有任何办法。

手机里传来马识途的指令：“远远跟着，对方有爆炸物，不行就放他们走！”

廖冰没有理会，虽然抓捕那会儿他还在岸边，但他也看见了血哥身上绑着的爆炸物，还看见了被血哥卷在怀里的芳馨。

廖冰看见前车突然出现了甩尾，然后后轮开始腾空，底盘暴露了出来。廖冰猛地踩刹车，注视着前车翻滚着、跳跃着，碎片飞溅到半空，又掉落在地上。

廖冰立即冲下车，他没有听见马识途在吼：“回来，有炸弹！”

汽车还在翻滚，最终停了下来，一些烟开始从底盘飘出，一些液体却也从底盘滴落。

廖冰甩开了膀子，冲到了副驾驶位上，芳馨的眼睛睁着，血液模糊了她的眼睛。廖冰迅速将她的保险带解开，从驾驶座上拉了出来，并把她抱到了安全区域，平躺在路中央。

芳馨挣扎起身，指着颠倒的汽车说：“救救他，救救我爸。”

廖冰愣在了那里，也就是一瞬，又飞身向车子飞奔过去，马识途和林玲也从身后追了上来，他们也向汉兰达大步飞奔。

车子终究没有燃烧，炸弹也终究没有爆炸。林玲解下挂在血哥身上的炸弹，与马识途和廖冰合力将他从车内拉了出来。

“你不知道里面有炸弹吗？你还往前冲？！”林玲突然扯着廖冰的袖子说。

廖冰一下子掀开衣服，林玲下意识地将头扭开，叫道：“你干什么？！”

“看胸肌啊？这是我自己设计的便携多重防护衣。”廖冰很认真地笑着。

“头儿，廖冰这里有新玩意儿，可是人家就只给自己做了一件。”林玲故意大叫道。

“我这还没完全研究成功呢。”廖冰一把捂住了林玲圆润的嘴。

林玲一个“下盘”攻击，廖冰咬住了嘴唇，放下手捂住了裆部，嘴里轻声地挤出了两个字：“流氓。”

血哥张天山被送往救护车上时，有了片刻清醒，他对廖冰说：“我认识你爸……”血哥没有再说话，留下廖冰怔在那里。

(9)

当天晚上，警方在采砂船上搜出了冰毒制成品八百公斤，半成品超过两吨，还有大量的原材料、器具、枪支和弹药。

张天山没有做任何的辩解，他承认了所有的罪行，法院一审判处了死刑，他没有提出上诉。

廖冰也追问过张天山何时何处见过自己的父亲，但没有问出什么。

蚂蝗刑警队也试图追查张天山制毒的资金来源，却终止于一个虚假身份开设的银行账号，再也没了线索。而据许多落网的黑恶势力的团伙头目称，他们也都接收到来自不明来源的资金资源。这些未查实的证据都被罗勇归类后，放到了档案室里。

同样被判刑的，还有张天山的女儿，也是参与血晶的发明者芳馨。因为是初犯，且受到了张天山的胁迫，更加上她在张大山逃跑时果断拉下手刹，造成翻车，为警方的抓捕做出了重大贡献，法院酌情判处了她五年有期徒刑。

由于芳馨在车祸中受了伤，保外就医在医院住下，廖冰每隔几天便去探视芳馨，也没有聊什么，就是坐一坐。

廖冰也曾经站在命运的交叉口上，前途一片阴霾，若没有罗勇的执着，没准便会一条路走到黑。他希望自己也能如罗勇一样，给芳馨打一针强心剂，让她重新活过。

林玲也来探视芳馨，只是带来一些花，还有自己喜欢的小说集，然后放下就走。她不喜欢和犯人有太多的接触。

廖冰说：“她就那样儿，不用理会。”

芳馨又说：“不过，她很厉害，不是吗？”

廖冰“哼”了一声：“我也很厉害。”

听到廖冰的那声“哼”，从病房出来还没走远的林玲停下了脚步，冷笑一下自语道：“就你？”

第五章
霾·罪

当你和魔鬼战斗的时候，要小心自己不要变成魔鬼。

——尼采

(1)

初秋，夕阳渐落，雾霾吞噬着小城。

廖冰把脑袋抵在挡风玻璃前，睁大眼睛辨认着警车前方影影绰绰的物体。交通指示灯在闪烁着黄灯，前车已经减速，廖冰却打开警灯，鸣响警笛，绕过前车，闯过红灯，继续在不分天地的迷雾间兀自前行。

后视镜里，探长马识途在座位上没有任何动静，看不出是醒着还是睡着，大概还没从昨晚的宿醉回过神来。

廖冰眼睛瞪得都有些酸涩了。眼前这个亦魔亦幻的世界让他有些懊恼，有些恐惧。

警车鸣着笛，又闯过一个红灯。

马探长突然发声："前面的岔口掉头，进辅道，就到了。"

廖冰"嗯"了一声。将警车停到这家倒闭多年的肥皂厂门口，再缓缓驶下一个大斜坡，路过一排排高高低低的老旧住房，便看到了前方同样闪烁的警灯——那是淮滨派出所的巡逻车。

巡逻车司机正靠着车门抽烟，他的脑袋一歪："就在前面。"

一扇锈迹斑斑的铁门，灰霾在铁门的栏杆间寂静穿行。

灰霾汇聚出一个人形，走到近前，才认清是派出所的片警尹良罗。

看到马、廖二人，小尹无言转身，领着他们往案发现场去。廖冰的心开始收紧。往前又走了五十多步，他们停在一堵墙垛的顶端，再往前，则是一个一米深的断崖。

廖冰走到断崖边，一条墨绿黏稠的臭水沟横在他的面前，一溜青灰色围墙后面是成排刚建好的拆迁安置房。伸头往下看，他的脚下，是夏建明所长弯曲的脊梁。夏建明轻轻直起，臂弯里拖着一个瘦小女孩的躯体，慢慢托起，向上方的廖冰送了过来。廖冰虽一迟疑，却还是屈膝跪在地上，从夏建明所长手里接过了受害人的躯体。

她还活着！直觉先于知觉蹿进了他的脑子。

"注意脖颈。"马探长言简意赅。

廖冰调整姿势，左手托住女孩的脖颈，不让血液堵塞喉管，右手则挽过她的腿弯，将女孩抬到胸前。廖冰转身向铁门飞奔，小尹护在他的一侧。

女孩的身体很轻盈，轻飘飘的好像随时要从臂弯里飞走。后脑勺渗出温热的血液混杂着泥土，糊满了廖冰的胳膊，油滑甜腻又像是要随时坠落。

医务人员接过残破的躯体，抬进救护车，救护车呼啸着消失在霾里。廖冰看着救护车的尾灯，愣了一会儿，便四下找水龙头，想把胳膊上的血迹洗掉。

莫炜和探员林玲已经赶到。林玲沉默着把一瓶矿泉水递给廖冰。冰凉的水将血泥冲散，在他指尖形成淡红色的水流。

林玲打开车载扩音器，把音量调到最大，厂区内回荡着冷冷的声音："里面的人，请迅速到厂区大门集合！立刻！"莫炜把住铁门，对出来的人员进行盘问记录。

廖冰沿着扩音器声波传导的方向，又一头扎进雾霾沉沉的厂区。

陆续有人从厂区退出来，他们扛着铁锨，提着菜篮，背着宝剑，也有人两手空空，疑惑与恐惧写在脸上。

案发现场，夏建明所长坐在墙垛上休息，警服上蹭了一大片血迹，潮湿稀疏的头发紧紧吸附在他的头皮上。

马识途身边多了一个垂手而立的男人，漆皮衣，漆皮裤，漆皮鞋，应该是电话里面的报案者。

马识途用手指挑开了报案人背在身体一侧的皮篓子，脑袋凑上前看——黑乎乎的一团淤泥。马探长把皮篓子撑大，一条蠕动的黑色躯体爬到了马探长的手指上，是蚂蝗。马探长赶紧把蚂蝗甩落，又上前把它踩烂。原来报案人干的是摸蚂蝗卖的营生。

警笛声越来越多，越来越密，派出所、刑警队、应急队的警员都赶了过来。林玲已经接管了案发现场，她戴上了口罩、拉起了警戒线、打开了强光灯，对现场进行全面勘查。

马探长悄然离开光亮的中心，登上一处平房屋顶，环视眼前这片拆迁留下的废墟。暮色四合，黑暗降落，雾霾升腾，破败的景象显得很不真实。

马探长唤来廖冰，两个人开始在废墟中游走，他们绕过一栋栋尚未拆迁完毕的房屋，下到一道道陷入土地里的沟壑，还有那些砸石头、砸钢筋留下的碎石窝。他们的脚步很轻，没有言语的交流，害怕惊扰到什么。

在厂区围墙边的一大片野草丛前，他们撞见了同样在逡巡的莫炜。廖冰向莫炜招招手，莫炜视若不见。廖冰知道，近来传出队长罗勇因为年龄缘故要退居二线，为了争夺即将空出来的蚂蝗刑警队队长位置，马识途和莫炜已经暗中较劲很长一段时间。

两个探组的人错过身，相背而离，继续搜寻。

当然，一无所获，嫌疑人应该早已遁逃。

(2)

一通电话，马识途、莫炜和廖冰被召回灯火通明的案发现场。

林玲则继续在现场忙乎着，她纤细的腰和窄窄的肩在风中微微颤抖。队长罗勇在打电话，分管刑侦副局长潘建民则背手而立，两个人也是眼圈通红。昨晚庆祝雇凶杀人案告破的庆功酒都没少喝。

罗勇挂了电话，向潘局长汇报："人都到齐了。"

潘局长叹口气，道："连续忙了一个星期，弟兄们都辛苦了。"所有人哑然，不知该怎么接茬。潘局长布置道："先让林玲把现场勘查完，看有没有什么新的发现，如果没有什么情况，就回队里梳理线索，明天早上七点开专案会。"

潘局长又转向夏建明所长，说道："医院那边就请派出所的同志盯着了，如果有什么意外，立刻告诉我。"

"希望不要有什么意外，不要又是命案。"夏所长点点头。

罗队给每个人散了烟，又亲自给每个人点上："大家先回去休息吧，受害人和案件的情况先不要往外说，特别不要向厂区的住户透露。后面几天会很忙，大家今晚先补觉。”

大家正要转身离去。

罗队长又低垂着脑袋补充道：“有什么情况都吱一声，多沟通，多协作。”

他最后一句话是对两位探长说的，意味深长。廖冰偷眼瞅两位探长，心中暗想。

反复冲洗，回到办公室的廖冰却依然觉得血腥味儿在萦来绕去。他将胳膊凑到鼻尖，却只有肥皂的香味。他敲开马识途办公室的门，发现自己的上司正端坐在椅子上玩《王者荣耀》。

廖冰像是在自言自语：“不知道那个小女孩情况怎么样了。”

马探长还在玩游戏。

廖冰又说：“咱刑警队这样的案件接过不少吧？”

马探长虽然还在玩游戏，他的上下嘴唇却动了动，问：“你怎么看？”

廖冰低声应道：“搞不清楚情况啊。”

马探长停下敲击鼠标，脑袋转向廖冰，“搞不清楚情况就对了。”他停了停，然后接着说，“刚接手的案件就像被打散的拼图，搞不清楚情况是很正常的。有的拼图本就不属于案件真相的一部分，是杂音，需要剥离，有的拼图能提供关键线索，却有可能因为最初的误判而被忽略。如果你现在就大谈特谈对案件的看法，就很有可能会把你引上错误的道路上。”见廖冰没搭话，马探长继续道：“因此，如果不是走狗屎运，比如傍晚在厂区搜寻时撞见正在躲藏的、全身带血的嫌疑人，就还得扎扎实实回归正常侦查程序，救治、勘查、走访、盘问，一步步来，一步都不能少。”

廖冰点点头，依然没说话。

马探长把脑袋转回到电脑，继续他的游戏。廖冰坐着若有所思。

马探长又发话：“你去医院一趟，跟林玲学学法医和痕迹检验专业的人都是怎么干活的。”

“跟她？”廖冰脸苦着。

“怎么，别忘了，实习期结束后，只会有一个优秀的名额，你不想和她争一下？”

廖冰耸肩道：“她是局长家千金，我还是算了吧。”廖冰嘴上虽这么说，却还是去了医院。

廖冰在急救室的外面看到了派出所的小尹，还有披着白大褂的林玲。林玲皱了皱眉，似乎反感廖冰来掺和她的工作。廖冰不管她的表情，扯过一个口罩，跟着林玲进到手术室。

受害的小女孩平躺在手术台上，浅浅的呼吸带着蓝色的手术服轻微起伏。她的头发被剃光了，脸上的血污也被清洗干净，面颊、额头以及下巴上的创伤很是狰狞。女孩的后脑勺还在往外渗血，浸透了一块块医疗纱布。

莫炜这时也来了，他把急救医生拉到一边，低声耳语。

廖冰问林玲：“受害人的情况怎么样？”

林玲犹豫了一下，然后低声说：“除了脸部多处擦伤外，主要是颅骨骨折。”

“有没有生命危险？”廖冰询问。

林玲摘下口罩，深深吐了一口气说：“不好说，不知道颅内出血情况。”

廖冰说：“女孩被救起来的时候，裤子是被脱掉的。”

林玲点点头，没说话，她明白廖冰的意思。

一阵突起的大风吹得走廊的窗户玻璃哗啦啦作响。两个年轻人都皱着眉头。

林玲突然问："你为什么会对我说这些信息？"

廖冰脸上很讶异，"当然为了能破案啊。"廖冰顿了顿，"你没觉得马探长和你的莫探长最近有些不对付吗？"

"那是他们的事情。"林玲显得很不屑。

手术室门开了，受害人被推着送往重症监护室。主治医生交给林玲两个密封的塑料袋和一个牛皮纸袋。塑料袋里装着小女孩被剪掉的指甲残片，还有两支医用棉签。林玲把这三个袋子交给了莫炜。

指甲缝里或许会留有在反抗时从嫌疑人身上抓下的体屑，棉签可能沾有嫌疑人的分泌物。但是，为什么要交给莫炜呢？还有，牛皮纸袋里装着的是什么呢？廖冰隐约觉得哪里不对。

莫炜突然对廖冰说："你的卧底工作到此结束，现在回去吧，明天早上还要开专案会。"

廖冰还想追问现场痕检情况，莫炜却已经快步下楼，消失在楼梯转角。

(3)

案发第二日，清晨，刑警队、派出所一大帮警员将不大的会议室挤得满满当当。

夏建明所长拿来一条硬中华，拆开，给每个人散烟。

罗勇笑说："又让老夏破费了。"

潘建民副局长坐在会议桌中间预留的位置，打开笔记本，说："老夏，你把接警情况讲一下。"

夏所长语调平缓："昨天下午6：15接到电话，报警人称在肥皂厂厂区内发现一具女孩尸体，没穿裤子。我们在6：21赶到案发现场，没有找到报警人，通过搜寻，于6：26在水沟前发现受害人，随即开展施救，6：31，受害人被急救车送往医院。发现受害人时，小女孩呈昏迷状态，下身裸露，内裤被脱到腿弯。不过身体温热，石头上的血液没有凝结，很有可能是嫌疑人前脚刚走，我们后脚就赶到。"

潘局长插话："小女孩的身份呢？"

夏所长摇头道："目前还没核实，也没有人来所里报失踪。"

"潘局长，我来汇报一下。"莫炜插过话头。

他打开笔记本电脑和投影仪，六个人的头像出现在白墙上。莫炜说："我们二探组是在6：30赶到肥皂厂，当即在通往厂区的铁门设卡，对从厂区里出来的人员进行登记。昨天晚上我通过人口系统查询，确定了这六个人的身份，四男两女，其中有一名性犯罪前科人员。"

所有的目光随着莫炜的手指聚焦到那个满脸褶子的老头脸上，老头也正蹬着浑黄无神的眼珠俯视着大家。

"老头姓刘，全名刘满堂，六十七岁，住在肥皂厂家属区，单身汉，无子女，以捡破烂为生。七年前，也就是他六十岁的时候，因为猥亵幼女被判刑三年半，出狱后，又因为嫖娼被抓，治安拘留十四天。"

所有人陷入沉思，只有夏所长大咧咧地说："都六十七了，老头子厉害！"

潘局长瞪了老夏一眼，众人笑而不语。

案发现场的草图出现在墙面上，林玲接着说："肥皂厂分东西两片：东片是职工家属区，西片是被拆迁的厂区。家属区和厂区中间隔着一道大铁门，铁门常年不锁。厂区呈圆形，有两个足球场大小，三面被三米高的围墙围住，没有偏门，也没有墙洞，一面是一条五米宽的臭水沟。厂区大铁门是犯罪嫌疑人进入和离开犯罪现场的必经之路，厂区内没有视频监控。受害人的伤主要在后脑勺，初步判定为颅底骨折，内出血情况不详。此外，受害人面部还有多处擦伤，像是钝器所致。受害人有被性侵迹象。我已经将擦拭物送到市局DNA实验室做进一步检测，或许会提取到嫌疑人的基因。此外……”林玲停了两秒，像是集中在场人员的注意力，“此外，我们还在作案现场提取到一截卫生纸，上面有明显的体液残留，很新鲜，很有可能是嫌疑人性侵后擦拭留下，且受害人肚皮上也有体液残留。两份体液样本也已送市局DNA实验室做检测。”

大家心里为之一松。如果嫌疑人有犯罪前科，那么他一定是被采集过了血样，而血样的DNA信息与体液分泌物的DNA信息的比对锁定工作，仅通过电脑便可以完成。

潘局长盯着笔记本想了一会儿，开始部署工作：“莫炜，你把那个有猥亵前科的刘老头查清楚，如果需要，可以直接接触。林玲，你盯住市局DNA实验室，一有比对结果立刻通报。夏所长，你盯住医院那一块，小女孩医治情况每半天一通报，紧急情况随时报告。”

布置完，潘局长问罗勇道：“罗队长，你可有要补充的？”潘局长问得很客气，毕竟据传罗勇马上就要卸任了。

“老马，说说你掌握的情况。”罗队长扭头望向马识途。

马识途因为来得迟，坐在会议室最犄角旮旯的地方，潘局长好像把他给忘了。

马识途笑笑，道：“我就带一个耳朵来听情况的，领导布置什么我就干什么。”

潘局长说：“马探长，你赶快核实受害人身份，查清楚她的父母是谁。还有就是搞清楚小女孩案发前的活动轨迹，尽可能精确案发时间。”

马识途点点头，没再说话，笔头在本子上唰唰地写着。

潘局长站了起来："大家要加快工作进度，特别是探长要带好头，这是证明你们实力的时候！"

廖冰偷眼瞅两位探长，两人都没有表情。

就在此时，会议室门口多了一个女人，夏所长问来人何事，女人说："我的女儿昨天下午走丢了。"

夏所长又问："在哪儿走失的？"

"肥皂厂家属区。"

马识途也站起身，抢过夏所长的话头："这下可以开工了！"

廖冰跟着马识途往询问室走。走了几步，马探长停了下来，对廖冰道："给你布置个任务，想个点子，把莫炜和林玲刚才放的幻灯片给我弄一份来。"

"怎么个弄法？"廖冰一脸狐疑。

廖冰转身回会议室，里面已经人去屋空。他打开笔记本电脑，插上U盘，正在找林玲的文件。

林玲却悄然靠在了会议室的门框上，冷冷地说："别麻烦了，我会把资料发到你的邮箱。"说完，便转身离去。廖冰红着脸，回到马识途身边。

"东西呢？"马探长问。

"一会儿就到，这个小女孩的母亲怎么说？"廖冰挠了挠头说。

"傻女人一个。"马探长叹口气。

"什么个情况？"

马探长说："受害人名叫黄倩倩，八岁，智力低下，不上学，基本只在肥皂厂区里活动。她的母亲叫作沈玉兰，网吧保洁，日班夜班两班倒，是二婚。孩子继父叫宋大海，摩的司机，成天跑没影，当天下午也不在家。受害人是昨天午后一点左右独自离家的，她的妈妈当时刚上床睡觉。下午5：10，沈玉兰在灶台上给黄倩倩留下稀饭馒头后便起床去网吧上夜班，这期间没有再见过黄倩倩。今天早上下班回家，沈玉兰发现灶台上的饭也没动，黄倩倩也不见了，她便到处打听，然后就摸到派出所来了。”

廖冰说：“也就是说，小女孩遇害的时间是在下午一点到下午六点。”

马探长点头：“五小时都可以发射洲际弹道导弹了，案发时间必须要精确。”

廖冰问：“黄倩倩的继父呢？”

马探长答：“受害人的妈也在问这个问题。”

(4)

派出所的警车从身侧开走，里面坐着一个面容焦虑的瘦弱女人。

马探长整整警服，道：“走，去肥皂厂。”

一度拥挤的派出所大院空寂下来，只有肉眼可识的尘埃在空中飞舞。

警车停在肥皂厂家属区的大门外，马识途看见身着便装的莫炜和林玲消失在一排楼道的巷口，那里大概就是有性犯罪前科的刘满堂老头的住所。

深深喘了口气，马识途整理好心情，进了大门一侧的门卫室。

一个穿制服的老保安正趴在桌子上打瞌睡。廖冰把老保安摇醒。经过短暂的迷离，老保安恢复了精神，他忙不迭地把身后的床平整好，让马识途和廖冰坐。

“师傅昨晚没睡好啊？”马识途递给老保安一支烟。

老保安笑道：“麻将打晚了。”

马识途也笑笑，说：“师傅贵姓？”

老保安答：“姓袁，袁士柱。”

马识途喊了声袁师傅，还想和他继续闲扯会儿，但这个袁师傅倒有些急不可耐，直接问：“你们是来调查昨天下午的案子的？”

“袁师傅知道这个案子了？”

“我也是老公安了！厂子倒闭前我是保卫科的队长，帮你们警察抓了不少贼。”老袁有些激动，唾沫从他黑乎乎的牙缝里迸出来。

马识途笑道：“那您是前辈了。”

“不敢，不敢，你们现在破案都是高科技！”老袁笑着搭话。

马识途收起笑容，严肃道：“那您帮我认几个人。”说着，他把手机递了过去。

廖冰歪过脑袋，屏幕上是翻拍早上调度会上莫炜幻灯片上的人像照片，原来老马也留了一手。

老袁扫了眼照片，道：“认识，都认识！”

“那能不能带我们去找一下呢？”

“没问题！”

老袁首先叩响了一间一楼小院的红色铁门。一个面容瘦削但目光笃定的老人开的门，跟在后面的是一条眼神同样笃定的高大狼狗。

老袁点头哈腰道：“石书记，这是刑警队的同志，想了解点情况。”

石书记摆摆手，笑道：“狗屁书记！现在都是下岗职工了。”石书记侧过身，让马识途一行人进院。

马识途说：“石书记，有个案件想了解一下。”

石书记转过身，眉头蹙着道：“遭雷劈的，一朵小花就被蹂烂了！”

看来真是好事不出门，坏事传千里，廖冰心里默想。

马探长问："您当时也在厂区里吧，有没有发现什么异常情况？"

石书记想了想说："昨天下午雾大，本不想出门，但这条狗非要出门溜达。我就带它到了厂区里面练剑的地方活动筋骨，它则随便找地方拉屎撒尿。一切都挺正常的，除了这该死的天气。"

"您是几点进厂区的，几点离开的？"

"我记得是六点前后出来的，一出来就被你们警察拦住了。"

"练剑的位置在哪里？"

"厂区的东南角，那里有一小片平整的空地。"

"昨天在厂区里您都见到什么人？"

"昨天下午雾大，根本看不清人，我只在厂区的门口见到砸石头的杨老汉两口子，以及在厂区里种菜的高大娘、刘老头几个人，可能还有个练嗓子的，声音很尖厉，但我没见到面。"

"是练嗓子还是在有人尖叫？"

石书记沉默了，他低下头，追索自己的记忆。当他再次抬起头，他的皱纹愈加深刻，摇了摇头，说道："我不知道。"

"您昨天见没见过受害的小女孩，黄倩倩？"

"没有。"

"您认识她吗？"

"我知道那个傻女孩，七八岁，经常在家属区的路上玩，有时也到厂区里，家里人也不管。不过，昨天下午我没见过她。"

马探长点点头，伸出手和老书记握了握，道："如果有什么发现，请随时联系。"

离开石书记家，袁士柱撇嘴道："这个老石还算是幸运的，从部队上校军衔退伍到地方，一下子就当了厂里的纪委书记，吃香的喝辣的，脾气也硬得很，想治谁治谁，得罪了不少人。现在厂子倒闭了，大家都失业，他倒混了个退休待遇。”

马探长任由老袁说话没接茬，廖冰则回头瞅了瞅小院那扇有些斑驳的红漆门。

三个人来到打石头的杨老汉夫妇家。老汉对马探长和廖冰很友善，对老袁却态度冷淡。

杨老汉快人快语，他讲他们老两口在厂区里干的是把石头砸碎，抽里面钢丝出来卖的营生。这样既能赚点小钱，也能锻炼身体。杨老汉把手掌摊开，全是厚厚的茧子。杨老汉还说昨天从下午两点就进到厂区西南角干活，六点多才出来，只是埋头干活，除了收破烂的刘老头和高老太的儿子，没见着其他人，更没见到受害的小女孩。

杨老汉很讨厌这个刘老头，他虽说是收破烂的，却经常趁杨老汉不注意，把从碎石里扒出来的钢丝偷走。因此昨天下午刘老头刚在他们砸石头的石窝子露个头，便被杨老汉赶走了。关于练嗓子，抑或是尖叫的声音，杨老汉也讲不清，他说他和老伴只顾用锤子在石头上敲来敲去，其他声音都没在意。

离开杨老汉家之前，杨老汉用长满厚茧的大手狠狠攥紧马探长的手，对马探长和廖冰说：“一定要把干坏事的小子给抓到，然后把他裤裆里的两个蛋子捏碎！”

高老太家住楼房，在楼道口，马探长的二探组和莫探长的三探组打了照面。莫炜正端坐在棋牌室的麻将桌前搓麻将，林玲则一言不发地站在莫炜身后。

老袁问：“棋牌室隔壁就是刘老头的家，要不要去看看？”

马识途淡淡地说："刘老头是别人的菜，我们还是上楼找姓高的老太太吧。"

高老太太精神矍铄，她把三人让进屋，搬了小板凳在客厅，张罗三个人坐下，自己则在卧室的门帘前站着，两只手搭在围裙前。

老袁鼻子嗅了嗅，空气中有股粪便的味道。他默不吭声地回到了楼梯间。

马识途问道："大娘，就您一个人在家啊？"

高老太点点头，两只手互相搓着。

马识途站起身，在很小的客厅转圈，问道："大娘，昨天下午你在不在厂区里面啊？"

"就我一个，在厂子里面种地。"

"就你一个人？"

"就我一个人。"

高老太的结巴让廖冰想起了一处破绽——莫炜介绍的厂区出入名单里只有高老太一个人，但杨老汉却提到了高老太的儿子，一个没有出现在登记名单中的男人。

马识途直直地瞅着高老太的脸，然后走到她的身前，用手指挑起了高老太身后的布帘，然后一把掀开，廖冰紧随其后。他们看见了一个手脚都被绑在床腿上的中年男人，嘴巴里还勒了一根布条。

马识途上前刚把布条从嘴边拽开，中年男人就要上去咬他的手。马识途向后躲开，廖冰则暗自用手去摸裤腰上的枪。

马识途转身问高老太："怎么回事？"然后又问："你把他拴起来干吗？"

高老太腿一软，坐在地上："我就这一傻儿子啊，你可不要带走他呀！"

马识途接着问："你干吗要把他藏起来？"

高老太无力地回答："昨天听说厂子里面来了警察，我怕他干了什么坏事。”

“你为什么觉得他会干坏事？”

“他人傻，脾气也不太好，只要有人欺负他，他就和别人打架。”

“他昨天为什么没和你一起从厂子里面出来？”

“这个傻儿子我时刻带在身边不离，昨天下午我去厂子里面种菜的时候，他跑到一边玩去了，等到警察喊话的时候，他才回到我身边。我怕他干了什么坏事，就先让他在厂子里面待一会儿。等你们警察走了，我才进厂把他找回来的。”

马识途停下了提问，他看了看这个手脚还被捆着的中年男人。中年男人也正龇着牙盯着他。

马识途和廖冰退了出来，留下高老太太一个人在屋里收拾残局。

楼梯间，老袁正在抽烟。有个男人从楼上往下走。老袁一扬手，对男人说正在陪警察查案子。下楼的人只是捂着鼻子，脸上露出嫌恶的表情。

临近中午，马识途想到案发现场再看看。袁士柱提出要陪着一起，马探长婉言谢绝，老袁有点失落。

马识途和廖冰穿过那扇锈迹斑斑的大铁门，左拐，默数了七十二步，来到了厂区东南角石书记练剑的那块空地然后折返，又默数了一百五十步，到了杨老汉位于西南角砸石头的石窝子，再次折返，回到铁门主路的起始，向东北方向走了两百一十步，到了高老太平整出来的菜园子，只见青豆角一根根坠在藤蔓上。

廖冰站在菜地前，向西北方向望去，主干道尽头的那个墙垛下，是昨天的案发现场。他又瞅瞅老马，老马也在目视西北，嘴唇轻轻动着，像是自言自语，又像是在问廖冰：“傻儿子去了哪里？他看到了什么？刘老头去了哪里？

他又做了什么？”

当两个人沉寂下来，臭水沟里若隐若现的流水声在雾霾中弥散传播。还有昨日迷雾中那吊嗓子的声音，抑或是尖叫的声音，从哪里来？又被谁听到？

马识途眯缝起眼睛，他竟然看到颗粒状的粉尘悬浮在半空中，忽左忽右，忽明忽暗，不知前途。

马探长叹口气，对廖冰说：“你画一个现场图，把这几个人的位置，还有案发现场的位置都标记清楚。我们现在做的就是填图的工作。”

(5)

如果说马识途是动如脱兔，那么莫炜则是静如处子。

庄家给他发了一张好牌，他急于知道另一张牌的牌面是什么，但如果强行夺过庄家手中的第二张牌，则很有可能坏了大事，所以他还需要耐心等待。于是，他和林玲潜伏到刘满堂老头家隔壁的棋牌室。

莫炜一屁股坐到座位上开始码牌、胡牌，林玲则站在身后，佯装看牌，却用余光死死地盯住刘老头的小黑屋。

棋牌室内人声嘈杂，小黑屋里则死寂一般。林玲抽身去偷看电表箱，上面的数字也像是死掉了一样，一动不动。莫炜手气不错，两个小时下来，赢了来打牌的妇女们三十多块钱。他还想再码上一牌，林玲脖子一扭，轻声道：“刘老头从屋里出来了。”

一个身材颀长、脑袋光光的老头穿着蓝布衫出现在光亮下，手里还端着一个尿壶，他把门虚掩，自顾自端着尿壶往厕所去了。

莫炜掏出一支烟，很自然地溜达到刘老头的趴趴屋前，眼睛在往里面瞟。

里面黑压压的，除了一台发着微光的黑白电视机，其他的一切浸没在黑暗中。

莫炜把门稍微推开一点，透进来的日光照亮了一双红色女士凉鞋，小小的，应该是小孩的码号。莫炜盯着小鞋子看了会儿，又把门虚掩上。

他刚回到棋牌室，还没进门，棋牌室女老板凑过来，压低声音问：“你们是公安局的吧？”

莫炜笑道：“你怎么看出来的？”

“原来进场子赌钱，我被你抓过，我认得你。”

莫炜笑：“嗨，老熟人了，不打不相识。”

女老板又压低声音问：“你们是来监视那个刘老头的吧？”

莫炜反问：“你又是怎么知道的？”

“昨天厂区里面有小女孩被强奸了吧，没准就是这个老色狼干的。”

林玲插话：“不能乱怀疑。”

“当然不是乱怀疑，前段时间天热，这老色狼天天来我的棋牌室，不打牌，就只往女的身后钻，一双贼溜溜的眼睛往人家领口里面瞧。你们想想，女人夏天衣服穿得少，领口敞得又大，不全被这老色狼瞧去了。”

女老板声音越说越大，被老解一把拽住手腕，要她声音小一点。

女老板又说：“赶紧把老色狼逮走吧，也能把他租我的那间房空出来，租给别人。老东西欠我好几个月的租金了。”

身份暴露了，莫炜和林玲只得从棋牌室里撤出来。两个人堵在巷口两端的外围，继续监视小黑屋里刘老头的一举一动。

他们又挨过了两个小时，下午三点多，刘老头终于出现在巷口。只见他拎着一个麻袋，一步一晃地往厂区里走。莫炜和林玲一前一后跟在刘老头身后。

刘老头进了厂区大门，顺着墙根溜了一圈，最后竟停在了案发现场的那个墙垛边上，低着头往下看，一动未动，像是在追索着什么。

莫炜对林玲说："你到刘老头的房子去，他的门边有双红色的女式凉鞋，你想办法给弄出来。"

林玲"嗯"了一声，转身出了厂区，只留下莫炜趴在砸石头剩下的石窝子里盯刘老头。

莫炜发现在左手两点钟方向也有一个人在另一处石窝里蹲着，像马识途，但看不清面容。他拨通了马探长的电话，见石窝里的人做了个接电话的手势，莫炜立即把电话挂了。他冲着雾霾里老马的模糊身影暗暗地笑，一股赢了一局的心情油然而生。

不一会儿，林玲的电话打了过来："找到鞋子了，老头家里门就没锁。"

"你立刻把鞋子带回派出所，找受害人的母亲辨认一下！"莫炜嘱咐道。

"明白！"

莫炜坐在石窝里，心中的得意已经绽放出了花朵。

在沈玉兰成功辨认出红色凉鞋属于受害人黄倩倩之后，抓捕命令于下午五点下达。

莫炜已经开始想明日早报的新闻标题了，如果叫《二十四小时破获强奸杀人案》，他会很高兴的。

(6)

审讯室内，刘老头被拷在审讯桌后，面前是一碗清水面条。

莫炜透过门缝默默打量刘老头，他的身后是更加沉默的马识途。

即便人赃俱获，但还不能铁板钉钉——毕竟老头自己还没承认。

莫炜回头问马识途："谁上？"

马识途耸耸肩，道："你摸的线索，你抓的人，我哪好意思争功劳，你就一条龙到底吧。"

莫炜似笑非笑地拍了拍马识途的二头肌，推门进了审讯室。

莫炜的审讯是从刘老头的活动轨迹入手的。他问得极细，去了哪些地方，见了什么人，做了什么事，每件事都精确到分钟。他边问边记，边记边想，他在寻找刘老头的供述与他人证词不同的地方。他甚至希望刘老头能够撒上两个谎，在真相的附近挖两个坑往里面跳，如此，审讯就有了突破口。

刘老头虽然说话极缓，但脑子还是清醒的。他把清晨的、午间的、午后的事情一件件讲得清清楚楚，他苍老孱弱的嗓音沿着时光的纵轴，一分一秒向傍晚推进。终于刘老头讲到了拎着袋子进了厂区，讲到了杨老汉的石窝子，讲到了水沟里摸蚂蝗的人。老头边讲边停，边停边讲，案发现场越来越近，老头的讲诉也越来越慢，终于，如一辆踩了刹车的汽车，慢慢停了下来。

房间里可以听见钟表一秒秒划过刻度的声音。莫炜两只胳膊搂在胸前，耐心等待着，等待着谎言或真相。

刘老头终于又开口了，他的讲述做了九十度转弯，回到了主干道上。他说他听到了警方的喊话，就到大门登记去了。他躲开了案发现场，也躲开了莫炜和林玲的注视，他将脑袋埋在蓝色粗布褂的前襟。

莫炜向林玲点点头，林玲站起身，来到刘老头的身前，给他以姿态上的压力。她说："你漏了一段。"

"没有漏。"刘老头摇头。

"你想想？"

"应该没有。"

林玲冷冷道："从你进厂区到离开一共有一个半小时，但你讲的那些事情半个小时就足够做完了。"

刘老头只是摇头，没有说话。

“你不会是失忆了吧？还是有什么事情说不出来？不好意思说？”林玲连续逼问。

刘老头长长的眉毛拧在一起，脸上出现痛苦的表情。

莫炜的胳膊猛然划出个弧线，搪瓷碗被打飞到墙壁上，几根面条挂在审讯室的墙面上。

刘老头全身一抖，喊道：“领导，我……我什么也没干啊！”

莫炜突然说话：“你没干什么？！你没干什么？！”

刘老头一怔，像是被击中了要害，随即开始剧烈摇晃身体，脑袋则向桌面上猛磕。林玲赶忙将老头按住。莫炜将两手叉在胸前，看刘老头的拙劣表演。

“大爷，你何苦这样呢？”林玲叹了口气。

刘老头抬起头，脑袋红了一大块，支吾道：“我……真的什么也没干啊。”说完这句，老头没话了，眼皮耷拉着，鼻涕也流了出来。他成了一块石头，不管莫炜和林玲再说什么，老头就是不吭一声。

林玲对莫炜耳语道：“挑明？”

莫炜摇摇头，他觉得现在还不是打开天窗说亮话的时候。现在的情况就像炖汤，需要煨，煨到一定火候了，汤才能够味。如果现在挑明说案件，老头一口咬死不承认，就没有回旋余地了。

审讯室的门开了，罗勇大队长把莫炜喊了出来。他从视频监控看了审讯过程，决定让莫炜和林玲先撤出来，让马识途的二探组暂时接手审讯，缓解一下僵持气氛。

莫炜想想，觉得这样也成。虽然最近和马识途不快活，但他相信马探长对待案子还是认真的。

马识途和廖冰接管了审讯室。

马探长让廖冰先发挥下。

廖冰没再纠缠刘老头的活动轨迹，而是从他的前科说起。他提到了六年前的那起猥亵案件，也提到了三年前的那起嫖娼事件。廖冰说得很简略，他只是起一个头，让刘老头把案件剩余的部分补齐。

刘老头说："都是过去的事情了。"

廖冰说："重温一下嘛。"

刘老头怔怔地看着廖冰，然后便从头到尾地开始讲，讲着讲着断了线，想一想，又接着讲，讲到关键部分，刘老头又是一阵停顿，找些避重就轻的词糊弄过去，找不到词的时候，就索性叹口气，说："就是那样。"

马识途和廖冰带着一副饶有兴致的表情听完了全部过程，最后马识途才问道："完了？"

"完了。"

"没有完吧？！"

"真的完了！"

"你是个男人啊，你要解决你作为一个男人的需求啊。"马探长指了指刘老头的裤裆。

刘老头露出被羞辱的表情，大声说："真的没有了！"

"没有什么了？"马探长语气一转，"老刘啊，你有没有听过一句话，叫一而再再而三，换句话说，就是狗改不了吃屎！"

"我真的改好了。"刘老头又不说话了，他仿佛看见了一步之遥外的悬崖。

马识途佯装叹气，厚厚的手掌按住了刘老头肩膀："你蹲了几年牢？"

"三年，减了半年刑。"

“里面的日子怎么样？”

“还行。”

“比起外面的日子呢？”

刘老头沉默。

马探长语气绵柔道：“看看你现在住的那个破窝，比牢里好不到哪去吧。”

刘老头的眼泪流了下来。

“你都老成一把骨头了，没准哪天死在那间小黑屋，烂了，臭了，都不会被发现，不如索性招供个痛快，到牢里去养老吧。有吃有喝，病了还有医生，多快活。”

刘老头还在沉默，或许正在考虑马探长的建议。马探长也给了他思考的时间。

过了几分钟，刘老头叹口气，像是放下所有的抵抗。刘老头开口道：“过去我做了许多混蛋事，把老脸都丢尽了。但不管怎么样，我也认了错，蹲了牢，接受了应有的处罚，你们不该旧事重提了！”

马探长手背在后面，他预感不妙。

刘老头继续讲：“虽然在外面过得人不人鬼不鬼的，甚至没有在监狱里面过得好。但没干的事情就是没干，我总不能编瞎话给你们听吧！”

话音刚落，马探长就张口喝道：“没干就是没干！你就认准这句话了是吧！”

“我真的没干，没干！”刘老头脖子一挺。

马识途开始逼问：“你倒是没干什么？”

“我什么也没干。”

“没干什么？”

“什么也没干！”

对话在一瞬间卡了壳，怒火开始爆燃，场面有些失去控制。

罗队及时推门，把马识途喊了出去。

（7）

门外，莫炜正在皱着眉头抽烟。这一天，他已经抽了三包烟了，且一包比一包苦涩。

罗勇说："我刚带队搜查了老家伙的屋子，没有发现带有血渍的衣服，也没有发现其他与受害人有关的东西。老家伙似乎对衣服鞋子很感兴趣，他的一面墙堆了各种各样的破鞋子，另一面墙则堆了许多捡来的破衣服。"

莫炜和马识途相对而视。

罗勇问："你们都是老警探了，你们觉得老头的嫌疑有多大？"

莫炜犹豫了一下，道："八成。"

罗勇又看马识途。

马识途摇摇头："不好说，一半一半。但老头肯定和这个案件有关，受害人的鞋子在那儿摆着呢。"

罗勇想了想说："这样，你们俩一起审讯，加点料，把案件透露一部分，逼逼他，看他怎么说。"

莫炜和马识途对视一下，都点点头。

莫炜和马识途一同进到审讯室，廖冰把位置让给两位探长，自己退到他们的身后。

廖冰抬头看钟，已经是凌晨两点半，离传唤结束的时限还剩下不到三个小时，廖冰心里也开始吃不准。

“老头，清醒清醒。”莫炜开头。

刘老头把脑袋抬起来，眼皮虚耷着。

马探长拍桌子道：“我们不都陪着你熬夜吗，你好歹也配合一下。”

刘老头脑袋正了正，眼睛睁大了点。他看见莫炜已经来到他的身边，手里拿着一部手机。

莫炜说：“我给你看点东西，提提神。”

莫炜的指尖在手机屏幕上划来划去，是受害小女孩的照片，从身份照，到家庭照，再到遇害照，白白净净到血肉模糊，花格小裙到裸露下身。

老头颤抖起来，他把眼睛闭上，脑袋歪向一边，但他歪向哪边，莫炜的手机就追杀到哪边。老头的身体开始摇晃，毫无征兆地，一团污秽吐在审讯椅上。

廖冰转身去找拖把，被马识途一把拉住，他知道，火候已经到了。

“惨不惨？”莫炜开始加料。

“为什么要给我看？”老头开始乞求。

“惨不惨？回答我！”

“为什么要给我看？！”

“她是谁？她为什么会这么惨？！”老头已经说不出话了，只能呜呜叫着，如一扇小小的舢板，在狂风巨浪中发出骨架崩裂的悲号。

莫炜、马识途和廖冰都在安静地看着刘老头的疯癫。

老头又号了一会儿，再次把头抬起来，泪水盈满了眼眶：“她没死吧？”

简单四个字，让在场的三个警察心中轻轻缓口气，终于拿下了！

马探长反问：“你说呢？”蛇已经出洞，但出来的还不够长，还需要把身子再拉出来一点。

刘老头又说：“我想知道！”蛇的上半身已经出来了！

刘老头斜着脑袋，眼神失去了光芒。他静默了一会儿，为即将说出的真相积蓄力量。

“我应该去救她的。”刘老头又开口了。这是出乎意料的回答。老头又问：“小女孩死没死？”

“还在抢救。”莫炜回答。

“我是昨天下午五点进厂的。”老头重新开始他的讲述，他要把缺失的那一段补齐，“我顺着墙头往西南走，到了老杨砸石头的石窝子，想捡一点废铁丝，被老杨赶走了，我又顺着墙头走，边走边捡一些可以卖上价的破烂放到麻袋里，我看见了在水沟里摸蚂蝗的人，我看了一会儿，继续顺着墙头往前走，一直到厂区正北面的墙头，是一处墙垛，前面是水沟。墙垛上有一双红凉鞋，挺新的，我觉得能卖点钱，就把凉鞋扔进了麻袋。我刚想往前走，但觉得凉鞋码得很整齐，怕有人在墙垛下面玩水，我就伸头往下看，这一看才发现有个小女孩躺在下面，就像刚才照片里面的样子，没一点动静，身上全是血。我被吓傻了，我在墙垛那站了一会儿，然后就离开了，继续到其他地方捡破烂了。”

老头一口气说了一大段，让莫炜和马识途好像进入了另一个维度的空间。

沉默良久，马识途问：“你为什么离开？”

老头语气平缓地回答：“我也想下去救那个小女孩，但墙垛有一米多高，我有严重的腰间盘突出，别说是下去，就算是下去了，我也上不来。”

“那你为什么不报警？”

“我没有手机。”

“你为什么不喊人报警？”

“我第一时间是想喊人帮忙的，但有谁愿意帮我，或者说有人愿意信我呢？”

“怎么讲？”

“厂里的人都知道我原来的案子，他们会认为这也是我干的。就像你们也认为是我干的一样。”

“你就这样一走了之？”

“我想到了那个摸蚂蝗的人，他沿着水沟往前摸，用不了几分钟便会发现这个小女孩的。”

“你为什么带走受害人的鞋子？”

“我是离开那儿后才想起了女孩的鞋子，我想把鞋子放回去，但我听见了警察的喊话，我想把鞋子扔掉的，但厂门口人比较多，也没法扔。后来来了更多的警察，我也就没机会扔了。”

老头的话好像没有什么破绽，需要莫炜和马识途好好消化一下。马识途让老头把刚说完的话重新说一遍，让廖冰做记录。马探长这样做有两个目的，一是重新过滤一遍老头的话，再就是通过对比前后两遍供述去发现不一致的地方。

但马识途失望了，两遍供述基本一致。

是老头讲的是事实，还是老头在脑海里已经把所有的供词都复述了许多遍？

同样的疑问，莫炜也在脑海里提出了问号。

老头又说话了，他提出了一个要求：“领导，我想上厕所。”

廖冰上前把老头的手铐脚镣解开，老头颤巍巍站了起来，他活动了一下臂膀，站住不动，盯着对面座位上的马识途和莫炜看，眼神很诡异。

廖冰架住老头的胳膊，问：“你走不动了？”

老头突然甩开廖冰的搀扶，裤子解开掉落地上，只剩下两根柴火棍一样细的腿，还有一条洗得发白的蓝裤衩。

莫炜和马识途立即起身，他们怕老头自残。

老头握住自己的裤裆，用嘶哑的声音道：“我出狱后，嫖了一次娼，被抓到拘留所关了半个月。”老头停顿了一下，嘶哑中有了哽咽，“我这辈子是被它给毁了，为了它，我背叛了老婆，猥亵了女孩，身败名裂，为老不尊。”他做了一个猛烈的吞咽动作，声音平静许多，像是把羞耻与后悔吞回了肚子里，“从拘留所出来后，我才想明白，不能让它继续糟蹋我的生活，更不能去糟蹋别人的生活，我……我把它割了。”

老头说得极为平静，在场其他三人不可置信。老头见三人不信，他就把裤头褪到膝盖。马识途和莫炜睁大了眼睛，廖冰则突然想呕吐。

没等罗勇召唤，马识途和莫炜便都从审讯室里退出来，留下廖冰独自看管老头。

莫炜点了一根烟，马识途向他也讨了一根。莫炜的嗓音嘶哑凶狠：“你不是戒了吗？”

“抽根烟缓缓神。”

“被吓住了？”

“奇葩天天有，这个很厉害！”

莫炜猛抽了一口，拳头砸在墙上：“妈的！”

马识途只是沉默抽烟，没再搭理莫炜。两个人近一个月内最长的一次对话到此结束。

罗勇过来了，也问莫炜要了一根烟。他问两个人：“这事还有多大可能？”

两个人不说话。

罗勇抬手看表：“传唤的时间也快到了。”

两人还是不说话。

罗勇说：“一个性无能从事性犯罪，可能性不大，但也不是完全没有可能。你们先给老头采血后送市局DNA实验室检验，如果和现场遗留的精液比对成功，那不管老头是不是太监，他都跑不掉。”

马探长耸耸肩："也只能这样。"

莫炜没说话，只是把烟头扔到地上，用鞋底狠狠地踩灭。

(8)

熬了大半夜，躺在床上，廖冰却没有睡意。一闭上眼，刘老头那空空的裤裆便充斥他的脑海。

三个小时短暂且痛苦的睡眠结束，廖冰捂着脑袋回到办公室。马识途倒是精神很多，他把两张打印纸交给廖冰，让他张贴到肥皂厂住户和厂区的大门上。廖冰看纸张内容，是关于发动群众提供线索的文书，五千元的奖励金额用红色字体标注，异常突兀，红得像人的鲜血，下面还有廖冰和林玲的手机号码。

雾霾天气并没有好转，反倒是有所加重，网上说检测PM2.5的仪器已经爆表，根本统计不出真实数据。许多人已经戴上口罩，他们在雾霾中寂静地行走着，买菜、上学、上班，没办法，生活还要继续。

廖冰来到肥皂厂的正门，把其中的一张打印纸贴在保安室的墙上。

保安老袁站在他的身后，一个字一个字读着。读到最后，老袁说："应该加个零。"

廖冰问："什么零？"

"加个零，五万元。"

廖冰没理他。

老袁沉默一会儿，又说："给不给都一样，都是纳税人的钱。"说完便走开了。

张贴完公告，廖冰从厂区大门往外走。刘老头端着尿壶出现了。刘老头抬头看了看廖冰，没有任何表情，倒是廖冰不经意地后退一步，不知道是不是怕老头把尿壶掼在他的头上。老头终究是弯着腰，擦身而过。廖冰转身一直看刘老头的身影消失在灰霾中。

在医院一间吵闹的普通病房，马识途见到了还在昏迷中的受害女孩黄倩倩。她的母亲沈玉兰倚在床边打盹。

马识途立在床前，看白色被褥包裹着的瘦小身躯。女孩的脑袋套上了蓝色的网兜，没有了血水与泥土的遮掩，她小脸上的伤疤恣意狰狞，像一个淘气少年瞎涂乱画的作品。

马识途轻拍沈玉兰的肩膀，女人扭头的瞬间，马识途做了个嘘的手势。他轻声问道："怎么没在重症监护室？"

沈玉兰抹着眼泪，低声咕哝了一通。马识途听得不是很明白，但从女人脸上窘迫的表情，也可以猜出话的主题：没钱住重症监护室，公安局能不能解决医疗费？

马识途从病房退出来，找到主治医生，一个二十来岁的小伙子。小伙子很有正义感，他先咬牙切齿把嫌疑犯骂了一通，又历数了历史上的几大酷刑后，才开始介绍受害人的伤情。受害人已经脱离了生命危险，颅底骨折也被确诊，伴有一定程度的颅内出血，现在还处于昏迷的状态，但应该能够醒过来。

马识途指了指脑袋问："醒过来后脑袋怎么样？智力、记忆会不会受到影响？"

医生小伙子两手一摊，"脑袋里的事情，很复杂，现在不好说。"说完，小伙子又凑近马识途，压低声音，"听急诊的医生说，小女孩的阴道里还塞了个塑料小人，真他娘的变态！"

马识途一愣，他还是第一次听到这个情况。

医生小伙子还在说："我认识一个心理医生，能够分析那些变态的思想，我可以把他介绍给你们破案。哦，这个医生还给学生做心理辅导，也能够为那个受害的小女孩做些辅导……"

"什么样的塑料人？"马识途打断了小伙子的话。

"据说是一个玩具士兵，被你们警察带走了。"

"受害人醒过来要第一时间通知我。"马识途撂下一句话。第一时间获取证言的关键性毋庸置疑。随后，马识途摆脱了小伙子的絮叨。

一个头发杂乱的男人出现在马识途身后，他一把推开病房的门，门撞到墙壁上，发出很大的声音。沈玉兰从椅子上吓得站了起来，身子向远端躲避。男人走到沈玉兰面前，从口袋里掏出几张整钞，放在女人手上，扭头看了看床上的女孩，然后又大步流星地离开病房。

这应该是小女孩的继父吧。马识途想这个男人的名字，宋大海，应该是这个名字。

再说莫炜，经过一晚上的闹腾，他已近乎尽失锐气，索性睡了个懒觉，临近中午才起床。当他睡眼惺忪地坐回办公桌前，林玲已不在办公室，她近来一直神出鬼没。

莫炜从笔筒里找了一支铅笔，凭记忆画厂区外的建筑，家属区的楼房，楼房外的马路，厂区北端的水沟，水沟另一边的安置房。记忆总是出现错误，一旦有错，他便把白纸卷成一团，摔到办公室的门上，重新抽一张纸再画。

地上多了许多纸团，放下笔，靠在椅子上，开始抽烟。昨晚的审讯当然充满了挫败感，老头被侮辱的眼神更让他隐隐感到不安。莫炜告诉自己：定神，呼吸；定神，呼吸，这样默念了许多遍，直到觉得自己的心真的定了下来。

他完善了外围的建筑，突出了厂区内一眼可见的断壁残垣，又标记了案发时厂区内每个人的位置，并附上了每个人出入厂区的时间。一张白纸慢慢被线条所充斥。莫玮把纸张举起来，阳光照得它光影朦胧，那些没有墨水印记的地方便显得很空，像是缺少了什么。偌大的厂区，一定有死角与空白。而犯罪嫌疑人的行踪、受害人的行踪，一定就隐藏在那些未填满的空白处。

莫玮明确了自己的侦查方向，他把这张纸揣进口袋，再次回到了肥皂厂区。如马识途一样，他这是要重走一下所有人在案发当天下午走过的路。在不远处，高老太的那个傻儿子正撅着屁股在地上找着什么。

廖冰回到单位，直接跳上了宿舍的床，他要补一补昨晚缺的睡眠。还没睡沉，手机响了，廖冰收到一条短信，上面一行字："警察叔叔，能不能和你认识一下？"

廖冰心里笑，想知道是谁在调戏警察。他发过去两个字："能啊。"

手机沉默了一小会儿，又亮起来，传来的信息是："你们这几天来查案子，我就瞅你最顺眼了。"

"你觉得我哪里顺眼呢？"

"我觉得你很温暖。"

"一般只有长得丑的人才看起来温暖。"

"呵呵。"

两人你一言我一语。

廖冰握着手机，莞尔一笑，他似乎感受到一个女孩（只是感觉是个女孩，不排除是阿姨）也握着手机在那里笑，他还挺享受这个感觉。

徜徉的间隙，女孩的短信又过来了："有困难都可以找警察吗？"

原来是有事相求，但英雄救美的事情谁不愿意做呢？廖冰回复了四个字：

“乐于效劳。”

廖冰等待着女孩的回复，过了一小会儿，短信来了：“如果遇到紧急情况，我会打你电话的，再见，叔叔。”

手机灯光暗淡下去，廖冰有点怅然若失。

另一边，林玲的手机也响了起来。是肥皂厂的保安老袁。

他说：“廖警官。”

林玲说：“哦，我姓林。”

老袁说：“无所谓，你们赶紧来，我发现嫌疑人了，被我困在厂里面了！”

林玲马上翻身下床，边穿衣服边告诉老袁不要轻举妄动，只把肥皂厂的大门堵住就行，她马上就到。

下楼的时候，她迅速发了一条短信给莫炜：“案犯在肥皂厂区，现在。”

(9)

林玲把车停在厂区外，检查了一下手枪和手铐，然后悄然下车，在厂区大门外见到了向黑暗中张望的老袁。

老袁指着一栋拆迁了一半的三层小楼说：“嫌疑人就在那儿。”

“你是怎么知道他是嫌疑人的？”

“有人喊了声‘抓色狼’，我就从保安室出来，看到一个黑影往厂区里面跑，我也就跟着追过来了。”

“谁喊的抓色狼？”

“不知道，一个很尖锐的声音。”

林玲点点头，再次检查了手枪的弹夹和保险开关，然后便悄悄向三层小楼摸去。

月亮依然是一团朦胧的光影，更不会有什么星星挂在天上，只有远处高层楼顶上的一盏类似于信号的红灯在规律地闪烁。林玲压低身体，双手扶着那些拦在脚前的大石块，石头异常冰冷，还有些湿滑。外界的声响小了，自己的呼吸声就变得清晰。林玲不知道前面将有什么在等着她，现在可以依靠的，就只有她四年的警校知识。

林玲一米一米地靠近那栋被拆了一半的三层楼房，她的手已经扶住了空出来的门沿，并将脑袋向里张望。二楼的墙上投影出一个摇摆的人形。林玲迈过门沿，皮鞋踩在碎石子上。二楼的光影突然剧烈变形，然后倏然消失。一声闷响，一个男人跳进了楼后的草丛，随即开始向西边的墙头奔跑。

林玲也撒开腿追在后面。男人穿着深色衣服，有点驼背，年龄看起来比她要大不少，但他似乎很熟悉这一片地形，能够在这片月球般坑洼的拆迁工地上如履平地。林玲则追得异常艰难，脚下的地面像是伸出了许多魔掌，将她牵绊，并不断摔倒在碎石路面上。唯一亦步亦随的是老袁的手电，男人逃跑的路线被手电引导出一条光的轨迹。

眼见人越跑越远，终究消失在一片草丛里。林玲追赶的脚步停在草丛边上，老袁的灯光也跟着停下，里面已经没有了人的踪迹。一定是藏起来了。林玲给老袁发了一条短信：“把手电往东边照，然后大喊着往电筒光的方向跑。”

停了几秒，光束折向东，老袁高喊着往光的方向追去。看来老袁明白了她的意思。

林玲则蹲下身子，等待周遭即将出现的变化。

果然，沉寂了一会儿，一块黑色石头突然站了起来，开始向厂区大门的方向悄然前行。

林玲追去，黑影转身，一脸惊骇。林玲飞起一脚，皮鞋揣在男人的后背，男人应声倒地。林玲掏出手铐，男人翻身拿石头一晃，在林玲的胸前划过一道弧线。林玲一屁股坐在地上，男人又起身飞奔。

眼见着男人越来越靠近厂区的大门，即将彻底消失在门后的家属区，林玲忍不住喊："别跑，再跑就开枪了！"

男人稍微迟疑了一下，却依然继续自己的奔逃。就在他跨越大门的一刻，男人突然仰面向后飞了出去，一阵烟尘从地面上升腾。

林玲加快步伐赶到，发现莫炜已经给男人戴上了手铐。

进入审讯室就开始了搜身。莫炜的手从上到下，从里到外搜寻着男人身上的可疑之处，但在男人的后背停住了，那是一种熟悉的触感，一种不可思议的触感。一瞬间，莫炜反应了过来，一把撕开男人领口，一个红色的胸罩从前襟露出来，身后的林玲下意识地别过脸去。

男人挣脱开，躲到墙根上，身子缩成一团。

"恶心。"莫炜往地上唾了一口。

男人轻轻地说："我没干。"

"你没干什么？"莫炜问。

"小女孩那事不是我干的。"

看来每个人都急于和那个案件撇清关系。

"好吧，那你如何证明？"

"那天我在澡堂上班，澡堂老板，还有来洗澡的人都能证明。"

莫炜说道："就你这么变态，还到男澡堂给别人搓澡？"

男人不说话，呜呜地哭起来。

莫炜让林玲联系澡堂老板证实一下。

出门的瞬间，男人突然扑过来，抱住林玲的腿："可不要讲今天晚上的事情啊。"

林玲明白男人的畏惧，她点点头，出门打电话去了。

过了一小会儿，林玲回来了，证实了这个搓澡工没有作案时间。

廖冰也进了审讯室，他指着墙角的男人说："罗队带我去这个人家里搜查过了，够开女人内衣店了，什么码号的都有。"

林玲蹲在男人的身前："内衣从哪里来的？"

"捡的。"

"捡的？！"

男人把头埋在胸前。

马识途又问："没老婆？"

男人点点头。

"你干吗跑？"

"有个人在我身后喊变态，还向我扔石头，然后保安也过来追我。"

"谁向你扔石头？"

"没看清。我走得好好的，突然就有石头从黑影里砸过来了。"

"有谁知道你这独特的癖好？"

男人摇摇头。

"你隐藏得还挺好的啊。"莫炜的眼皮眯缝起来，"滚吧！"

这个搓澡工先是偷看了莫炜一眼，然后颤颤巍巍地站起身，绕过身前这两位警察，推开审讯室的门。

保安老袁还守在刑警队的大门外，他拦住搓澡工，问林玲："不是他？"

林玲摇头。

老袁叹口气："唉，费了半天劲，五千块钱没影儿了。"

莫炜打着哈欠早早上了床，马识途似乎心情不错，拉着廖冰去吃烧烤了。刑警队复又安静下来。这种安静持续了两个多小时，楼下有人喊开门。

还在办公室加班的林玲下楼，发现是刚放走的那个有异装癖的搓澡工，他瞪着红肿的眼睛说："警察同志，你把我给拘留了吧。"

"为什么？"

男人走近了，他的脸上出现了许多新的伤疤，有的还在往外渗血。他说："我挨了很多打。"

林玲问："为什么打你？"

搓澡工不说话。

林玲明白过来，大概是因为他偷女人内衣的事情传了出去。那么是谁传出去的呢？她第一个想到了多舌的老袁。

林玲返回宿舍向莫炜请示该怎么处置。

莫炜的声音从毯子里传出来："把情况和派出所说一下，够拘留他半个月的。"

就这样，林玲联系了夏所长，鼻青眼肿的搓澡工跟着派出所的小尹走了，临走前还不忘对林玲说了声谢谢。

距离案发已经过去了两天，探长、探员们却依然连真相的门把手都没摸到，刑警队里的气氛有点压抑，大家都不想把侦查拖入国庆节假期。廖冰到医院看望了受害人黄倩倩。小女孩还蜷缩在被窝里，她的床前多了一束花，小小的，碎碎的，像即将燃尽的火苗。女孩的母亲沈玉兰大概去做早饭了，只留一个男青年在房间里，他用毛巾替女孩擦拭小脸蛋儿。女孩的眼皮紧闭着，或许是毛巾触碰到了伤口，女孩会无意识地扭开脑袋。

马识途悄无声息地站在了廖冰身后。

廖冰感慨："这两天见了许多心理不正常的人。"

"你刚来，见多就不奇怪了。再说了，每个人都有不正常的地方，有的人有强迫症，有的人有偏执症，程度有深有浅。"

"昨晚那个异装癖的工作保不住了吧？"

马识途鼻子一哼，道："你愿意洗澡的时候被他的手在你身上搓来搓去？"

保安老袁突然出现在他们的视野里，他拎了一个布包进了医院。

廖冰又说："他到医院干吗？"

"谁没点伤风感冒。"马识途随口道。

"刚才我看黄倩倩的病房里有一个男青年。"

"我也看见了。"马识途想了想，换话题道，"这个保安舌头有点长，昨晚异装癖的事情就是他在家属区里广而告之的。但这样长舌的人，用好了，或许会对我们有利。"马识途扭过脑袋，目光如刃，"你知不知道受害人下体里被塞了一个东西？"

廖冰愣在那里。

马识途自言自语道："他们那点小动作……"

廖冰想到手术室的那个夜晚，林玲转递给莫炜的牛皮纸袋子。那时林玲的眼神的确有些尴尬。

"你怎么看这个行为？"马识途问。

"电影里面会有这样的场景，放蚕蛹的，放钢笔的，似乎想要传达某种信息。"

"什么样的信息？"

"占有后又将其毁灭？或许是因恐惧而想破坏……"

马识途眯缝起眼睛，想了一会儿，说："在我刚入警那年，我们抓了一个系列强奸幼女的罪犯，有老婆也有孩子，却在三年内强奸了十来名幼女，年龄从七岁到十五岁都有。”

“为什么呢？”

“他说他忍不住。”

“忍不住什么？”

“那他可没说。”

“后来怎么了？”

老马用手指比画了一个手枪的姿势，抵住了自己的太阳穴，“带着他忍住没说的秘密见阎王爷去了。人的心，玲珑得很！”马识途停一停，接着说，“所以这可能不是一起简单的性侵案件，强奸或许不是嫌疑人的本意。嫌疑人很有可能就是厂区里的人。我们在侦查的同时，他没准正躲在某扇窗户后面观察我们。所以，任何不对的情况都要留意，没准嫌疑人会自己露出马脚。还有对保安老袁，不该告诉他的要保守秘密，他嘴巴不关风。”

马识途把茶碗里的水喝完，最后给廖冰布置了一个任务：“你瞅到机会打探一下莫炜的调查情况，看看有没有什么有价值的东西。”

廖冰向马识途投去探寻的目光，那眼神的意思是：这样做好吗？

马识途没有理会，他只是拍拍屁股，迈开步子往案发地的方向去了。

(10)

黄倩倩终究是醒了。

蚂蝗刑警队第一时间赶到。

林玲坐在黄倩倩的床边，莫炜和马识途远远地贴着墙壁站着，廖冰则跑去找医生了解情况。大家都隐约感到黄倩倩的苏醒将会对案件侦破带来巨大帮助。

林玲看着床上的女孩，女孩呆呆地看着白色的房顶，很久才眨一次眼。林玲用手指轻轻地捏黄倩倩的掌心，没有任何反应，她轻唤："倩倩。"

女孩的眼珠向声音传来的方向瞟去。

马识途走过来，遮盖了女孩上方的白色墙顶，柔声道："倩倩，我是警察叔叔，你知道警察吗？"

女孩的喉咙发出一声沉闷的低响。

"叔叔和我是来保护你的，是去抓伤害你的大坏蛋的。"林玲轻声道。

女孩除了眨眼，没有任何反应，脸上也没有任何表情。

这时，廖冰从门外进来，他把一个布偶娃娃放在了女孩的被子上。女孩的目光一下子被这个毛绒玩具吸引过去。

马识途拿起布偶，放在女孩的面前，方便她看这件属于她的新礼物。女孩的眼里有了光芒。

马识途说："倩倩乖啊，叔叔问你几个问题啊。"

女孩发出了一个类似"嗯"的声音。

"你脸上的伤是谁打的？"

没有反应。

马识途在自己脸上比画着一道道疤痕："就是这些正在疼的伤，是谁干的？"

女孩的眼睛转动着，大家都在等待她的回答。

"叔。"

"叔？哪个叔叔？"

她的嘴巴轻轻抿着，没有说话。

"记不记得谁摸你尿尿的地方？"马识途换了一个问题。

女孩脸上露出疑惑的表情。

马识途又问了一遍。

女孩的眼泪流了出来，脸上显出痛苦的表情，嘴唇悄悄隐藏在白色被褥的后面。

“让俺女儿歇一歇吧，她才刚醒。”女孩的妈妈沈玉兰的声音有点哭腔。

砰的一声，一个五大三粗的男人推门进屋，他环视了一下病房里的人员，然后把饭盒放在了女孩的床头，扭头又离开了病房。莫炜跟着男人出了门。

马识途看沈玉兰。

沈玉兰说：“倩倩的继父。”

马识途又看黄倩倩，她的鼻子都埋进了被窝里。马识途在床前又坐了一会儿，也离开了病房。现在只剩下廖冰、林玲和受害人母女四个人。林玲把玩偶放在黄倩倩的枕边，女孩的鼻子又露了出来。

医生进来了，是那个正义感很强的小伙子，后面还跟着一个穿着黄色马甲的男青年，马甲上写着“义工”两个字。

廖冰觉得这个义工有点眼熟，但又想不起来自己是否曾和义工打过交道。

廖冰问医生黄倩倩的病情，医生说：“颅内不再出血了，伤情没有想象中重，现在主要是打吊水，把瘀血慢慢清除出去。”

“那她的记忆会不会受到影响？”

“我这不带来位义工吗？他是心理学辅导专家，没准儿能帮你把情况问清楚。”

义工伸出手，道：“我叫仲晓军，九中的心理辅导老师。我们见过，就在今天上午。”

廖冰想起了病房里给黄倩倩用毛巾擦脸的男青年。廖冰伸出手，和对方礼貌地握了握。

仲晓军来到女孩的床前，微笑着对黄倩倩说："还记得叔叔吗？中午的时候你见过我。"

黄倩倩点点头。

仲晓军拿起玩偶，问女孩："谁给你的礼物啊？是那位叔叔吗？"仲晓军转头看廖冰。

黄倩倩又点点头。

仲晓军又问沈玉兰："她叔来送过饭了？"

沈玉兰也点头。

仲晓军又问："她叔没有停下来陪一会儿黄倩倩？"

沈玉兰摇头。

仲晓军又问黄倩倩道："你想不想你叔多陪你一会儿？"

黄倩倩又把脑袋往被褥里面藏。

仲晓军轻轻地说："你害怕你的这个叔？"

黄倩倩清晰地发出了一个"嗯"。

仲晓军又问："那想不想这位送你礼物的叔叔多陪你一会儿？"

黄倩倩又点点头。

仲晓军看廖冰，廖冰则眼神有些涣散，好像什么东西占据了他的大脑，又或许是他自觉发现了什么。

林玲突然挤到床前，一个字一个字地问黄倩倩："伤害你的是叔叔还是叔？"

"叔。"黄倩倩的声音几不可闻。

"哪个叔？"

黄倩倩的眼神露出恐惧和胆怯。

"是那个刚刚离开的叔？"

沉默了一会儿，黄倩倩点了点她的小脑袋，随即嘴巴鼻子都缩进了被褥里。

马识途从走廊的窗户俯视医院的院子，莫炜正和黄倩倩的继父宋大海说着什么。然后见宋大海骑在摩托车上，莫炜拉住宋大海的胳膊，宋大海甩开膀子，挣脱了莫炜的阻拦，启动摩托车，一溜烟消失在医院门外。

莫炜回到病房外，马识途问：“问到什么了没？”

“你觉得呢？”莫炜嘿嘿一笑，“你指望我告诉你？”

“没准你善心大发呢。”

“里面你问好没？问好了该换我了。”莫炜的脸上显出嫌恶的表情。

马识途笑了笑，让开了道。

推门的瞬间，廖冰和林玲也正好从屋里出来，脸上显出惊喜。

廖冰说：“受害人说了，是她的继父把她打伤的。”

“黄倩倩说是她叔把她打伤的，而她也只称呼她的继父为叔。”林玲补充道。

莫炜稍一沉思说：“宋大海，也就是黄倩倩的继父对我说案发当天下午一直在外面跑摩的，但实际上当天下午他回了厂区一趟，那个保安袁士柱看得一清二楚。”

短暂的沉默，马识途说：“这还不够。”

“当然，就黄倩倩那个智商水平，法院不一定会采纳她的证词，要是宋大海不认罪，那我们也没办法。”莫炜道。

“得把宋大海案发当天的活动轨迹搞清楚，还要搞清楚他的作案动机。”马识途说。

“我来查他的活动轨迹。”莫炜说。

“那让廖冰帮你查。”马识途建议。

莫炜哼笑道：“你是给我派个卧底监视我？”

“你心灵就不能阳光点？”

“说得你有多光明磊落一样。”

两个人的脸又板了起来。

半晌，马识途说：“没意思，就算是不为了刑警队长这个位置，为了床上的受害人，我们都要加快破案。嫌疑人每天都能接触到黄倩倩，不排除他为了销毁证据而做出什么过激的举动。”

“廖冰跟我一起没问题，但你调查的结果必须要通报我一声。”

“放心。”

（11）

马识途调查的进展比较顺利，从沈玉兰那里，马识途了解到她和宋大海是五年前结的婚。男人自己没有孩子，希望沈玉兰能替他生一个孩子。女人也试过，但没有成功。时间久了，宋大海就对沈玉兰有了许多不满，对女人和她的女儿日益粗暴，黄倩倩身上也经常会出现瘀青。沈玉兰也想过离婚，但又怕一个人养不活黄倩倩，就一直将就过着。

沈玉兰隐约感到了马识途调查的目的，她不相信宋大海能干出那样丧尽天良的事情，虽然他有许多的毛病，但毕竟不是一个坏人。

马识途开始了调查取证，问沈玉兰道：“你多久没有和宋大海过性生活了？”

沈玉兰想了想，道：“记不清了。”

马识途又问沈玉兰：“知不知道黄倩倩之前就已经不是处女了？”

沈玉兰惊得捂住了嘴巴，大滴的眼泪流了下来。

马识途告诉沈玉兰对这一次谈话保密，也不要在脑中形成固定看法，一切要等调查结果出来再说。

莫炜并没有让廖冰跟在自己身边。他一个人去查宋大海案发当日的活动轨迹，并让廖冰不间断地对宋大海开展跟踪。

这是一个苦活儿。为了能跟上宋大海的行踪，廖冰借了辆摩托车，在城市街道上吸了两天霾。他的努力在第二天下午得到了收获。

在外面漂泊两天的宋大海回到了肥皂厂小区，他没有回家，而是往家对面的平房区走去。廖冰尾随到巷口，没有跟进去。那是一条死胡同，廖冰上了对面的楼房，从楼层间的通风窗俯视宋大海进入的那间低矮的平房。

房子没有动静，巷子也没有动静，廖冰不知道自己在盯什么，要盯多久。低矮的窗户迫使廖冰必须弯下腰，他斜着脑袋，保持着这个痛苦的姿势，意识一半在窗外的世界，一半在内心的坚持，以至于身后站了个人他都没有察觉。突然一只手在他的脊背上拍了拍，把廖冰惊得跳了起来。原来是保安老袁。

廖冰问："你在这干吗？"

"我是保安，巡逻啊，你在这干吗？"

廖冰耸耸肩："瞎转转。"

老袁笑道："螳螂捕蝉，黄雀在后啊。"

廖冰没好气地说："我顾首不顾腚惯了。"

老袁弯下腰，也从窗户往外看。只看了一眼，老袁就直起身说："别盯了，他在里面快活呢。"

"谁在里面快活？"

"小伙子，我也是老公安出身啊，你以为我不知道？"

"好吧。"廖冰两手一摊。

"这是宋大海的情妇家，我们厂里的一个寡妇，两个人好了有一年了。"

“你怎么知道？”

“除了他那个傻老婆，厂里面的人都知道。没准连那个傻女孩都知道。”

“哦？”

“你们怎么想起来调查他了？”

“没事，就是随便看看。”

老袁两手叉在胸前，饶有兴致地看廖冰，问道：“你们五千元的奖励能兑现吧？”

“能啊。”

“能就好！”

“袁大叔。”廖冰正色道，“要保密啊！”

老袁嘿嘿一笑：“我是老公安了，你和我说这个？”

廖冰没再搭理老袁保安，袁士柱在促狭的楼道站了会儿，便转身下了楼。

天色渐暗，白日里被驱散的雾霾复又聚拢起来，朦朦胧胧，世间万物都像是起了一层毛絮。廖冰睁大眼睛，死死地盯着楼道外的世界，酸疼的泪水在脸颊上冲出两道痕迹，喉管里则烟熏火燎，还有该死的蚊子，将他的皮肤麻痹，留下一个个奇痒的红包后离去。

廖冰伸直身体，让长久猫着的腰缓解缓解，之后便索性坐在地上。屁股落地的瞬间，一层灰从地面升腾起来。再之后的一个小时，全世界都失去了颜色，不管是红色的瓦，还是白色的车，亦是绿色的菜园，都只留下一团影影绰绰的灰。廖冰又揉揉酸涩疼痛的眼睛，大腿上的肉开始震动。他掏出手机，前几日给他发短信的号码又给他发来一张照片。

场景是廖冰正在监视的平房，其中的人物，是黄倩倩和她的继父。小女孩踮着脚，全身重量集中在继父拧着的小耳朵上，张大的嘴现出了疼痛的表情。照片的一角，清楚地标记着时间是案发的当天。

当图片中的所有信息拼凑到一块，廖冰的嗓子突然像是被堵住了。半晌，他才从早已黯淡了的手机屏幕抬起头，迅速地看了看左右，依然是空荡昏暗的楼道。

这应是黄倩倩被继父伤害的直接证据了。

廖冰迅速把短信转发给了马识途，而就在此刻，一道摩托车大灯光束出现，宋大海已经骑车向肥皂厂外驶去。廖冰迅速下楼，眼瞅着摩托车混入厂外马路的车流中。手机铃声响了，马识途的电话回了过来。

“把人盯牢了，等我赶到就实施抓捕。”

“人盯丢了。”

“你现在在哪？”

“肥皂厂区。”

“那你等着，我马上到。”

挂掉电话，若隐若现有一阵风从脸边吹过，廖冰的身子也跟着微微颤抖了一下。

马识途开车到了肥皂厂，接上廖冰，赶赴这座小城所有摩的司机趴窝拉活的地方。

他们来到最近的一处小商品城路口，几辆摩托车一字摆开，男人们松松垮垮地坐在摩托车上抽烟。马识途和廖冰挨个瞅他们的脸，遇到戴着头盔的，就上前把他们的面罩掀开。摩的司机刚想发作，马识途便把警官证在他们眼前晃晃。

尽管没有找到宋大海，但一位熟识的摩的司机却向马识途提供了一条线索，宋大海可能正在夜市小吃街吃饭。马识途和廖冰又火速赶到小吃街，结果迟了一步，炒面摊的女老板指着宋大海的照片说人刚走，说是喝完半斤酒后被人喊走的。马识途和廖冰又回到路上。

他们开着警车，在城市街道上巡游着，骑摩托车的人超越了他们，骑电瓶车的人超越了他们，甚至骑自行车的都跑到了他们的前头。廖冰耐不住性子，一脚油门，追到了一辆半挂卡车的屁股后面。马识途不觉间将脑袋顶在了前车窗玻璃上。

“前面是一辆黄色摩托车。”马识途说。

廖冰脑袋歪了过来，看到那辆明黄色的摩托车了。这一抹黄色忽而出现在半挂卡车的前侧，忽而又被卡车庞大的身躯隐没。路面狭窄，卡车占据了大半幅的路面。马识途把手伸向方向盘，狠狠地按喇叭，卡车没有任何理睬。

廖冰急了，把手放在警车扩音器开关上要摁，马识途把廖冰的手扫开，喊道：“不能暴露！”廖冰只好耐心地跟在卡车后面，而卡车则被堵在路中央兀自行驶的摩托车后面。

又向前行驶了一公里，两车道变成了四车道，卡车转动方向盘，想从摩托车侧后方超过去。摩托车那黄色的机体全部暴露在马识途和廖冰的眼前。

摩托车司机突然转过脸来，像是在对身后的庞然大物咆哮，身子也向卡车靠过去。一声尖锐的刹车声，黄色摩托车连同他的主人一同消失。

廖冰猛踩刹车，车子在距离卡车半米处停了下来。马识途立刻冲下车，廖冰呆坐在车上。马识途来到卡车一侧，卡车司机也从车头绕了过来，惊惶得说不出一句话，然后撒腿就跑。

马识途拽住卡车司机的衣领，大吼道：“待着！别跑！”随后便一头钻进了车底。

摩的司机的腿不见了，肚子也成了一堆稀烂，发出了恶臭的味道。黄色的摩托车挂在卡车的后轮外侧，像是卡车拉出的一坨屎。马识途把摩的司机的面罩打开，没错，是宋大海。

宋大海睁大了眼睛，好像还有一口气。

“坚持住！”

宋大海没有任何表示，他的意识正在迅速消失。

“告诉我！”马识途吼道，“黄倩倩是不是你强奸的？”

宋大海怔怔地看着马识途，显出安详的神色。

“黄倩倩！黄倩倩是不是你强奸的？”

宋大海好像被唤醒了，他的眼神有了光，那是愤怒的光，他摇了摇头，随后，瞳孔中的光芒越来越小、越来越暗。

马识途看着已经逝去的生命，愣了一会儿，从车底下钻了出来，瘫坐在地上。他的身后是簌簌发抖的卡车司机，还有垂手而立的廖冰。路人渐渐围拢过来，但不敢靠得太近。马识途像是想起了什么事，从上衣口袋掏出一包烟，抽出一支点燃，然后摸出电话，拨通了莫炜的电话。

“宋大海出车祸死了，在蔡新路上，你把他的情妇带过来吧，保安袁士柱知道地址。”

情妇叫秦娟，待到莫炜把她带到车祸现场，宋大海的尸体及散落的肉块已被裹进了尸袋，抬进了殡仪馆的面包车里，只有糊在地面上的一堆红黄相间的黏稠液体证明宋大海曾经的存在。

马识途扔掉即将烧到手指的烟头，把手机拿到这个叫秦娟的女人面前，问道：“这是宋大海揪黄倩倩耳朵的照片。我就问你一件事，看照片上的日期，那天宋大海都做了什么？”

女人抬头看马识途，一脸泪痕。

“我知道你们是什么关系，说！黄倩倩是不是被他强奸的？”

“我不知道。”女人摇头。

“那黄倩倩头上的伤是怎么回事？”

女人蹲下身子，坐在了路阶上，缓缓地说：“那天下午，大海找到了我，刚进门，就听见敲门声，是黄倩倩，就是那个傻孩子。大海很生气，他不喜欢这孩子，更别说在我家里见到她。大海打她，孩子就哭，他就打得更厉害了。他从地上捡起了砖头打在那孩子脑袋上，脑袋被打破了，流了点血，大海揪着女孩的耳朵出了巷子，但也就是一两分钟，大海就回来了，他应该是把黄倩倩赶走了。”

马识途和莫炜对视，没有说话。

“我知道你们在调查黄倩倩被强奸的事情。黄倩倩头上的伤是老宋打的，但他应该没有时间强奸啊。从大海返回到屋里，到第二天早晨，他一直没有离开我家。”

莫炜说：“如果你说谎，那就是包庇，不要以为现在死无对证，我们还有许多调查正在进行。”

女人叹口气：“人都死了，我干吗要说谎呢？”

“你什么时候和他在一起的？”马识途插个话。

“两年前。”

“为什么在一起呢？”

“我需要一个男人，他需要一个女人。”女人说得很轻。

女人的话说完了，没有人再接茬。或许每个人大脑足够纷乱，他们得理一理思绪。

这时马识途的电话响了。他背过身去，听电话里的声音。

随后，他转过身，疲惫地对莫炜和廖冰说：“是罗勇的电话，嫌疑人抓到了，在刑警队的审讯室里。”

(12)

马识途和莫炜从视频监控看审讯室里那个火红头发的少年，没有人说话，直觉在此刻发挥着作用——难道真是他？

潘建民副局长站在他们身后。他让林玲把调查情况说一下。

林玲打开整理好的文件夹，说："大家知道，我们在案发现场发现了沾有精液的卫生纸，同时也在女孩的阴部提取到了精液残留，通过比对证实了两个样本的DNA相互吻合，属于同一人。随后我们对肥皂厂住户暗中走访，收集一切可能带有居民DNA信息的生物剪裁，包括烟头、毛发、唾液，甚至是鼻涕。通过大量工作，我们发现一位叫作韩先民的学校老师烟头上的唾液DNA信息和现场精液DNA信息有高度关联性，换句话说，精液应是韩先民的近亲属所留。我们了解到韩先民的儿子韩浩，也就是审讯室里面那个红头发的少年，我们提取了他的血样样本，证实了血样中的DNA和精液中的DNA信息完全一致。也就是说，韩浩便是我们要找的人。此外，锁定犯罪嫌疑人后，我们又到医院找到了黄倩倩，让她辨认韩浩的照片。虽然受害人没有辨认能力，但她却说当天下午在肥皂厂区伤害她的是一个小哥哥。最后……"林玲停了停，从口袋里掏出了一个绿色的蜡质玩具士兵放在桌面上，"这是我们从韩浩的书包里搜出来的，和受害人下体内塞的士兵属于同一套玩具人物。"

林玲刚一落音，潘局长就把话头接了过去："按理说，仅通过DNA比对结果这一项就足够定罪，但马探长、莫探长，我还是希望你们能够把案件的来龙去脉搞清楚。晚上的审讯就请你们负责了。"

马识途和莫炜盯着桌面上的那个绿色小人出了神，他们已经词穷，没想到一个实习生竟然暗自做了这么多工作。

监控室的门被推开了，一个惊惶无措的男人出现在门外。林玲介绍这是韩浩的父亲，九中的老师韩先民。

潘局长没有理会韩先民，对马识途和莫炜说："嫌疑人的监护人到了，你们可以开始审讯了。"

听到这句话，韩先民两腿一软，差点没站住身子。

从监控室出来，是一条又黑又长的走廊。马识途和莫炜走在前面，韩先民走在中间，廖冰拖在最后。走到楼梯口，莫炜突然转过身，对廖冰说："给你发照片的人能联系上吧？"

廖冰想起那张宋大海殴打黄倩倩的照片。

"你联系一下，不管能发现什么，都要把对方信息搞清楚。"莫炜说得很严肃。

马识途侧头瞅瞅身边的莫炜，两个人的面孔一半隐藏在微光中，一半消失在黑暗里。

看到马识途和莫炜进来，少年的脸上挂起了戏谑的笑，但当他的父亲也跟着进入审讯室，这个叫作韩浩的少年的脸上充满了愤怒。

同样愤怒的韩先民冲到了儿子身前，扬起巴掌，少年抬起脑袋，迎着巴掌的方向，韩先民的胳膊反倒是放下了。

韩先民揪着自己的头发吼道："丢人啊！丢人啊！"看来他已经把自己的儿子当成了罪犯。也难怪，韩浩那一头的红发，还有胳膊上的那些文身，很难不把他和地痞流氓联系起来。

韩浩轻飘飘地说："嫌丢人你还在这待着？"

莫炜按住要再次发作的韩先民，把他劝到审讯室的门外，对他说："按理说，审讯未成年人要监护人在场，但我看你儿子对你的抵触情绪很大。要不……你先离开审讯室？你可以从监控探头看到整个讯问的过程，你看呢？"

韩老师沉默了一会儿，说："我让他的心理辅导老师来吧，他比较听老师的话。"

"也行。"

"你们是不是真的掌握了韩浩的犯罪证据？"韩老师的声音已经有了哭腔。

莫炜叹口气："这个我不能说。"

"唉……你们都采了韩浩的血样，我知道这代表着什么。"

"回头我会让你看讯问材料，如果你有异议，你和韩浩都可以拒绝签名。"

韩先民走了，房间里只剩下马识途、莫炜和韩浩三个人。没有人先开口，少年挑衅的眼神慢慢失了势，他逐渐低下脑袋，嗓子里哼出模糊的曲调。少年哼了会儿歌，然后停了下来，趴在审讯桌上，竟然睡着了。

没过一会儿，马识途也怀抱着胳膊闭起了眼，他胳膊的外侧还蹭有卡车机油和宋大海血液混合成的一抹污渍。莫炜看了一眼马识途，叹了口气，只是不清楚这口气是为这个对手叹的，还是为自己叹的。

莫炜的笔头敲在审讯桌上，少年没有任何反应。莫炜将钢笔掉转过来，笔尖开始在钢制的审讯桌面上尖利滑行，令人齿颤的声音穿透了房间里沉睡或佯装沉睡的两个人的耳膜。

少年抬起脑袋，眼神中又溢满了愤怒。马识途则是眼皮抬了抬，上下眼皮间露出一条缝儿。

"姓名、年龄、住址。"莫炜见马识途不说话，便从最基本的人员信息开始讯问。

韩浩的眼睛斜向上翻着，那里有一个时钟。

莫炜重复了一遍问话。

少年答非所问道："现在是晚上八点半，最迟到明晚这个时候。"

莫炜冷笑，他明白少年的意思。

少年接着用一种背台词的腔调说：“你有权保持沉默，你所说的每句话都会成为呈堂证供。”

“和我玩电视上的经验是吧？”莫炜厉声道。

少年耸耸肩，道：“等明天晚上你们把我放了，我就是学校里最屌的人了！”

莫炜把身体前倾，用低沉且充满威胁的声音道：“小孩儿，你不知道明天等待你的将是什么。”

少年呵呵笑了两声，说：“沉默是金。”然后就双手捂住了自己的嘴巴，不再说话，手掌上方的眼睛里依然是挑衅的目光。

莫炜的手抓着文件夹的边沿，他克制着把任何手边的物件扔到少年脑袋上的冲动。

马识途拍了拍莫炜的胳膊，两个人出了审讯室。

在楼道里，马识途对莫炜说：“干脆就这样吧。”

莫炜抬头看他。

马识途继续说：“检察院、法院都会采信DNA证据的，证词意义不大。”

“就这样吧？！你他娘的是什么态度？！”莫炜的拳头砸在马识途身后的墙壁上。

“没什么态度，就这态度。”

“你的脑袋是被卡车撞傻了还是怎么回事？你以为这样结束你就心安了？”

“破不了的案子又不是一个。”马识途耸耸肩。

“你能忍住不去弄清楚案件的真相？”

“不去想不就得了。”

“你能不能振作一点？”

“干吗？鄙视我？”

“我就鄙视你了，怎么样？”

马识途的手揪住了莫炜的衣领，莫炜也随即拉开了架势。两人的眼神撞击在一起，只是一瞬，两人都笑了。马识途松开了手，莫炜也抽出了两支烟，给马识途和自己点上。

莫炜说：“说个情况，你别鄙视我啊。前几天我在厂区里，种菜的高老太给了我一个小型功放机，是她的傻儿子在案发当天傍晚在厂区里面捡到的，一直在播放一首歌，美声的。这能够解释为什么当天有人在厂区里听到吊嗓子的声音。”

“你是说……犯罪嫌疑人可能利用功放音乐来掩盖黄倩倩被伤害时发出的尖叫？”

“这不太像是屋里那个小孩干出的事。”

马识途低头沉思，当他再次抬起头时，眼里出现了一丝狡黠，道：“说吧，你还有多少事瞒着我？”

莫炜笑答：“哈哈，和你没有告诉我的一样多。”

(13)

韩浩一见两位探长再次进门，立刻又把嘴巴捂住。

莫炜问：“你都从哪里学的这些招？”

韩浩摇头，继续捂着嘴。

莫炜说：“行，我们也不急。如你所说，十二小时结束，你进牢房，我们回家睡觉。”

韩浩还是一脸不可置信。

“有本事这十二小时你一个屁都别放。”马识途补充道。

韩浩点头，表示认同。

马识途把传唤证拿出来，在韩浩眼前晃了晃：“看清了，这是传唤证，从现在起，到明早九点半，时间都标注得清清楚楚，你的名字也写得清清楚楚。”

少年的神色有了变化。

马识途扭头问莫炜：“你先睡会儿，还是我先睡会儿？”

莫炜道：“你年龄大，你先睡吧。”

马识途的脑袋趴在桌上，没两分钟就传出了鼾声。

马识途半睡半醒，他脑子里的那个时钟还在等分转动着，当这个时钟走过半圈多一点时，少年发出哼唧声。马识途睁开眼，看见莫炜也在饶有兴趣地瞧着少年那两只紧贴在一起的大腿，他想上厕所了。

莫炜问：“什么意思？”

男孩还在比画着。

莫炜又说：“说话。”

男孩还在继续比画 。

莫炜索性说：“我睡半小时。”

少年的哼唧声越来越大，也越来越急迫。

“这一点定力都没有，还在这里逞男人。”马识途松开男孩的脚镣手铐，押着他上了厕所。待到男孩回到审讯室后，虽然他依然沉默不语，但那股桀骜不驯的劲儿已经没有了。

审讯室再度陷入寂静中。

又过了一个多小时，审讯室的门又被打开。一个男青年站在门口，是仲晓军，那个心理辅导老师。

仲晓军说自己曾经辅导过韩浩，现在受到他的父亲的委托，看能不能帮助警方把事情搞清楚。

马识途狐疑地看着仲晓军，把他领出了审讯室问："韩浩平时表现怎么样？"

"有点孤僻，不太爱和人打交道，学习成绩一般。"

"有什么不良嗜好？"

"无非是他这个年龄段少年常见的问题，比如在学校厕所后面被抓到过抽烟，也被班主任从书包里搜出过黄色漫画。"

"你怎么知道这些事情？"

"他父亲有时候把他送到我那里，让我和他谈谈。"

"谈的效果怎么样？"

"还行，他还能听进我的话。"

马识途又"哦"了一声，翻眼瞅了瞅这位心理辅导老师。

仲晓军问："他犯了什么事？"

马识途没有接话。

"是不是和肥皂厂的强奸案有关？"

马识途不置可否。

"不是说是受害人的继父把女孩打伤的吗？"

"你又怎么知道的？"

"肥皂厂的保安老袁说的。"

"妈的。"

"要不……让我和韩浩谈谈，他对我的抵触情绪少一点。"

马识途把身体让开，仲晓军进入了审讯室里。

韩浩看仲晓军的眼神起初是柔软的，随后便有了忏悔的表情。

仲晓军把手放在少年的肩膀上，轻声说：“韩浩，有什么事你可以告诉我，我在这里。”

韩浩扭头看肩膀上的仲晓军的手。

仲晓军的手掌又往下按了按，看着韩浩认真道：“韩浩！记得我们曾经怎么说的吗？”

韩浩的头低了下来，盯着审讯桌面的眼睛里失去了神采，几滴眼泪落了下来。

仲晓军转向两位探长，道：“让我和韩浩单独待一会儿行不行？你们可以从视频监控里看着。”

见马识途和莫炜没有做任何表态，仲晓军继续道：“等我和韩浩谈完后，我相信他会把一切知道的都告诉你们。”

马识途和莫炜先后起身。受到监护人委托的仲晓军有单独和犯罪嫌疑人接触的权利，两人不好说什么。

仲晓军又说：“麻烦你们把音频关了，我是在进行心理辅导，有些事情还无法让你们听到。”

“你这是在得寸进尺。”马识途眉头蹙在一起。

“但这也是我们心理辅导老师的职业操守。”仲晓军丝毫不退让。

马识途和莫炜对视一下，马识途把摄像头上的一个插头拔掉。

回到视频监控室，韩先民从椅子上立刻站了起来，他沉默的脸上有了内容。两位探长没有理会韩先民，他们的目光锁住无声的审讯室视频。

仲晓军与韩浩相对而坐，少年的手掌被老师的手掌攥着。就这样，静默了两分钟，少年的脑袋也伏在仲晓军的手掌上，开始了痛哭流涕。仲晓军将嘴巴贴在了少年的耳边，像是在对他劝慰。

少年不哭了，他坐直身子，仲晓军替他抹了抹眼泪，又在他的肩膀上拍了两下，少年颓然地靠在审讯椅上，一切的倨傲已经被放下。仲晓军扭头对摄像头做了个手势，示意探长们可以进来了。

马识途和莫炜抛开坐立难安的韩先民，又一次进入了审讯室。

仲晓军对马识途说："有什么你就尽管问吧。"随后便离开了审讯室。

韩浩看两位探长进门了，便开口说道："我做了错事。"

莫炜问："你做了什么错事？"这样明显的态度变化，让两位探长也有些始料未及。

马识途问："你在九月二十一日，也就是中秋节放假的前一天下午在哪里？"

少年把头抬起，他把嘴唇抿了抿，说："我在录像室。"

"录像室？"

"嗯，老电影院外面的那家。"

"你几点去的录像室？几点出来的？"

"我在那儿待了两个小时，看了一部电影，看完后我就走了。"

马识途和莫炜再次面面相觑。

马识途又问："你去录像室干吗？"

"看电影。"

"看电影？"

"嗯，看电影。"

"然后呢？"

"没有然后了。"

“你一直在电影院待着，没去别的地方？”

“是的。”

“谁能证明？”

“我一个人去的，没有人看到。”

“这就是你做的错事？！”马识途一把拍在桌子上。

少年愣愣地看着马识途，然后慢慢吐出了几个字：“我……我在录像室里手淫了。”

马识途和莫炜一愣。

莫炜问：“你手淫了？！”

少年点头。

“用什么擦的？”

“卫生纸。”

“什么颜色的？”

“白色的。”

莫炜突然停住了问话。这场审讯像是突然变道加速的火车，即便前面是断崖，也无法刹住闸。

马识途身子向前倾了过去，问：“有谁能证明你在录像室？”

少年想了想，说：“录像室几乎没有人，四下漆黑，不会有人看见我。最多售票的老板可以看见。”

莫炜问：“当天下午都演了什么？”

少年低下头，声音从他埋下的脑袋传出，说了一些剧情。

火车已经冲下了山崖，但呼啸声并没有消散。

“然后呢？”

“天黑后，我回到学校，在学校厕所的后墙抽了会儿烟。抽完烟，我就从墙洞钻进了厂区，直接回了家。”

“什么墙洞？”

“学校厕所后墙和肥皂厂区的墙是同一堵墙，墙根下有一个墙洞。你要不信自己去看。”

马识途接过问话：“有谁和你一起抽的烟？”

“就我一个人。”

“你总是一个人在活动，恰巧没有任何的目击证人，很巧啊。”马识途的语气充满了质疑。

“哼！我就是这么一个人。”

马识途和莫炜打量着对面的少年。审讯早已远离既定轨道不知有多远。

少年又说：“我吸烟的时候，有一个人戴着鸭舌帽，从厂区那边钻了墙洞过来，他看见了我。”

“谁？”马识途问。

“我没有看清楚他的脸，他好像在嘴角有一颗痦子。”

“这个从墙洞里钻过来的男人去了哪里？”这次是莫炜问的。

“他看见我后，就又从墙洞钻回到厂区里面。”

“你在说真话吗？”莫炜瞪着少年道。

“我说的都是真话。”

火车已经坠入悬崖下的湖底，呼啸声也已在空气中散尽。

马识途和莫炜无力地从审讯室里退了出来。

仲晓军和韩先民守在门外。

马识途在仲晓军的身边停下。他问：“我应不应该相信那小孩的话？”

仲晓军答：“我相信他会说真话。”

（14）

马识途和莫炜把审讯情况向潘建民副局长做了简要汇报。

潘局长眉毛皱着反问："你们就给我审出这个结果？"

马识途和莫炜没接话。

林玲说："要不我来审讯试一试？"

潘局长眉毛斜向林玲的方向，不屑道："凭你？"

这一略带性别歧视的反问让林玲脸一阵恼红，但她忍住了，没发作。

"有一个办法！"罗勇说，"核对一下案发当日下午录像室播放的电影内容，看看和韩浩的供述是否吻合。"

潘局长黑着脸默许了罗勇的建议。

马识途和莫炜来到电影院附近的这家录像室，录像室的老板虽能证实这个一头红发的少年经常来看片，却无法记清案发当日下午少年是否来过。他心情忐忑地把当日放映的黄色录像向两位正襟危坐的警察再次播放后，那些被韩浩口述过的情节一幕幕出现了。

银幕上的光亮照亮了地面上一个个白色的卫生纸团，不用说，那里面或许包裹着某个少年的体液。光亮也照亮了马识途和莫炜疲惫的脸，两个人静默着，没有说话。当然，他们都没有关注银幕上的那些男女间撕扯交媾的动作，他们的头脑正在消化着这诡秘多变的案情。

就在此刻，马识途的电话响了，是廖冰打来的。

廖冰在电话里说："我找到了韩浩讲到的那个墙洞，就在肥皂厂和九中的墙根上。"

马识途又问："有没有和举报宋大海的手机机主取得联系？"

廖冰回答："对方一直关机。"

莫炜从口袋里拿出一张纸，是那张画着案发现场示意图的打印纸，他借助微弱的光亮在标识围墙的线上画了一个小洞，然后又把整张纸卷起来，扔进了黑暗中。

马识途问：“你有什么感觉？”

“哈！很扯淡的感觉。”

“就像你刚才画的那张图，千疮百孔，太多的空白都没有填满。”

莫炜“哼”了一声，道：“我们的精力全部用来应对那些突然出现的、令人瞬间兴奋的线索，查销一个，又冒出来一个，失去了我们本来的侦查方向。”

“这话我好像也对廖冰说过，我们的心态没调整好。”

“还不是你要争那个刑警大队长的位置。”

“你不也是？”

两个人笑了。

马识途把老板喊了过来，摆手道：“什么破片子！一点创意都没有，关了吧。”

放映室陷入了黑暗，两个人有了更深思考的空间。

马识途数了起来：“刘老头、异装癖、宋大海、韩浩，如今又多了个痦子男，你对这一连串的人怎么看？”

“感觉像是被牵着鼻子走。”莫炜说。

“被谁牵着鼻子走呢？”马识途进一步问道。

寒冷的冰峰于此刻从两人心底破壳而出。

“我们一步步往回走。假设韩浩没有作案，但沾有他的精液的卫生纸却出现在了案发现场，那么是谁放的？”马识途问。

“这个人肯定了解韩浩当天下午的整个行程，明白不会有人为他提供不在案发现场的证明，而且也准确提取了韩浩用的卫生纸。”莫炜回答。

“那么这个嫌疑人在案发当日下午，也坐在我们所坐的地方，悄悄地观望着韩浩的一举一动。”马识途得出答案。

一种不寒而栗的穿越感。

“而宋大海当日下午殴打了受害人，也为真正的罪犯提供了很好的掩护。”莫炜挑起了另一个话头。

“每日下午出入厂区捡破烂的老刘，也是一个很好的障眼术。”马识途接上话茬。

莫炜接着分析道：“对！还有那个该死的异装癖也是。”

马识途顿了顿，恍然道：“我认为真正的嫌疑人，是和上面这些人都有关联的人，至少他对这些人都是了解的。或许这个人也正在我们的身边。”

两个人又陷入了沉默，或许他们都在审视自己身边的那些人。

“第二个问题……”莫炜将思考引向另一个维度，“嫌疑人真正的作案动机是什么？”

“是啊，直到现在我们都无法确定这是不是一起真正意义上的性犯罪。”

“嫌疑人在受害人阴道里塞了一个玩具小兵，这代表什么呢？”莫炜问。

“报复被害人？可被害人只是一个智力低下的女孩。”马识途回答完想了想，“会不会是报复我们上面提到的那些人？刘老头、异装癖、宋大海、韩浩，从某种意义上说，他们没有一个人是清白的。”

“你是说……这个人是个卫道士，他对他们做了审判，以牺牲受害人的方式把复仇火焰引到那些人身上。”莫炜顺着马识途的思路道。

“女孩的伤看起来很重，但实际上也不是很重。”马识途提醒道，“还有，案发地点虽然比较偏，但是记不记得那个捞蚂蝗的人，他总是要路过案发地的，也一定会发现受害人的。”

“所以连时间都是精确计算好的？”莫炜恍然大悟。

“那么……宋大海的死呢？是意外，还是计划之中？”马识途疑惑了。

两人开始了长久的思考，放映厅里安静了下来。

“我们有没有遗漏掉什么东西？”莫炜率先打破了沉静。

马识途想了想，道：“我们至今没有搞清楚被害人当天的活动轨迹，在她被继父殴打后。”

“还有一条线索，我们应该查清给廖冰发短信的电话机主，最好是能够和他对话，了解他当天还看到了什么。”莫炜补充着。他想了想，又说道：“或许正是嫌疑人发了这条短信，把嫌疑导向了女孩继父身上。”

短暂沉默，马识途说：“这是你的直觉？”

“对，我们就说说直觉这回事。”莫炜又一次变换了思考的维度，“我觉得，这个人就在我们身边，我们所有的侦查行动，他都能看得清清楚楚。”

“这也是好事情。”马识途点头。

“怎么说？”

“他没有选择蛰伏，而是频繁出招，以为自己很聪明，但是他越频繁出招，那些可能被我们忽视了的痕迹也就越多。”

“你有什么建议？”

“我建议继续鼓励他出招，一方面，我们跟着他出招的方向走；另一方面，我们也置身事外，反向侦查，找到那个出招的人。”马识途说。

“现在不是又出来一个长痦子、戴鸭舌帽的男人吗？”莫炜说道，“我们可以对这个长着痦子的人公开大肆调查，麻痹真凶的警惕，另一方面，我们对外宣布受害人病危，对医院暗中监视，看谁会去医院去探视。”

“我同意。”马识途说，“我们还应有一个不被嫌疑人察觉的侦查员，他可以客观冷静地进行常规的侦查，一明一暗，两条线进行。”

“对，应该对同类型的案件进行串并，也应该踏踏实实再多做些走访工作。”

“那谁做明线，谁做暗线？”马识途问。

“我们做明线，让廖冰做暗线吧，他的材料搞得细。”莫炜提议。

马识途扭头看着莫炜，认真道：“这次好好合作，不为其他的，就单纯为了把这个案件破了。”

“你幡然悔悟了？”莫炜笑笑。

马识途正色道：“别忘了，我们是警察。”

(15)

蚂蝗刑警队的餐厅也在进行着一场谈话。

林玲坐在餐桌前发呆，廖冰从冰箱里拿出一根小雪人雪糕递给林玲。

林玲皱着眉头道：“哪一年的雪糕？”

“吃不坏人，吃吧！”廖冰谄笑。

林玲接过雪糕，一口咬掉了小雪人的脑袋。

“从那个异装癖到这个杀马特，你真够拼的啊。”廖冰说。

林玲斜眼看着廖冰。

“谁没办错过几起案子？就连咱罗队以前都差点把我当杀人犯办了。”廖冰笑道。

林玲正眼看廖冰，她没想到廖冰会主动再提起这件事。

“我们是不太一样，但怎么说，也有点相同。你有个大英雄爸爸，你想超越他，证明给他看，我有个嫌疑人的爸爸，我要摆脱他，证明给大家看。不管怎么说，我们都不能摆脱家庭对我们的影响。”

林玲抿了抿嘴唇，道："还有一点我们相同——我们都是警察。"

"呦呵，你没把我当小混混看啊。"

"最多是后进生，那种警校里经常挂科的。"林玲摇了摇头。

廖冰笑了，林玲也笑了。

"你还不如不笑，看你笑还真不习惯。"廖冰打趣道。

马识途、莫炜一干人回到蚂蝗刑警队的会议室。潘建明终究没有在刑拘审批报告上签字，毕竟还有韩浩可能不在案发现场这一合理性怀疑没有被排除。

潘局长把笔拍在桌面上，脸呈现出愤怒的紫红色，不耐烦道："如果案件再破不掉，你们也就别瞎掺和了，让兄弟单位把案件接过去吧。"

马识途、莫炜一干人等没有说话。

潘局长觉得气还没发完，又对罗勇咆哮道："那个放映黄色录像的，给抓起来！关几天！"

罗勇点点头。

"还有小孩儿讲到的那个长痦子的人，给我赶紧去核查。如果有必要，把那孩子带到省厅找专家给嫌疑人做模拟画像。唉……真正的罪犯没抓住，三教九流的倒抓了不少。"说完这些，潘局长把笔插回到笔筒里，头也不回地走了。

廖冰又给那个给他发信息的手机拨去几次电话，每次都是冷静的女声提示："您所拨打的电话已关机。"

一条线索断了，廖冰坐回到电脑前，调取了地区及周边所有未破的强奸、猥亵及女孩失踪案件。如果在电脑系统里发现疑点，他便会把用牛皮纸封装的卷宗从档案室取回来，逐行逐字地去读。那些被岁月尘封的罪恶便又在他的脑海中变得鲜活。

廖冰有时会把卷宗带到医院的值班室去读，因为他还要监视黄倩倩病房内的出入人员。

警方已经和医院做了协商，暂且将黄倩倩转移到一间单独的重症监护室，费用由警方埋单，对外只说受害人病危，正在抢救。一切都按照马识途和莫炜的计划在进行，或许按捺不住的嫌疑人会主动撞进这张待捕的网里。

廖冰又给黄倩倩买来了些玩具，也会和她的母亲一起陪在黄倩倩的床边。黄倩倩在稳步的康复中，她会和廖冰做一些简单的游戏，会笑，虽然笑容是痴痴的、傻傻的。

黄倩倩回忆不起来案发当天的任何事情，她甚至回忆不起来她是否讲过伤害她的是叔还是小哥哥。廖冰没有逼问她，他不想女孩在内心再度经历痛苦。

每天都有一些义工来到医院做辅助工作，也包括那个心理辅导老师。隔壁房间一位受了重伤的矿工不愿再承受痛苦，撒手人寰，这位心理辅导老师就站在死者家属的身旁，用一种安静的姿势表达自己对生命的尊重。廖冰看着他的背影出神了好一会儿。

然后，他继续翻看一起报女孩失踪的卷宗。这是他几乎要忽略，却又在偶然中发现了许多疑点的案子，他想这些疑点或许会和黄倩倩的案子有些许关联性。

林玲在午间放学时找到了韩浩，在他的家里。令她惊讶的是，仅仅过去不到几个小时，少年那一头火红的头发就变回了正常的黑色。而他的父亲韩先民已从昨晚的惊恐无措变得显然冷漠了许多。

林玲是找韩浩了解那个长着痦子的男人的情况，但令她失望的是，韩浩已经对前一晚所说的话没有印象，那一段记忆像是被抹去了一样。韩先民没有给林玲许多时间，很快便把她“请”出了家门。

林玲出了门，在家属区的路上站了一会儿。一旁的空地上是个新搭建起的灵堂，中间是宋大海的遗像，冷冷清清的，两个男人坐在桌边喝茶。宋大海的那个情妇秦娟正披着白麻，往火盆里添草纸。火焰释放的烟尘飘到空中，和四下笼罩的雾霾混为一体。

林玲叹了口气，走到秦娟身旁，捡起一摞草纸，也放进了火盆里。然后她径直到了保安室，保安老袁正在那里抽烟。

老袁说："这人啊，说没就没了。"

没有人接话。

"不过死了也好，卡车司机赔了二十万，都给了黄倩倩她们娘儿俩。"老袁继续说。

还是没有人接话。

"你说好笑不好笑，"老袁自顾自地说，"死人的老婆不来祭奠，反倒是他的情妇忙前忙后，一分钱捞不到，还不怕别人笑话。"

林玲已经站起身要走了，结果老袁突然道："你们调查的那个长痦子的男青年，家属区里是有这么一个人。"

林玲停住了脚步。

莫炜坐在办公桌前，两个物件摆放在面前，一台小型的功放机，一个绿色的玩具士兵。它们是遗留在现场的物证，而物证的背后则隐藏着案件的真凶。他拿起了外套，开车去了交警队。

莫炜看了交警对宋大海车祸事故的调查结论：宋大海的摩托车突然失去控制，后面的卡车则刹车不及而酿成了惨剧。至于宋大海的摩托车为什么失去控制，交警没有给出答案，毕竟他的摩托车现在已经是一堆废铁。

莫炜又找到了宋大海最后吃晚饭的那个大排档，女老板说宋大海刚吃过饭，就被一个男人喊走了。这个男人戴着口罩，看不清脸，毕竟雾霾天，很多人都戴口罩。女老板还说，宋大海被喊走的时候，已经喝了一整瓶的白酒。

莫炜又去拘留所里提审了那个异装癖，让他详细回想一下究竟会有谁发现了他的那个怪异癖好，又是谁在他被抓当晚喊了抓色狼那句话。令他遗憾的是，异装癖也没有提供出任何有价值的线索。

莫炜还提审了同样关在拘留所的放黄色录像的男老板，莫炜让他再回忆案发当天下午进出录像室的人员。男老板依然没有回忆起韩浩当天是否去看过录像，但他提到了一个戴着鸭舌帽的男人，没有买票就直接冲进了录像室，没过一会儿又从录像室出来了。男老板没有拦阻这个戴帽子的男人，因为经常有学生家长或老师来录像室抓孩子。他不愿意因此和这些抓孩子的人起冲突。同样的，男老板也没有描述戴帽子男人的长相，因为那个男人也戴着口罩。毕竟雾霾天，那么多人戴口罩。

刘老头一看到莫炜过来就浑身发抖，但还是回答了莫炜的提问。根据刘老头所讲，黄倩倩的那一双鞋子就在墙垛上摆放得工工整整，很容易被发现。墙垛下的案发现场是一片尖锐的碎石，或许有人把那一双鞋子摆放在那里，像是一个诱饵，把刘老头勾了进去。

刘老头、宋大海、异装癖、韩浩不也都是诱饵？这是把他们这一帮警察也勾进了真凶的鱼篓里了。

在钓竿的另一端，究竟是一只什么样的手？

老袁领着林玲到了一栋楼下，指着四楼的一个阳台说：“那个长痦子的小伙子就住在那里。”

阳台外，颜色各异的衣服耷拉在晾衣架上，在无风的雾霾中寂静悬垂，像是死去的灵魂。马识途不知什么时候也凑了过来。

林玲轻轻地说了句：“是他。”她打开了心中的魔盒，诉说了起来。

“在黄倩倩案发的当晚，肥皂厂区又发生了一起店铺被盗案件。因为当时大家都在忙黄倩倩的案子，就只让派出所的技术员来勘查盗窃现场。被盗的店铺离这里不远，是一家经营安防器材商店。被盗的是一台电脑主机内装的硬盘，而主机外则接了一个视频探头，探头正好能够照到厂区的大门。嫌疑人的目标似乎很明确，他只为盗取那一台主机的硬盘，而不是把整机盗走，连屋内存放的现金都没有动。我想，他应该是对硬盘里储存的内容感兴趣。你明白我说的什么意思。但是窃贼忽略了一个问题，就是被盗的店面内也装了摄像头，被安在一个很隐蔽的位置。店主调取了录像内容，发现窃贼戴着帽子、口罩和手套，看不清面孔。嫌疑人穿了一件篮球背心，背后有一个反光的大钻石的图案。也就是楼上正在晾晒的那一件。”

林玲又把目光投回到那个空寂的阳台。马识途和袁士柱的目光也被无形的话语引领了过去。

老袁喊了一声：“就是他！就是他！”

一个身材壮硕的男青年刚从巷口出现，就被袁士柱伸出的指尖锁定。男青年立刻掉头就跑，两人也立即冲了上去。

男青年折回了刚出来的巷子，见林玲和马识途一个一端堵死的巷子，他没有迟疑，又九十度转身进了楼道单元，顺着楼梯往上跑。

林玲和马识途没有看见男青年在那个单元消失，但是他们可以听到匆乱的脚步声，他们顺着脚步声也往楼上追。两三秒后，他们听见了钥匙开门的声音，一次、两次，然后又是踹门的声音，一串钥匙从楼梯摔了下来。马识途一扭脖子，钥匙砸中了他的肩膀，然后又听到了向上奔逃的脚步声。

马识途和林玲追到四楼，看到红色木门上的新鲜脚印。他们的步子慢下来了，一方面，男青年已无处可逃，另一方面，男青年也很有可能狗急跳墙。

他们一步步来到六楼顶楼，穿过一扇小门，来到天台。男青年正在那里等着他们，手里多了一个钢管。

林玲第一次看清了他的面貌，以及他嘴角那一颗如纽扣般大小的黑痣。林玲又看马识途，对于抓捕，她远没有马识途有经验。

马识途向前走了两步，眼睛眯缝起来："你想干吗？想袭警，还是想从这里跳下去？"

男青年大吼道："滚开！滚开！"

"从这跳下去，六楼，肯定死翘翘；袭警，我们会把你击毙。"

男青年喉结滚动着。

"你做个选择吧。"马识途说着，慢慢把手枪掏了出来，"咔哒"一声，一粒子弹上了膛。

男青年有些站不稳了，他扶着石阶坐了下来，他的身后就是一片苍茫灰霾。男青年软弱地哭了起来。

"相信我，我们不是为了你脑子里正在想的那件事情来的。"马识途的语气软了下来。

男青年露出困惑的眼神。

"我只问你，中秋节假期的最后一天，也就是九月二十一日下午，你在不在厂区？"

男青年摇头。

"那你在哪里？"

男青年开始抱头痛哭，钢管也掉在地上。

"我在说很严肃的事情，懦夫，抬头看我。"马识途又吼道，"你要救你自己，否则你不知道要蹲多少年的牢。"

男青年抹抹眼泪，不解道：“警官，没那么重吧？”

“什么没那么重？”

“我只是嫖了一次娼！”

“我相信你，没那么重，最多半个月。”说完，马识途坐在地上，喘了口气，好似心里一块石头落了地。而身后的林玲，则揉了揉怦怦乱跳的太阳穴，仿佛不太相信这内容逆转的对话。

（16）

马识途和林玲把男青年带回到他租住的房间审讯。

男青年叫何刚，是九中去年新招聘的一名体育老师。马识途问他为什么跑，何刚说他以为警察知道他嫖娼的事。然后一路问下去，才知道何刚在黄倩倩案案发当天下午到了附近一个地下黄窝嫖娼，他是那里的老顾客，小姐很熟悉。而就在他当天交易结束后不久，这个地下黄窝就被派出所捣毁了。他远远地看见给他提供服务的小姐被带上了警车，他是怕小姐会把他供述出来。

林玲打电话给拘留所，经过一段时间的等待，拘留所里的警察告诉林玲，那个被抓走的小姐证实了被抓的下午确实给一个脸上长着痦子的男青年提供了服务。

又一个可称为难言之隐的不在场证据。

这在马识途的意料之中。他知道，真凶再次出手了。

马识途坐在客厅的沙发上，看着林玲从晾衣架上扯下的篮球背心，陷入沉思。

良久，马识途起身，问何刚：“你是不是经常戴一个鸭舌帽？”

何刚点头。

“那你有没有发现近一段时间这件篮球服和鸭舌帽不见了？”

何刚指着身后乱成一团的卧室说：“我的衣服都是随便扔，我也不会注意到。”

“那你有没有发现自己多了什么东西？”

何刚摇头。

“你找一找。”

马识途和林玲帮着何刚又把卧室翻了个底朝天，在一个底层抽屉里找到那个被盗的硬盘和一部手机。

林玲拦下何刚伸向硬盘的手，自己戴上手套，把硬盘和手机拿到光亮下，端详了半天，然后告诉马识途：“上面没有指纹。”

马识途把手机接了过去，打开短信发件箱，看到了宋大海殴打黄倩倩的那张照片。

马识途突然转过身，目光越过了客厅，投向对面的一间卧室。他问何刚：“谁住在对面？”

何刚说：“一个室友。”

“谁？”

马识途和林玲带着何刚回到刑警队，路过视频监控室，看到呆坐在烟雾缭绕中的莫炜。

马识途敲敲门，莫炜转过头，两只眼球暴突着。

马识途问莫炜：“有发现？”

“好像有一点。你怎么样？”

“我也是。”马识途指了指身边的何刚。

“他是干吗的？”

“遮蔽真相的窗户纸。”林玲的声音从何刚身后传了出来。

何刚被其他警员带进了审讯室，他即将面临治安拘留十五天的惩罚。三个人则靠着走廊的墙沉默抽烟。一辆警车开进了大院，廖冰从车里下来，怀里抱着一个牛皮纸卷宗。他抬头看了一眼二楼的马识途，嘴巴抿了抿，低下头，心事重重地从院子来到了视频监控室。

廖冰没有和任何人打招呼，他径直来到电脑前，登录了失踪人口系统，输入了一个名字，网页出现一个女孩的照片，然后他转过身，缓缓地说：“五年前，邻县发生了一起失踪案。失踪的女孩便是这个女孩，十四岁，姓白，全名白晓慧。报案的是白晓慧的公公，也姓白，叫白继耀，是个鳏夫，他告诉警方白晓慧是在跟他到镇上赶集的时候走失的。虽然白晓慧有智力缺陷，白继耀还是认为她认得回家的路。白继耀在镇上找了半天，没有找到儿媳妇，便回到家，在家里等了几天，也不见白晓慧回来，便到派出所报了儿媳妇失踪。”

廖冰熟练地敲击着键盘，投影上出现了公安户籍系统的界面，“这些是网上录入的信息。我很奇怪为什么媳妇会与公公一个姓氏，我就把卷宗调了过来，才发现白晓慧是被过继到这一户后改了姓氏的。白家本来有一个傻儿子，白晓慧过继之后，便算是许配给了这个傻儿子。我又看了些当事民警的走访记录，发现有邻居反映白晓慧经常被公公殴打，还有邻居说白晓慧在失踪前曾做过一次堕胎，他们相信被打掉的孩子就是白晓慧公公的，因为那个傻儿子年龄才不过十岁，什么都不懂。警方也针对流言进行过调查，但因为白晓慧的智商问题，一直也没有核实。然后，或许是好奇，或许是气愤，我就想知道是哪个父母会这么狠心把白晓慧过继给她公公。过继的情况案卷里没有记录，于是，早上我开车到了邻县，找到了白晓慧公公所在的那个村子。到了村子后，我才知道白继耀在失踪案发生后的那个夏天，因为晚上喝多了酒，跌进了粪池淹死了，他那个傻儿子则被送到了福利院。我找到村主任，他找出了白继耀存在村委会的一张过继文书，上面有作为见证人的村主任的签名。除了村主任的签名，还有两个人的名字，一个是白继耀，另外一个是白继英。村主任告诉我，白继英是白晓慧的母亲。村主任还说，当天来办过继手续的还有白晓慧的父亲，一个瘦高个男人，本来是他签名的，但只签了一个姓，就不愿意签了。”

廖冰从卷宗里拿出一张发黄的信纸，是那张过继文书，信纸的一角写了一个歪歪扭扭的“仲”字，上面还有划掉的两横。

廖冰抬头看马识途、莫炜和林玲。他缓缓地问三个人：“你们没觉得这个姓很熟悉吗？”

一些寒冰确实在他们的脑海里融化。

廖冰又坐回到电脑前，打开人口系统，输入了白继英的名字，调取了她一家的户籍资料。在丈夫那一栏，写着仲昌富的名字，而在子女那一栏，则写着仲晓军的名字。

仲晓军，那个心理辅导老师！

冰山瞬间崩塌，沉入海中，却激起了雪白的浪花。

沉默良久，马识途说：“仲晓军就是何刚供述的室友。”

“他很有可能把许多实施犯罪的物证放到了室友那里，以此转移我们的侦查视线。”林玲补充道。

“你的发现是什么？”马识途问莫炜。

莫炜把播放审讯过程的电脑屏幕转向众人，里面是仲晓军和韩浩谈话的场景。莫炜说：“仲晓军在对韩浩耳语了一句话后，韩浩就不再说话，不仅不再说话，也不再眨眼，甚至整个身子也好像僵硬了一样一动也不动。这种情况一直持续到仲晓军再次对韩浩耳语了一句话，韩浩才猛地瘫软到审讯椅上。”说完这一切，莫炜眼睛瞪得更大了，他嘶哑地问其他三人：“你们明白我在说什么吗？”

廖冰的嘴唇动了动，疑惑道：“难道是……催眠？”

又过了似乎很久一段时间，莫炜找来一张白纸，在白纸的中央写下仲晓军的名字，在名字的周围，写上了刘老头、宋大海、韩浩、何刚、白晓慧以及黄倩倩的名字，然后一一将每一个人与中心的仲晓军连上线。

马识途、莫炜、林玲和廖冰火速赶到医院。在重症监护室里，仲晓军正在低声对黄倩倩说着什么，黄倩倩的嘴角露出痴痴的笑。

仲晓军看到了门外的警察，握了握黄倩倩的手心，在她额前轻轻地吻了一下，走出病房，将自己置身于一群警察的包围中，伸出双腕：“你们抓到我了。”

马识途说：“那咱们走吧！”

廖冰上前给他的手腕戴上了手铐。

（17）

审讯室内，审讯桌两侧是人性与真相的撕扯。曾经的劝慰者变成了靶心中的犯罪嫌疑人。

仲晓军要了一杯水，他慢慢喝完，把纸杯放在审讯桌的一侧，开始正视对面的四位警察。

马识途问：“为什么？”

仲晓军笑：“我可以什么也不说。传唤时间耗完，你们还是要把我放走的。”

莫炜说："你不说话，是因为你已经打完了所有的牌。"

仲晓军轻哼了一下，道："但是你们依然没有看到庄家手中的牌面。"

"但是不管怎么样，我们抓到了你。"林玲接过话。

"靠什么？直觉吗？"

"你以为你做得真的是天衣无缝吗？"马识途又说。

"我本可以潜伏下来，什么也不做，不留任何痕迹，直到这一切被淡忘，毕竟，这也不是命案。"仲晓军说得很平静。

"你真的为发生的一切感到心安吗？"廖冰突然发话。

仲晓军微笑道："伙计，我做了我应该做的事，就像你们做了你们应该做的事情一样。"

"你都做了哪些事情？"马识途的声音因愤怒而洪亮。

仲晓军沉默了一下，开口道："没错，是我作了黄倩倩的案子。"

审讯室突然安静下来。

仲晓军这么容易地认罪出乎所有人的意料。

马识途缓缓地问："怎么做的？"

"很简单，案发当天下午，我在阳台看书，发现黄倩倩被她的继父打烂了脑袋，我就下楼领着她到了厂区最边上的水沟边，用砖头把她打晕，褪去她的裤子，把一个绿色的玩具士兵塞进她的下体里。然后，我就离开了现场。"

"就这些？"莫炜的声音依然如寒冰般凛冽。

"就这些。你们难道没听过激情犯罪吗？"

"你想听听我怎么看吗？"马识途说。

"洗耳恭听！"

"你是一个一直在压抑自己愤怒的人。这种愤怒来自于你曾经被过继，却又遭到强奸凌辱的妹妹。而事过多年，在你远离家乡，修完大学心理课程，搬到这个陌生的家属区之后，黄倩倩的出现重新燃起了你的怒火，于是，你把怒火燃到你身边那些正在作恶的人身上。”

“原来你们是通过我的妹妹发现我的。”仲晓军露出了一种类似赞赏的神情。

马识途没给仲晓军再说话的机会，他的话如海潮一般拍过来：“黄倩倩的脑袋被继父打烂是一个导火索，引发了一系列连锁反应。你拍下了宋大海殴打黄倩倩的照片，作为转移视线的第一条线索；韩浩是你心理辅导的学生，你知道他有经常到录像室手淫的习惯，而那张沾有韩浩精液的卫生纸，便是你转移我们视线的第二条线索；那个捡破烂的刘老头，你知道他贪财贪色，故意把黄倩倩的鞋子摆放在显眼处，让刘老头带走，成为转移我们侦查视线的第三条线索；何刚也是，你是他的室友，你了解他的生活规律，知道他喜欢嫖的嗜好，便通过盗用他的衣帽，偷取了安防店铺的硬盘，造成毁灭证据的假象，这成为转移我们视线的第四条线索。”

莫炜接过话：“你不要以为自己是心理老师，便可以和我们玩心理战。你通过义工的身份，在医院内接触到了黄倩倩，在对其护理的同时，不断向她灌输错误的信息，搞乱了她的记忆，让她指认伤害她的人是继父，然后又是小哥哥。甚至在案发当日，你很有可能搞乱了受害人的意识，让她成了一只安静待宰的羔羊。你还通过催眠，在这间审讯室，搞乱了韩浩的记忆，让他供述出了一个长着痦子的男人，进而把我们侦查的方向引到了何刚的身上。”

“还有呢？”

“你通过功放机来掩饰黄倩倩被伤害时可能发出的尖叫，你通过保安老袁的长舌知晓我们全部的侦查手段，还通过韩浩的父亲错误地邀请参与到本案的侦查中，你更是通过医院的住院医生了解到了我们以黄倩倩病危而设下的诱捕的圈套。”林玲说出了她的发现。

“所以呢？”仲晓军问。

“所以，这根本不是你说的激情犯罪。”马识途下了定论。

“呵呵，似乎可以说得通。”

“为什么？”马识途又回到了那个最初的问题。

“所有的坏人，刘老头、异装癖、宋大海、韩浩、何刚，他们都得到了应有的惩罚，包括我自己，这难道不好吗？”

“但你不是审判者！”

“我当然不是审判者，你们是审判者，是你们亲手抓了我们这些坏人。”

“你一手导演了这一切。”

“你们没有证据。”

“但这是事实。”

仲晓军轻蔑地笑道：“没有证据证实的所谓的事实？”

“我们可以指控你杀了宋大海，还有你的舅舅白继耀。”廖冰再次突然发声。

审讯室内陷入了令人恐惧的沉默。

过了好一会儿，仲晓军冷冰冰地说：“那只是两个喝多了酒的人。”

“那白晓慧呢？你的妹妹呢？”廖冰又逼问。

“我不会告诉你们的，你们不会知道她是死是活，也不会知道她在哪里。”仲晓军说得很决绝。

又是沉默。所有人都盯着仲晓军，仲晓军则盯着手里的纸杯，自顾自地叹了口气，缓缓道：“什么是真相？无非是社会各类法则运行的一个结果显现。这个社会有许多法则，你的法则，我的法则，还有法律的法则。但是不管怎么样的法则，我们都承担了它所带来的后果。我认下了黄倩倩的案子，我将会到监狱里面坐几年牢，这就是我要承担的后果。而其他的所有后果，也都找到了它们的主人。”

每个人都在安静地听仲晓军的陈诉。

仲晓军抬起脑袋，眼神中流露出一丝狡黠：“如果，如果你们说我催眠韩浩的事情是真的，那我就一定有很强大的催眠技巧，不仅可以催眠别人，同样可以催眠自己。是的，现实有时候真的如鲜血般淋漓，为什么不安睡一会儿呢？为什么不安睡会儿呢？为什么不安睡会儿呢……”

这句话说完第三遍，仲晓军便低下头，眼睛闭了起来，仿佛进入了入定的状态。

没有人再能够将他唤醒，无论采取什么方法。

直到传唤结束前的十分钟，他才从自己的世界中醒来，然后填写了拘留证，被其他警员押上警车，关进了看守所。

在审讯室内困守了十二个小时，待到廖冰推开门的那一瞬间，明媚的阳光投射了进来，廖冰突然意识到，雾霾已经散了。

熬了一夜的所有人，罗勇、马识途、莫炜、林玲、廖冰都没有一丝睡意，罗勇提议到附近的小酒馆填饱肚子，喝点小酒。在这场远非庆功酒的小饭局上，每个人都往肚子里灌了不少酒精，终归破案成功的苦涩大于甜蜜。

后来，法院以故意伤害和猥亵两项罪名判处了仲晓军四年有期徒刑。黄倩倩出院后，其继父二十万元的交通事故赔偿款也已到位。沈玉兰领完这笔钱，带着黄倩倩搬离了肥皂厂家属区，在一所特殊儿童学校附近租了房子，黄倩倩就在那所学校里读书。

刑警队大队长的位置没有在马识途、莫炜中间产生，罗勇在公示期被人举报，没有提拔成副局，蚂蝗刑警队依然还是老样子在运作。

廖冰试图去调查白晓慧的下落，但是一切的线索都是断的。

这一年雾霾聚了又散，散了又聚，直到冬至那一天才基本散尽。

第六章
红

(1)

冬日已坠，黑暗开始盘踞。

逼仄的蚂蝗刑警队值班室，取暖器如同小太阳一般，照亮了不大一片，将两个鬼魅一般的身影投射并放大在身后的墙上，影影绰绰，像两只蛰伏的野兽。

廖冰将一只烤焦的芋头从小火炉上拿下，递给林玲。林玲只是瞥了一眼，没接，继续研究她的《人体解剖学教程》。廖冰反复端详手上那个丑八怪芋头，然后一个抛物线将其入篓，继续玩手游。

又过了一小时，廖冰打了个哈欠，嘟囔道：“这么冷的天值夜班，真要命。”他瞟一眼林玲，然后说：“你不打算回宿舍睡会儿？”

林玲还在看书，她没有抬头，只是回了一句：“万一来警情，再从被窝爬出来，不是更要命。”

廖冰点点头，打趣道：“我以为你会说坚守岗位，永不退缩呢。”

林玲终于抬起头，面有倦意，也有笑容。

廖冰问："终于可以单独值班了，实习也要结束了，你会不会留在刑警队？"

林玲想了一会儿，说："不知道。你会留下来吧？"

"不留下来还能去哪儿？老罗、老马都待我不薄，莫炜看着冷漠，其实教了我不少东西。"

林玲认真地点了点头，她想说我也想留下来，但她怕她说了，最后的结局却是离开，毕竟她不能一直逆着她的父亲。林玲的喉咙动了动，报警电话在此刻尖锐地响了起来。

廖冰摊开手，做了个无奈的手势，接起话筒，听了一会儿，面色突然凝重。是市局指挥中心的派警，城西永清河和颍河交汇处发现一具女尸，请出警查实。

(2)

没有月亮，白日里降下的积雪泛着一种鬼魅的冰蓝，廖冰握紧着方向盘，小心翼翼却依然加速向城外开去。他偷眼看身边的林玲，林玲正窝在副驾驶位上出神地望向窗外。

车子在一座石桥前停了下来，廖冰和林玲下车步行，防止自己车辙的印记会损毁了案发现场可能存在的线索。城西派出所民警的手电筒从案发现场扫过。

林玲蹲下身子，拨开河边的蒿草，受害人的脸便和她的脸只有五十厘米的距离。林玲屏着呼吸，她有种冲动想去把那无辜的双眼合上，却发现横在这中间的还有层薄薄的冰。她直起身，死者的全貌也被一览无余。除去对年龄、身高等理性的判断，仅从全裸的形态，林玲便几乎可以断定这是一起他杀案件，更别提颈部那道深深的勒痕。

她回头看向还在外围逡巡的廖冰，说："死者的左手遮住了胸部，右手遮住了下体，这显然是被嫌疑人有意摆放为之，似乎是在表达什么。"

廖冰终于走上前，的确如林玲所讲，死者的姿态显出某种有意为之的平和，甚至像是童话里的冰美人，当然如果可以忽略死者暴突的眼球的话。

廖冰只看了一眼，便又退回到外围，用手机捣鼓着什么，抬头看着林玲说："死者的身份搞清楚了。"

林玲转过脑袋，显出一副不可思议。

"死者名叫范小莉，女，二十二岁，在城里面一家建筑工地打工，给人做饭，老家在外省。她本来搭乘上周三早上五点的火车回来，中午就能赶到，但是直到晚上也没有返家，家里人很担心，电话也联系不上，便于昨天报了警，没想到她在这里。"

林玲问："你是怎么知道的？"

"我每天都翻失踪类的报警记录。"

"那你怎么确定她便是失踪的范小莉呢？"

廖冰打开电筒，光线照在了死者的脚踝，那里文着一只振翅的蝴蝶。

"一只蝴蝶还没飞起来便被折掉了翅膀。"林玲沉默了下，"天快亮了，你先回车上迷瞪会儿，现场勘验交给我，明天早上我们向队里汇报情况。"

廖冰踩着来时的脚印，回到了警车，用空调暖风烘热了两个红薯，下车递给了林玲，陪着林玲做痕迹检验工作。

白雪漫天飞舞，刑警队大院的地面被厚厚地覆盖。

十来个男人围在院门外，吵吵着要进来。马识途下楼打开推拉门，便很快被农民工打扮的男人们围了起来，原来他们是范小莉的亲属和同乡，也是她在建筑工地的同事，范小莉在工地就是为这些人做饭。这些人吵着要向警察了解情况。

廖冰正在补觉，被吵醒后披着大衣下来了，手上还拿着个本子。他把这些群众引导到接待室后，逐一了解范小莉从工地离开后的情况，和谁在一起？去了哪？乘坐什么交通工具？穿了什么衣服……事无巨细。

马识途在边上看着，像在品味廖冰身上的某种成熟。

刑警队的会议室，林玲做着案情通报："死者范小莉，女，二十二岁，身高一米六六，体重五十七公斤。从上周三，也就是1月8号中午从建筑工地离开返家，自那以后便没有踪影。从尸检报告来看，范小莉死于颈部被勒紧而造成的窒息，除此之外，后脑勺有肿块和瘀血，应该受到过击打，不致命，但足够把人打蒙。另外还有一些剐擦伤，应该是由一些枝杈造成的。毒化检验未检测出中毒现象。死者肺部也未发现河水所携带的藻类和微生物，证明范小莉在被投河之前已经死亡。通过尸斑和血液的检测发现，死者应该死于昨天清晨。"

林玲顿了顿，莫炜把买来的早饭放在她的面前，林玲没有理睬，继续她的报告："从现场勘查来看，未发现有打斗的痕迹，也没有找到女人的衣物，但在一些植株上找到了女人的头发，可能是属于死者的。没有发现车轮印子，不清楚尸体是怎么被运到此处。考虑到此处石桥也偶有人经过，因此我相信抛尸的时间应该在昨日凌晨，但可惜的是，因为在市郊，也没有监控探头，所以这一切也只是猜测。但可以肯定的是，此处一定是抛尸的地点，毕竟死者的那个姿势是有意摆好放那儿的。"林玲停下来，终于将面前的一杯豆浆端在了手里。

罗勇插话问："有没有性侵迹象？"

林玲压低声音说："有，这是当然，可是没有提取到精液，但……"林玲的声音有些迟疑，“死者的下体有被钝器恶意损毁的迹象。”

说话间，廖冰也进到会议室内。罗勇问他都从死者工友那里了解到了什么。廖冰打开笔记本，又合上，挠了挠头，说：“七嘴八舌的，并没有许多有价值的线索，只是反映了受害人当天从工地离开后，一个人步行去的火车站。那里距离火车站也很近，二十分钟的路程。”

“行走的路线确定了没有？”马识途问。

“从工地出来后有一条路，这条路是确定的，但是之后走路的轨迹也只能猜测了。”

“受害人当天穿的是什么样的服装？”马识途接着问。

“一身都是红，红色的帽子、红色的围巾、红色的羽绒服和红色的拉杆箱。”

“很扎眼。”罗勇不由自主地说。

“是的，而且容易引起人的不安，特别是对于某些精神病患者来说。”林玲回答道。

罗勇意味深长地看了林玲一眼，然后站起了身讲：“那我们现在要做的事情便是还原死者从离开工地到最终消失这一段时间的轨迹，特别是要搞清楚她是如何消失的，不管是被人抓了，还是被人骗了，搞清楚这个，嫌疑人也就离我们不远了。”

莫炜紧接着把话头接了过来：“根据派出所调取的周边的视频监控反映，在工地附近，还有工地外面的商业广场，还有几处交警探头都发现了受害人的身影，但是因为火车站广场在整修，所有的视频监控的电路线都被挖断了，所以这一片是盲区，只有火车站进站那个视频监控还管用，但那里始终没有发现受害人进入车站。”

“那就抓紧时间，把该走访的、调取的都加快进度完成。”罗勇顿了顿，对两个年轻人说，“也许这是你们实习期的最后一个案子，要全力以赴啊。”

廖冰和林玲互相看了一眼，心中也愈加重了一分。

(3)

偌大的火车站前广场，林玲和廖冰都下意识地将脖子缩了缩，以此躲避纵横无阻的寒风，与此同时，许多人提着行李包裹，从他们的身边匆匆而过，有奔向火车站候车室的，也有融入两人身后喧闹都市的，他们的脸上都洋溢着笑容，毕竟春节已将近。

林玲和廖冰分头检查了周边的视频探头，果然如派出所所说，全部处于断电状态，他们又退回到火车站外的十字路口，架设在那里的交警探头捕捉到了死者范小莉最终的影像，并传送到林玲的手机上。那是一个匆匆的侧影，风雪、路灯、黑夜和范小莉身上的那一身火红融成了光影朦胧的一片，几乎没有任何细节可以被辨析。

以十字路口为起点，以火车站为终点，取最短路程向前步行，走了五百多米，来到了一处地下通道，两人对视一眼。这是通往火车站诸多地下通道中的其中一条，被标记为六号通道。他们分别沿着通道的两侧楼梯默然潜入地下。光亮被水泥天花板遮挡了，位于通道中央的一盏灯拉长了所有物品的影子，阴冷的风猛烈地呼啸，和地面上车辆轮子碾过路面的声音混杂起来，显出恐怖的声响。

林玲咬着牙走完这段一百来米的通道，回到了火车站的广场上。而廖冰此刻也从通道的另一侧走上了路面。他没有停步，转了个身，又从楼梯下去，再次回到了地下通道里。林玲把领口的拉链拉到顶，也跟着廖冰返回到通道里。

又是一百米寂静无声的前行。再度回到路面，雪霁后的阳光重新包裹着他们。

“有没有什么发现？”廖冰问。

“没有人。”林玲摇摇头。

廖冰点头道：“对，走了两遍，却在通道下没有遇到任何人，这条六号通道……”

这时廖冰的电话响了，是火车站派出所的电话。廖冰听着电话，鼻子眉毛皱在一起。挂掉电话，廖冰说：“走，去火车站派出所，又有个女孩失踪了。”

在火车站派出所的询问室外，林玲和廖冰见到了失踪女孩的父母。失踪的女孩叫丁凝，二十岁，在外地上大学。放假了，昨天上午坐火车回本市，预计傍晚到达。下午五点，丁凝还给父母打了一个电话，说十分钟后到家。但自那个电话以后便再没有了音讯。接警员接到报警后，听说了蚂蝗队正在侦办一个失踪女孩死亡的案件，便与之取得了联系。

“丁凝的家距离火车站有多远？”林玲问派出所的片警。

“很近，基本是走路就行，过个地下通道往前走几百米就到。”片警答。

林玲迅速问道：“哪个地下通道？”

“六号通道，那最近。”

林玲仔细看着丁凝父母转发的丁凝的照片，照片背景是火车的车厢内，一个穿着红色大衣的女孩摆出了一个剪刀手的造型，照片下方的标签是两个艺术字——“回家”。林玲退出图片界面，看到了一个实名认证的微博主页，那是失踪女孩丁凝的主页。

“会不会在范小莉和丁凝间有某种相同之处？”林玲说。

“走，回队里，我们现在要调取这几年所有失踪女孩的信息。”廖冰道。

两人返回队里，每个人的脸色都很凝重，看来他们也都知道又有新失踪女孩了。

林玲一头扎进档案室，要把近十年的案卷调出来，却被廖冰拦下。他说他已经把二十年内不管男女的失踪案件全部放到自己的办公室内了。林玲听了有些不可思议。

廖冰故作轻松地说："我就是想知道我爸现在在哪儿。"

一时缄默，两人无话。

直到傍晚，两人都在埋头整理和分析卷宗，外卖小哥的到来才让两人抬起头喘口气。

边吸溜着面条，廖冰边说："有什么发现没有？"

"这边一摞是我挑选出来的失踪原因不明案件，失踪人员都是女性，年龄在二十岁到三十岁之间的卷宗一共六卷，其中一起发生在2014年，两起在2015年，三起在2016年，2017年没有，2018年，也就是截至目前是两卷。听起来像是一个等差数列，但为什么2017年没有发案呢？"林玲接着说，"这个等差或许只是巧合，而更大的巧合在于，每一起发案都是在冬天，更精确地说，每一起发案的当天都下了雪。2017年，也就是去年，我想你们都有印象，整个冬天我们这儿没飘过一片雪花。上周三，范小莉失踪的那天下了大雪，昨天丁凝失踪，也下了雪，这是今年冬天的两场雪。"

短暂的沉默。

廖冰说："不知道那个罪犯现在在做什么。还有那个失踪的女孩，不知道在哪里。"

一条命令即刻下发到全市所有派出所，摸排单身男子，独居，可能有地下室，或是有独立小院，性格自闭，身材弱小，可能身患残疾，有汽车或其他交通工具，有性犯罪或是涉及女性的犯罪前科。

摸排标准是林玲提供的，这是她对犯罪嫌疑人的心理画像。

她窝在办公室里，在网上逐一搜索本市具有性犯罪前科的人员资料，一面墙几乎都要被那些曾经侵犯过女人的罪犯的照片贴满。

廖冰拿着范小莉和丁凝的照片遍寻火车站的每个角落，希望哪怕找到一个目击者。在一侧商场的大屏幕上则在插播着一条寻人启事，丁凝那张穿着红色大衣的照片出现在大屏幕上，也出现在火车站周边的所有电线杆上，她母亲哭求的声音也在全市各大广播台信号上传播着。

路面上积雪化尽，天气预报预测新一轮冷空气还有两天到达。

厌倦了玩弄的猎手很有可能会结束嘴边的生命而去寻找新的猎物。

(4)

距离冷空气席卷本市还有一天，漫天的飞雪几乎已成定局，几乎只是时间的问题。所有人都提前做好了防雪御寒的准备，刑警队的许多同志都把警服从夹克换成了长袄。

会议室内，从各个派出所汇总来的可疑房屋一共有二十七栋，从犯罪前科人员信息库汇总来的可疑人员有十七名，其中的大部分已经被刑警队的侦查员排除了嫌疑，但还有一些房屋和人员未能证实其可疑程度。毕竟明天即将下雪，所有的刑警队员都被部署到火车站广场，按照局领导的指示：外紧内松、严防死守，坚决不让案件再次发生。

这场雪已经成了横在每名警员头上的达摩克里斯之剑。

面对几份还未核实的人员和房屋信息，林玲迟疑了一下，她换了身便装，没有通知任何人，只身带着这些资料出了刑警队。

与此同时，罗勇带着队里的同志，与十几名从特警支队借调来的特警也都穿着便衣，以六号通道为圆心，像钉子一样钉在了火车站前广场上。

经过一个上午的查证，林玲已经与两名犯罪前科人员见面，也找到了两处可疑小院和一处可疑地下室。她决定去调查一下这个地下室。

那是个放了许多健身器材的地下室。林玲要房主走在前面，她跟在后面，两人一步步下了楼梯。林玲暗自将手放在腰带一侧的枪套上，那里面装了一把用于演习用的仿真橡皮枪。林玲能感受到自己的虎口在发颤，不过最终虚惊一场，没有任何情况发生。

从地下室出来，林玲搜索的步伐也靠近了火车站，附近的惠民小区那有个有猥亵前科的人员，信息上没有明确到单元和门牌号，只说是一楼。林玲需要核实一下具体住处。

也许是白天许多人都外出上班的缘故，林玲并没有敲开许多住在一楼住户的门。在一个被三轮车堵在楼道口的房门外，林玲又叩响了铁皮防盗门，等了半天，门"吱呀"一声开了，一些灰尘从楼板的裂缝上飘落。是一位老者开的门。林玲退后一步，看了看门牌号，以为自己摸错了门。

老者上下打量着林玲，问："找谁？"

林玲看了眼资料，说："找盛勇。"

"我就是。"

林玲的眼神变得狐疑。

对方明白林玲眼神的意思，解释道："我只是看起来比较大了，其实我才五十岁多一点，都是在牢里面熬的。对了，你是警察吧？"

林玲被呛在那儿几秒钟，问："你怎么知道？"

“经常有警察来我这里看我老不老实，但是我已经改好了，而且我也是太老了，不仅是看上去，身体也是很虚弱了。”

又问了几句，见没有得到什么有价值的信息，林玲准备离开，盛勇却从背后喊住了她：“听说最近有个小女孩失踪了，火车站广场上天天都在播放。我建议你去我们东墙后面的垃圾站那边看看，不知道是不是我的耳朵也听不清了，有一天早上我锻炼时，听到那里传出女人的尖叫。”

林玲认真地看了看盛勇的脸，没有发现任何欺骗的迹象，道谢后离开了。她把材料放回到皮包里，转身出了楼道，在小区大门处给廖冰连打了两个电话，都处于占线的状态，她把盛勇说的情况用微信告诉了廖冰，便绕着小区院墙往垃圾站的方向摸去。

嗖嗖的风也贴着墙壁吹着，吹乱了她的头发和小夹克的下摆，吹来了垃圾站腐臭的气味，堆积污秽的小房子正准备吞噬所有送上门的物品。一栋透着光亮的小屋子，里面传出了人声的喧哗。

林玲把橡皮枪掏了出来，橡皮枪的枪把上还系着两颗猫眼石。一步步靠近了平房，轻轻推开了房门，枪口指引着视线，并排摆放的两张床上横躺了四男一女。床边的茶几上还凌乱放了些针管、酒精炉。

这是一个吸毒者的聚会。

现在是以一敌五。

场面沉寂中，一个高个子的男人从床上站了起来，轻飘飘地骂道：“你他妈的找……”

他还没有骂完，林玲高声喊道：“别动！我是警察！”

高个男人愣住了，他一屁股又坐回到了床上，不再动弹。他身边的男人和女人像是在梦呓，似乎连坐直身体的力量都没有了，还有个男人背对着林玲，靠着墙，似乎在睡觉。

林玲用枪指着这些人，摸索到挂在门上的铁锁，锁孔里还插着一把钥匙，林玲后退着，想从外面把门锁起来。就差两步的距离，她却被门槛绊了一下。

那个靠墙睡觉的男人突然跳了起来，在林玲举枪之前把她撞倒。林玲翻身抓住了那个男人的脚，却被他一脚踩在了左肩上。她听到骨头发生了“咔嚓”一声响。男人夺路而逃，另外两男一女则还傻愣在床上没动弹。

林玲迅速捡起枪对准了这三人，吼道：“他是谁？”

高个清醒的男人结巴着说：“不……不知道，他是来……来送货，卖……卖白粉过来的。”

林玲从地上爬起，退出门，想用左手把门从外面用明锁锁上，但发现自己却抬不起左手了。她把枪咬在嘴里，用右手完成了这项工作，拖着左肩沿着男人逃跑的路线追击过去。

男人跑得不快，跌跌绊绊，林玲每次追到男人身后，都被男人挥拳击退，男人继续往前跑，而林玲依然追在后面。她心里明白吸毒的人的体力都是很有限的，他一定会跑不动的。只是，没有手铐，一只胳膊脱臼，该怎么制伏他？

男人跑进了火车站前广场，林玲也跟着跑进了广场，两人出现在了所有在广场伏击的警察的视线内。

莫炜看到了这一幕，独自快步抢在了男人奔跑的路线前方，张开了双臂，像是迎接一位老朋友一样，一只手掐入了男人的腋窝，猛地向上一提，男人的胳膊便脱臼了，并顺势倒在了莫炜怀抱里。

男人已经没有力气挣扎，莫炜像是扶着醉酒的朋友，把他架到了路边停放的一辆民用面包车里。里面的人打开车门，把这个男人拖进车内，一切都在平静中进行，没有引起火车站上任何行人的关注，被抓的男人甚至连叫都没叫一声。

林玲此刻已经靠在车上坐下，莫炜走到她身前，林玲抬起头，脸上一股不服的倔强。莫炜伸手去扶林玲，才感受到她软绵绵的左臂。莫炜叹了口气，轻声道："手臂放轻松，忍着点。"林玲点点头，莫炜双手突然发力，林玲低声尖叫，胳膊复归原位。

(5)

入夜，大雪还是没有飘落，嫌疑人出现的可能性已经越来越小。罗勇做了分工，把设置埋伏的警员分为两班，一班负责上半夜的蹲守，一班负责下半夜的蹲守。

林玲到档案室里去找廖冰，廖冰说他好像发现了些什么，但还不确定，他需要查阅更详细的接出警记录。

林玲下到地下射击场，拿起一支92型手枪，砰砰地点射。廖冰放下了手边的档案，谛听那枪声，想着她和自己一样在隐忍与发泄着什么。

推开射击场的门，看到了射击位前正在换弹夹的林玲，她的脚下已经是一地的弹壳。

廖冰走到林玲身边，举起望远镜，望了望二十五米开外的靶纸，淡淡地说："考虑到后坐力，你应该瞄圆心下一点的位置，这样才能够打到十环。"

林玲没有看向廖冰，平静地说道："高中那会儿，我爸忙，就把我送到外地去上学。最先是在学校宿舍住，因为我神经衰弱，便偷偷在外面租房子一个人住。房子是平房，没有卫生间，小解还有尿壶，大解就要到马路对面的橡胶厂的厕所去解决。那是一个停产的橡胶厂，里面只有两个留守的工人看守那些还没拉走的机器。要想到那个厕所，就必须要穿越整个厂房。白天值班的老师傅还好，夜里值班的中年人每次看我的眼神都透着邪恶。每次穿越厂房，我都能听见他在玩弄钥匙的声音，哗啦啦，哗啦啦，一直伴随着我的脚步声。我不敢听那钥匙的声音，更不敢回头看那个男人，我能感到钥匙的声音一直在跟着我向前，也就是那个男人一直也跟着我向前。那种恐惧的感觉一直陪伴着我。那个时候我真的不知道该求助于谁，我想给我爸打电话，但我想起我爸经常说，自己要先变得强大，要会保护自己。从小到大我都是这么忍过来的，所有的不安全，所有的恐惧，还有孤独。”说完，又砰砰砰打了一梭子子弹，然后扭头，直视着廖冰，“你知道我是怎么解决这个问题的吗？”

廖冰没说话。

林玲轻轻一笑，缓缓道：“我学会了让自己转身，每次通过那个厂房时，我都会频频转身，我要去直面身后的危险，而不是去不看它，忽视它。我还学会了去直视那个给我带来恐惧的人，就像我现在看着你一样，眼对着眼，不躲闪，不回避！慢慢地，我发现了，我越是看他，他越是把目光回避看向别的地方。我，从心理上战胜了他。”

“那后来呢？”

“后来，后来我毕业了，考上了警校，当上了警察，虽然我爸并不同意。”

廖冰点点头，手机却在此刻响了起来。是火车站派出所的电话，又有一个女人失踪了。

风雪中火车站前广场上，廖冰和林玲赶上前，拨开同行围成的圈，看到了中央站着的哭成泪人的小男孩。林玲蹲下身子，搂住了这个小男孩。

身边的警察指着一处地下通道对林玲说：“就在那个通向地下通道的楼梯口，小男孩的妈妈让他在那等她一会儿，说完便下了通道，结果就再也没有回来，也没了踪迹。小男孩等急了，就在那里哭，热心的路人以为是小孩走丢了，这才报了警。”

廖冰问民警："案发距现在过去多久了？"

"一个半小时。"

"女人消失在几号通道？"

"七号地下通道。"

"女人怎么会出现在火车站广场？"

"她是带着孩子从外地回家过年的。"

"她叫什么名字？年龄呢？"

"叫作兰妤，三十二岁。"

廖冰转过身，看着身后的七号通道，一种在时空中失之交臂的悔恨感油然而生。

林玲抱着小孩温柔地说："你能告诉我你妈妈穿的是什么颜色的衣服吗？"

"红色的袄子。"小男孩抽泣地说。

林玲的眼神不可置信，"我逐一分析了失踪的八起案例，受害人全部身着红色的外套。我想犯罪嫌疑人对于红色一定是有着某种情结。"林玲沉吟片刻，"我有一件红色的大衣，我来当鸣蝉，你来当黄雀。"

廖冰看向林玲，那精致的面容上透着坚毅，无可辩驳。

电话再次响起，是罗勇，失踪女孩儿丁凝的尸体已经找到。

(6)

还是在城西的郊区一个水塘边上，几个小旗子树立着，标记着这里曾经躺了一具尸体。林玲和廖冰赶到现场时，尸体已经送至殡仪馆等待解剖。

罗勇屁股墩在汽车引擎盖上，点上一支烟，向两人介绍现场勘验情况：

"尸体是晚上七点多被发现的，没错，是丁凝，一眼就可以看出来。和上一起案件一样，发现时死者的衣服全部被剥去，周边也没有找到属于死者的物品，此处应该是嫌疑人的抛尸地。死者依然没有明显的外伤，初步看，还是死于颈部被勒而导致的窒息。从尸斑和血液凝滞情况来看，死者应该死于傍晚五点左右。另外，从死者的手指、脚趾等处还提取到了类似铁锈的痕迹，很像是自行车或是三轮车上的东西。就这么多，其他情况还要等市局法医做出结论。对了，有个关键的忘了说了，在死者的身上依然没有提取到精液，而下体确实遭到了人为破坏。"

罗勇说完了，廖冰左右看看问林玲："除了你说的嫌疑人偏好对身着红色衣服的女子下手，你还有没有对嫌疑人的更详细的心理画像？"

林玲没有迟疑，想了想，说："有三点。第一，死者可能无性能力，从连发的两起案件可以看出，这点从死者身体未提取到精液便可能证实。第二，死者应该有某种不幸的童年记忆，而这记忆甚至是和穿着红色的女人相关，甚至就是穿红衣服的女人致使嫌疑人失去了性能力，而作案的时间和雪有关，或许红衣女人带给幼小嫌疑人伤害的那天正好下了大雪。第三，从上面情况来看，嫌疑人作案就是出于一种报复和发泄，我相信这种发泄是带有暴力升级的过程，可能最初只是一些恶作剧，要一些阴招、损招，但后来变成较轻的犯罪，直到几年前演变成了去杀人，应该说这种犯罪是他缓解心理压力的一种手段。范小莉和丁凝失踪那天的雪只下了一天，而这次的寒流带来的大雪很有可能要持续好几天，这持续的大雪也会给嫌疑人带来持续的精神压力，他一定还会再作案的。这一点从2016年接连发生的三起女性失踪案件便可以看出来。"

"这场雪明天应该停不下来。"罗勇自言自语道。

廖冰着急道："那明天要是继续下雪，刚才失踪的兰好的性命不就危险了？"

“我不知道，只能企盼她安全，毕竟捕食者要把猎物玩弄一阵子后才会把它给吃了。”林玲低头摇着脑袋。

“我们的确是在和时间赛跑。”罗勇攥了攥拳头，“不能再有新的受害人了。”

各自散去后，林玲喊住了廖冰：“你送我回趟家。”

“干吗？”廖冰面露疑惑。

“我要回家取件红色大衣。”

廖冰迟疑了。

“从现在看，诱捕是最直接找到犯罪嫌疑人的方式。”

廖冰看了看手表，已经凌晨两点半。他开车将林玲送到了她的单元楼下面。林玲上楼，廖冰便在车里耐心等待，一晃一个小时过去了。

廖冰的目光瞅向四楼那盏唯一亮着的灯，揣测着林玲正在做些什么。灯灭了，门被带上，楼栋里的感应灯都亮了起来，一个身影从上到下转过几个楼梯转角，林玲终于出现在了一楼的楼道口，沐浴在夜晚楼栋的灯光下。

定睛去看，楼道灯却灭了。廖冰情不自禁地喊了声，楼道灯又亮了起来。他看到林玲正款款地向他走来。红色风衣下垂着，黑色的长筒靴，中间的一段则是紧致的皮裤，显出了美好的身材，红色的唇彩则在白雪的反衬下熠熠生辉，发箍上的一只红色蝴蝶像是要随时挣脱飞离而去。

林玲走到车前，停下了脚步，嘴巴张开，想说些什么，廖冰也在等待着。林玲什么也没说，打开车门，坐在了副驾驶座上。

一路无话，空调吹出的暖风沾染了林玲身上馥郁的香气，竟让廖冰有些魂不守舍，坐立难安。

车子终于开到了火车站广场，时间已经到了凌晨五点。林玲要下车，廖冰拉住了她的袖口，然后从皮带上解下枪套，把自己的那把77手枪交给林玲，在她的手心按了又按。林玲接过手枪，塞进了自己的长筒靴里，下了车，伫立在火车站六号和七号通道之间的路面上。

罗勇将林玲对罪犯的心理刻画反馈给了市局指挥中心，又一条指令被下发给了全市各个派出所。这是一条奇怪的指令：排查男性、性功能障碍，有涉及红色的不良行为前科。加上之前那条独居、有地下室或后院的消息一起，这座拥有百万人口的城市符合全部这些标准的应该也不会有太多。

随后，罗勇陪着市局的法医老白在殡仪馆的停尸房里，对丁凝进行尸检。老白剪下死者的指甲，发现指甲内壁上一块血渍，血渍的中央黏着一根断发。老白迅速将血渍和断发分别提取，用快速检测法检测出了血渍属A型，而死者的血型则是O型。

在被蓝光照亮的停尸房内，两位老警察的眼神碰撞在一起。

(7)

新的一天终究还是到来了。

林玲从候车室里讨了杯热茶，捂在手心，感受热茶慢慢变温，一饮而尽，又提着手包，从室内走到了火车站广场上。

漫天飞雪，低低的天幕依然是铁板一块，不见太阳的影子，林玲成了灰蒙天地中的唯一的一抹红色。抬头瞅了瞅前方三层网吧楼顶上一个被白雪覆盖了的身影，又拿眼角瞟了瞟附近那些装作招揽客人、发放传单等活计的同行，做了个深呼吸，又一次潜入到六号地下通道。

长长的通道里有寥寥两三个行人，林玲和他们擦肩，很近，他们却本能地远离林玲。行人快速通过通道，消失在另一端的出口。林玲继续往前走，有些不甘心，又似有些解脱。

一位推着三轮车的老者从前方的楼梯口一步步往下走，车轮不住地在斜坡打着滑。林玲停下了脚步，审视前面无助的老人。车即将失控，就要带着老人一头摔到通道下。林玲快步走了过去，和老人一起扶住了车把。

车子很轻，老人松开了伏在车把上的手。林玲看向老人的脸，有些熟悉。

就在这时，老人飞速提起别在腰间的铁棍，砸在林玲的后脑上，林玲身子一软，便从楼梯上摔了下来。

老人把车子停在通道路面上，掀开车斗上的篷布，把林玲抬进了车斗，又盖上了篷布，骑上三轮车，来到了另一端的出口，费力地把车子推上路面，然后又骑着车，从火车站的一侧出来，向附近的一处小区慢悠悠地骑了过去。

这一切发生时，廖冰正在接一个电话，是罗勇打来的。“找到了，找到符合所有标准的嫌疑人了！”

原来指令被下发到所有派出所后，过了两个小时，一位从家回到单位的老警察看到指令，便立刻想到一个人。这个老警察找到罗勇，向罗勇讲了一个案件。在二十多年前，他管的片区发生过一起案件。一个青年喜欢在冬天用针管抽一些硫酸，然后到街上用针管把硫酸悄悄射在穿着红棉袄的女人身上，正好把人家的红棉袄烧出小孔。后来把这个年轻人抓到后，这个年轻人不说话。到了他的村子才了解到年轻人是因为少年时候的一个下雪天，偷走了隔壁女人养的鸽子，被女人绑在了树上一阵打，正好打在了要害地方，致使他失去了性功能。那个打他的女人据说最常穿的衣服便是红色的。这个男人对穿着红色衣服的女人有着不可泯灭的仇恨，这种仇恨有可能会在他受到伤害的下雪天爆发出来。

几乎是一个完美的犯罪动机！廖冰在心中暗暗感叹。他赶忙问道：“罗队，这个男人叫什么名字？”

“他叫盛勇，就在火车站附近的一个小区，惠民小区。”

“没有具体地址？”

“没有，但我有照片，现在发给你。局里已经对这人开始了摸排和搜捕工作。”

廖冰马上拨打了林玲的电话，想把掌握的情况告诉她，但没有人接。他下到地下通道内，却发现空无一人。廖冰脑子蒙了。

对讲机掉在了脚边的雪窝里，便衣巡逻的同事围了上来，说五分钟前过去一个推三轮车的老头，他的嫌疑最大。

廖冰捡起对讲机，立即下楼，冲到六号通道口。许多便衣已经围了上来，廖冰吼道：“老头往哪儿走的？”

没有人能回答上来。

“都给我闪开！”

众人闪出一条路，地面上由血滴延伸的痕迹便呈现出来。廖冰知道这是通向盛勇所住小区的方向，就摆脱了同事，独自开始向那个方向飞奔。

在惠民小区的入口，廖冰被一块砖头绊倒在地上，这一摔让他把目光聚焦在了横在身前的一辆三轮自行车上。廖冰站起身，克制着心中的恐慌，用手抹了把车斗的铁皮，被水溶解了的血迹出现在指肚上。

廖冰从雪水里爬起来，对着来往的行人猛踹三轮车车胎，质问他们这是谁的三轮车，三轮车的车主是谁，但没有人回答廖冰的提问。

蓦的一瞬，在众人冷漠的表情中，廖冰意识到，自己的鲁莽只会让林玲陷入更大的危险。他定了定神，既然确定林玲被劫持到小区里，那一定会有蛛丝马迹留下。

路面上的血滴早已没了踪迹，空气中只有雪与泥土混杂在一起的腥臭。

廖冰的脚步慢了下来，在这块并不大的小区里面盘桓，在一栋楼与一栋楼之间穿梭。他相信总会有些细节能暴露出嫌疑人的藏身之所。

就在廖冰即将开始第二轮的盘桓穿梭时，他意外地看到了小区中间的四号楼的一楼外墙有明显的开裂。廖冰停下了脚步，他又瞅了瞅临近的两栋楼，没有任何的外墙损伤。一位大妈拎着菜篮经过廖冰时，被他拦了下来。廖冰问大妈这栋小区有没有地下室，大妈说没有。

廖冰的手放在腰间的枪套上，微驮着背，走到这栋楼的楼道内。一扇门正开着，廖冰将脑袋向门内探过去，看到一个老人正在卫生间的水槽前洗手。廖冰脚步踏进门，衣摆上的拉链头撞击在了防盗门框上。老人猛回头，廖冰的脑海里将照片和眼前的老头比对在了一起，此人正是盛勇！

盛勇像是突然意识到什么，从卫生间夺门而逃，冲进了里间的卧室，踢开了一个纸箱，然后一下子便消失不见了。廖冰也冲进卧室，站在纸盒移开后留下的大洞边往下看，里面是黑森森的一片。廖冰咬着牙，没有迟疑，顺着竹梯下到了黑暗的地下室里。廖冰的脚还没有挨到地面，竹梯便被推开，摔倒的瞬间，一个井盖从下到上弹回到洞口，一切全部笼罩在了黑暗中。一个女人的声音开始尖叫，那不是林玲的声音。

廖冰站起身，却被重物击中了脸颊，他仰面倒了下去。廖冰佯装昏倒，感到有人逼来，一把抱住了来人的双脚，将他掀翻在地。就在廖冰要继续攻击时，他的肩膀被猛踹，来人向后猛退，缩回到另一侧的角落里。廖冰听到有人在那个角落冷笑，他立即拔枪，枪被举到半空中时，才意识到那竟然是林玲的仿真枪，枪把上还系着两颗猫眼石，在几乎无光的地下室闪着诡异的绿光。一声枪响，子弹击中了墙顶，火光却一瞬照亮了林玲的脸。

一阵脚步声快速向枪响的地方逼来，廖冰横着抱在了男人的腰上，一同撞在另一侧的墙上。

有些苏醒过来的林玲强忍着后脑的疼痛，努力辨析着那两颗猫眼石在半空中翻滚的位置。突然间，一阵脚步急退，猫眼石不再做剧烈摆动，又是一阵冷笑，紧接着是扣扳机的声音，这次没有火光。

廖冰的声音突然爆发："射猫眼！射猫眼！"

弹夹内还剩的四颗子弹被林玲打光，用时不过五秒。

枪响过后，陷入沉寂。

廖冰想站起身，却发现腰间像被掐住了三寸，怎么也无法站立起来。廖冰用手去摸腰间，发现腰间有一些黏稠的液体。廖冰暗暗骂了句："该死的流弹！"然后便渐渐失去力气。

另一边，林玲后脑的疼痛因连续的射击也被激发出来，慢慢又沉入昏迷中。

(8)

罗勇带着增援的弟兄在半小时后赶到，他们把林玲和廖冰送到医院急救，身中三枪的盛勇当场死亡，他们还把惊吓过度的兰好也送到了医院。

实习期即将开始时住了次院，实习期结束后还是在医院待着，廖冰对自己的运气也是无语了，但同事们来看他时，他还是说自己命大。

廖冰也时常到另一层楼的病房去看林玲，每次去，人家都是抱着一本厚厚的大部头的书在那里研究。不像廖冰，整天抱着手机玩。

想到实习期即将结束，这个和自己斗了一年的姑娘没准就要离开刑警队了，廖冰也不知道该说些什么。两人就一个人抱着书，一个人抱着手机，四目相对，眼神的碰撞只会让尴尬定格。

林玲先出的院，她来到廖冰的房间做短暂告别。廖冰脸上堆着笑，心里却有些难过。

“我央求我爸从市局档案室把关于你父亲的资料都调取了，没有证据证明你爸是一个坏警察。”林玲停顿了一下，认真道，“我想重启调查，如果你愿意当我的搭档的话。”

廖冰点头，他隐约察觉到从心底渐起的情愫。

第七章

蚂蝗

（1）

距离实习期结束还有两个星期，廖冰窝在办公室，对着空白的总结表发呆。许多案件、许多人都像冒泡一样在脑子里咕咚咕咚。

罗勇悄无声息地来到了廖冰身后，把一张公休表放在桌上，说：“忙一年了，放个假，休息一下。”

廖冰看着罗勇有些发怔。

罗勇笑说：“我也给林玲放了假。”

没一会儿，林玲出现了。廖冰问：“你准备公休去哪玩？”

林玲眉毛一挑，“玩？你还有心思玩？”说着，她便把半米高的卷宗档案摔在了廖冰的桌上，“这是市局机要室内调出来的关于你父亲的所有案件资料，你还有心思玩不？”

廖冰不由自主地站起来，手在蒙着灰尘的卷宗皮上摩挲着。

“正好罗队给咱们放了两周假，咱们就利用这段时间把事情查一下。”

廖冰从震惊中缓过神来。

两人耗费了三十六个小时、二十袋方便面，以及十页A4纸，把卷宗中的主要脉络、重点、疑点给列了出来。

从时间倒推，一切都终结于1998年的那场火灾。在这场火灾中，廖冰的父亲廖海波突然消失，同时消失的还有团伙头目范惊天账目内的三千万元。在那个下岗大潮的年代，三千万元无异于一笔巨款，留下的只有一具烧焦了的尸体。

再往前推，廖海波已是范惊天最为信任的心腹。在廖海波如影子般的辅佐下，范惊天的势力已然超越了老一辈的蔡坤，即将实现对于地区煤炭、运输、房地产、娱乐业及各种有组织违法犯罪行当的整合统一。

廖冰看到了一份红头文件，题头是《就廖海波违法违纪问题的调查通报》，调查的内容是廖海波给范惊天等人暗中提供保护伞的情况说明，而通报的结果是对廖海波给予开除处理。这便是廖海波，乃至于廖冰人生的拐点。

廖冰把那份文件叠了四折，塞进自己的口袋。他问林玲道：“你愿不愿意相信通报里说的那些内容？”

林玲想了想，道：“这不是愿不愿意相信的问题。”

“如果有机会，我想问一问他，如何解释那些内容。”

“恐怕这些要等我们自己去查清楚。”

(2)

对案情有了初步了解，两人便开始回访当年涉案的那些当事人。第一位便是林玲的父亲林东海，现任市公安局局长，也是当年参与调查范惊天团伙的专案组组长。

两人进到林东海的办公室内，立正、敬礼。

林东海回礼，笑道："据说你们这一年战功赫赫啊。"他笑着打量着两位实习生。

廖冰目视前方，铿锵有力地说："那是上级领导有方。"

林玲嗔道："当初你还反对我去刑警队，看吧，是不是我选择正确了？"

林东海笑着让两人坐下，开始谈起了陈年往事。

"90年代初期，地方对于小煤矿经营权放开。蔡坤那一伙有人有钱，全市的小煤窑要不他独资，要不他参股，再加上他组织一些社会闲散人员成立了护矿队，不管是黑道还是白道都没人敢动他。而此时的范惊天还不叫范惊天，他的原名叫范友亮，正和几个朋友在河下一个码头采砂。两伙人本来没有交集，但有一天晚上范友亮和他那几个朋友到蔡坤手下开的桑拿浴洗澡，为了几个按摩小姐，与马仔发生了冲突。范友亮当时是吃亏的，他没有忍着，纠结了几个弟兄，扛着几把土枪，把桑拿浴老板给劫了，也把那家桑拿浴给占了。当时蔡坤正想着把自己洗白，所以没有对这件事情做出及时反击，结果暂时的姑息却助长了对方的气焰。后来范友亮改名范惊天，投奔到他手下的人也越来越多，范惊天也越来越有底气和蔡坤团伙叫板。而调查范惊天的专案组，也在那个时候从蔡坤团伙专案组中剥离并成立，我当了专案组的组长，而廖海波，也就是你父亲，是专案组的侦查员。"

"然后呢？"廖冰忍不住地问。

"我们本想通过调查范惊天一伙，来搜寻他们对立面蔡坤团伙的犯罪证据，但真正接手后才发现，范惊天这伙人不仅心狠手辣，做事极为缜密，基本不留任何犯罪线索，他对组织成员管理非常严格，调查一年多拿不下一份有价值的口供，许多案件悬而未决。范惊天的团伙倒是越来越大，更多的火并在两个团伙间发生，市民也产生了恐惧心理，我们的压力很大。”

林局长收回有些发虚的眼神，看着廖冰说：“我知道你想问你父亲在案件调查中起到什么样的角色。我的回答或许会让你失望。我们好不容易掌握了范惊天一伙人涉嫌购买枪支的线索，准备在他们提货的那天将他们全部抓获。但真正收网时，却发现贩枪买枪的人都在，那批枪却没了踪影。虽然后来这批枪在交易地点附近的鱼塘里被打捞出来，却也无法认定枪与范惊天团伙之间的联系。我们明白这次侦查出了告密者，而他就是你的父亲。”

“我父亲？！”廖冰惊道。

林局长沉默一会儿，抬头看廖冰，发现廖冰的面色还算平静，就继续讲道：“发现过程也很简单，在其中一名马仔的联络设备中发现了加密信息留言，证据显示这条留言来自你的父亲。你父亲没有抵赖，前后不到半个月，你父亲就被开除了。廖海波就悄无声息地从公安队伍中消失了，再次见到时，他已经和范惊天的手下勾肩搭背，许多街头斗殴也有他的影子，再之后，他露面就少了，据说是成了范惊天的心腹。那时候的范惊天团伙，已经准备对蔡坤的团伙开始真正的火并了。”

“如果不是因为那场火灾……”林玲接话道。

林局长点头，认真道：“那场火灾很诡异，在此之前，蔡坤的羽翼一个个被剪除，一直仰仗的政府官员也相继倒台，生意版图也越来越小，最后只剩下一家年产九十万吨的小煤窑得以维系。再看范惊天团伙，经过最初的野蛮增长，手下却也相继落网，发展停滞不前，两个团伙都怀疑对方借用了公安的力量打压彼此，便集结力量，准备最后的战斗。可就在范惊天准备发动进攻的当日下午，范惊天的办公室发生了爆燃，火势发展得太快，屋内的人没有逃出来。据马仔后来反映，当时屋内只有范惊天和廖海波两人。”

“再后来呢？”廖冰问。

“消防队赶到，把火扑灭了，门却开不开，用消防栓砸开后，才发现门被从里面反锁了起来，屋内有一具尸体。刑警队勘验现场后，发现后窗外靠着水塘边有杂乱的脚印，也有汽油燃烧后留下的印记，经过分析，认为可能是其中一人从燃烧的房间逃出后，为了扑灭身上的火扑到水塘里，但水塘及周边也没有此人的踪迹。我们根据房内死者身高体格和衣着穿戴，初步判断是范惊天。由于那个年代也没有DNA技术，简单尸检后，就把范惊天火葬了。范惊天的会计告诉我们，他账上的三千万元也通过支票的方式，在当日晚间被全部提走。”

“所以……我父亲很有可能是那个杀了范惊天，又黑了范惊天的钱的人。”廖冰的声音发颤。

“的确，在此之后，你父亲证件的踪迹出现在全国多个地方，都是高档的场所。你父亲还试图出境，但在海关警方接到通缉令前，他又一次消失了。范惊天的团伙在范惊天死后，很快便分崩离析，蔡坤的团伙也没撑多久，便悉数落网，到了那时，我们才知道你父亲廖海波原来还和蔡坤团伙有勾结。他究竟是想借蔡坤的手来将范惊天取而代之，还是只图范惊天那巨额的财富，抑或是他有其他的计划，没操作好，却只能流浪天涯，我们都不得而知。”

林局长站起身，斟酌了一下，说：“至少你父亲很有可能还活着。”

“谢谢林局长。”廖冰强装平静道。

林局长拍了拍廖冰的肩膀，鼓励道：“好好干。”当将搭在廖冰肩膀上的手伸向林玲时，却只抓到了空气，林玲已经朝大门走去。

“这几天我住队里，不回家了。”林玲撂下了这句话。

回到单位，廖冰一个人默默吃完了饭，没有理会林玲说的那些话，只是钻回自己的屋，开始回想日间林局长说的那些话。

罗勇打开门，站在门口，廖冰却没有意识到。罗勇清了清嗓子，道：“在你父亲调到专案组前，我和你父亲共事过，那时候他表现得很突出，大概因为这个缘故，他才被抽调到市局专案组里。”

廖冰抬起头，问：“他是一个什么样的人？我是说从道德品质上看。”

罗勇沉思了一会儿，摇摇头说：“我也不知道，他话很少，人心更是隔着肚皮。廖冰……很多秘密需要你去打开。”说完他便离开了房间。

桌面上留着一张字条，上面是一条人员信息：“黄坚，外号狗子，现住河沿下渔村自建房。”

廖冰想起来，在林玲调出的卷宗中，有这么一个外号叫狗子的人，他曾经是范惊天的得力干将。

(3)

翌日清晨，廖冰和林玲来到了河沿下渔村。他们是先爬上一段土坡，才发现这里原来是一处旧的堤坝，沿着蒿草丛生的小路下到渔村里，却发现自己置身于一片铁的世界。的确，这里许多房子都是铁皮搭建的，有的已经锈迹斑斑，有的却还反射着太阳明艳的光芒。几经问询周折，廖冰和林玲找到了狗子黄坚的家。

即便两人穿着便服，黄坚还是第一时间识别出了两人的身份。他拄着拐棍，招呼两人坐在门口的马扎上，叹口气，道：“没想到还有人记得我。”

廖冰默然，他看到了黄坚手腕上刻着的乌青的“天”字，那曾是范惊天团伙成员的标志。

就在廖冰发呆的时候，黄坚也在眯缝着眼打量着廖冰。他缓缓开口："你们是为了廖海波的事情来的吧？"

两人愕然。

"你长得很像你父亲，事实上，我曾经还见过你，在你这么大的时候。"黄坚用两个手掌比画了一下。

廖冰的呼吸乱了，急促地问："你知道我的父亲去了哪里？"

"对于你父亲，你有很多问题，我也有很多问题。"黄坚摇摇头。

"那你都知道些什么？"

"我知道的，就是，你父亲救过我的命。"

"这又怎么说？"林玲问。

"这个得从一开始说起。"黄坚停了停，像是在捋顺思路，然后开始了讲述。

"我和廖海波初识是在一次打架事件中。我弟兄的老婆被一个龟孙给睡了，我们替他打抱不平，就把那个龟孙的家给砸了。廖海波处理的案子，他知道中间原委，倒也很侠气，不仅没有处理我们，还把被打的那个龟孙给骂了一顿，让他哪里来哪里去。我很感激他，事后就请他喝酒，一来二去也就熟了。后来团伙中一些和警方打交道的麻烦事，我也找他，没想到都能摆得平，我就引荐他和范惊天认识。在他向范惊天通风报信贩卖枪支的事情后，他被公安局给开除了，自然顺理成章地加入了范惊天的团伙。廖海波的确老到，对于公安的各种手段门儿清，在团伙内起到了很大作用。不仅如此，他还巧妙设计，将涉及蔡坤团伙的一些线索巧妙转给警方，达到了借刀杀人的目的。就这样，不到一年，廖海波便成了团伙的三号头目。范惊天的团伙要对蔡坤团伙发动总攻，如果真火并起来，那一定是血流成河。我当时也是范惊天团伙的小头目，自然得冲在前面，你父亲已经隐身到了幕后，是范惊天的军师。一切的进攻都布置好后，廖海波让我带他去验枪，我去了，廖海波却从背后偷袭了我，我的腿骨折了，人也晕了过去。醒来时才发现自己被拷在了一个偏僻的橡胶厂房里，那批枪也不见了踪影。后来警察把我抓走，我才知道范惊天办公室火灾的事情。那场血拼没有发生，只是我和两个团伙的两百多人都进了看守所。”

黄坚扶着自己瘸了的腿，语气缓和道：“廖海波这个人，我看不透，有人说他是范惊天的人，也有人说他已经反水蔡坤，还有人说他其实只是为了他自己，带走那三千万元，远走高飞。但不管怎样，从事后来看，我都是一个不经意的受益者。要不是他把我的腿打断了，即便范惊天被干掉了，我依然会带着刀枪和蔡坤的手下搏命，不是我杀了别人，就是别人杀了我。没办法，年轻气盛。后来进了牢子，我才知道自由的可贵。本来监狱医院要给我治膝盖的，但我拒绝了，我希望自己以后不要这么蹦跶，老老实实、安安泰泰做个小老百姓最好。”

廖冰突然发话：“难道我父亲就没有可能是另外一个阵营的？”

黄坚翻眼看看廖冰，道：“我知道，你是想说你父亲有没有可能是警方的卧底。我也这么想过，但我说过，我见过小时候的你，那时候你爸被开除，成了一个古惑仔，老婆跑了，孩子也没人养了，你说哪个卧底能这么狠心？就算真是卧底，范惊天和蔡坤两个团伙覆灭了，你爸总该复职吧？范惊天那不见的三千万总该归公吧？可你爸却弄了个彻底消失，这解释不通的。”

廖冰沉默了。林玲想伸出手拍一拍廖冰，却不知手该往哪里放。

两人留下了联系方式，开始往村子外面走。黄坚一瘸一拐跟在后面送着，快上水坝时，黄坚说：“不管怎样，你爸身上还是有股子侠气，凭这，你爸到哪里都不会受委屈。”

廖冰点了点头，沿着蒿草小径往上爬，离开了这里。

(4)

回到单位，林玲打开电脑，发现有一封邮件提醒，署名是无名氏，内容只有一行字——“查一查重大恶性案件的现金流”。

林玲把这条信息给廖冰看了，廖冰皱起了眉头。

林玲说：“两个问题，第一个问题，查这些现金流最后能得出什么样的结果？第二个问题，是谁，又是出于什么目的给我们发这封邮件？”

廖冰接管过这台电脑，他开始利用软件深挖这个叫“无名氏”的发件人的资料，但一切都是空白。廖冰有些犹疑。

林玲说：“咱们实习期不长，办的案件不多，不过从那些档案记录的案件来看，许多案件实施的确需要资金投入，特别是一些有组织的系列案件，当时仅是把人抓了，把案子破了就了事。那些扰乱社会秩序的案件还在不断发生，没有根除。查一查这些案件背后的资金流，的确是一个好主意。”

廖冰一头扎进数据库，分析那些有组织犯罪团伙的现金流。林玲则重回了二十年前那起火灾现场。

很幸运，由于当时厂子倒闭，一直没有人接盘，加上区域发展位移，这一块反倒是原封不动地保存了下来。如果有什么不同，那便是漫长的荒草将许多痕迹都掩盖起来。

林玲推门进了房间，墙壁已经烧得黢黑，地面一片凌乱。在房间内转了个遍，也没有什么新的发现，林玲走到窗前，看向外面的水塘。突然，一个细节引起了她的注意——两扇窗户被铁丝一层层地箍了起来，死结打在窗外，铁丝布满了黑锈，看来已经年代久远，一扇窗户的横杆也断了几根，其中的一根似乎是硬生生掰断的。林玲皱起眉头，是谁锁上了铁丝？又是谁破窗而逃？这不应是同一人。

转回身，看尸体当时躺的方位，也靠近铁皮柜，远离门窗——如果死者在火灾发生时有意识，应该会出现在门或窗的位置。

房间内当时到底有几个人？

另一边，廖冰将这一年多来办过案件的嫌疑人资料都调出来，对他们的经济情况进行分析。一条条资金流被捋了出来，廖冰似乎看到了一只无形的手。

那时，奎子在狱中从来没愁过吃喝，因为有人源源不断给他的生活卡上充钱。从犯金强也交代，他们那群小混混天天在歌吧舞厅消费，老板都不怎么向他们要钱。麻醉师李钰出身贫寒，不仅大学期间有人给他捐资助学，在毕业后，也意外申请到了贷款，租下并改造了他用来实施犯罪的院落。同样，盛勇购买并改造囚禁受害人地下室的资金，以及血哥投资建立毒品生产加工厂的资金似乎也来得异常轻松。

最后，廖冰翻开决定了自己命运的那起殊途案，不需要看，记忆已经在脑海里活生生地展现。他突然想起一件事，也是很偶然地，他在警校就读时，喜欢上了黑客技术，但真正学习还是需要报班，学费不菲，但又很巧，有人邀请他加入了那个网络班，没有提学费的事情。那么他为什么会被邀请？这个邀请人有没有其他的企图？

廖冰的脑袋里开始打起了问号，准备再去查一查当年他加入黑客网络课程的资料，屏幕却突然变黑，满屏的乱码开始出现，一条蠕虫正在一角一个字母一个字母地啃噬，没过一会儿，电脑居然冒起了白烟。

林玲回到单位时，看到了廖冰焦黑的电脑，惊道："怎么回事？"

廖冰只是淡淡地说："遇到高手了，远程控制，把我电脑硬盘给烧了。"

"那怎么办？"

廖冰耸耸肩，道：“只能查那些纸质的账目数据，又要动用你父亲的关系了。”

“没关系，他已经给了我们两周的数据最高权限。”

按照关于查询现金流的提示，廖冰和林玲把二十年前的特情支出账目给翻了出来。每条支出的姓名都是一个数字代号，具体的案情也是空白，唯一确定的，是支出的款项和日期。两人把这些时间和蔡坤、范惊天团伙成员落网时间逐条对照，找出了一份卧底档案资料。姓名那一栏标注着WMS888。

林玲说：“那时候不规范，代号标注都很随意。”

“888说明这个卧底希望能有个好运气。”廖冰点头。

林玲掏出手机，用拼音输入法打出了WMS的字母简写，显示出的汉字是“无名氏”。

廖冰想到了那个网名“无名氏”的人，他没有说话，和林玲认真研究起这份档案。

除了一些特殊现金支出，这份档案显示每月8号都有一笔一千元的固定支出。

林玲说：“这一定代表着这个卧底的工资。但这笔支出到了1996年12月却变成了两千元。”

对于这个新数字，廖冰愣了一下，从口袋中掏出那份开除档案，档案上的时间显示为1996年11月，这支出到那起火灾的月份便全部截止了。廖冰抬头看林玲，眼中出现了惊喜。

深夜咖啡厅，两人相对而坐，一起汇总他们各自的调查情况。

林玲说：“从火宅现场看，屋内当时应有三人，第一个人于火灾前从窗户逃出并将窗户锁死；第二个人失火后踹断窗棂逃了出来；第三个人便是火灾现场被烧得面目不清的死者。”

廖冰说：“从特情档案看，先后有两名卧底参与到蔡坤和范惊天的团伙中，后来的那名卧底加入时间正好是我爸被开除后的一个月。”廖冰说得激动，竟然握住了林玲的手。

林玲轻轻挣脱，却用手掌覆在廖冰的拳头上，看着廖冰的眼睛道：“我们一起来证明你的假设。”

廖冰说：“我在想给我们发邮件的那个人，他自称无名氏，他让我去查我们办过的那些案件的现金流。”

林玲想了想，说：“至少有人知道我们正在重启这个案子的调查。看来有些事情一直在延续着，如果真的有人在资助犯罪的话。”

(5)

罗勇打电话给廖冰，说在服刑的蔡坤要见他，组织上考虑这对悬案的侦破可能有帮助，就批准了。廖冰想都没想，便一个人驱车两百公里，到了蔡坤服刑的监狱。

坐在探视室，廖冰竟然感觉眼前这个曾经叱咤风云的人物有了一种迟暮感，的确，如今的蔡坤怎么看也都只是一个糟老头子。

见对方迟迟不说话，廖冰问：“你要见我？”

蔡坤说：“是。”

“为什么要见我？”

“你在重新调查你父亲的案子？”

“你如何知道的？”

“从你们市局传的调查函到了监狱管教的手中，我就知道了。”蔡坤的眼神黯然无神，他接着说，“廖海波是你的父亲？”

廖冰点点头。

蔡坤说：“我没想到你父亲当年会找到我，主动向我提供范惊天手下的犯罪信息。”

“他为什么要这样做？”

“起初我认为他是图财，每一条信息都明码标价；后来我想他是想将范惊天孤立，然后取而代之；但再后来，火灾后，范惊天被烧死，他却也消失，这……我就看不懂了。”

“你给了他很多钱？”

“钱全部存在一个保险柜里。”蔡坤用耳语道。说着他从袖口掏出一把钥匙，趁狱警没注意悄悄塞在了廖冰手里。

廖冰打量着这把黄铜钥匙，钥匙环上拴了一个布条，上面有一个地址。“你为什么要这样做？”廖冰小声问。

蔡坤叹了一口气，“在监狱蹲了这么多年，我已经是一个没有希望的老人，但我想也许我能做点事情，让别人有些希望。”蔡坤抬头看廖冰，笑了一声，“是不是年龄越大越有妇人之仁？”

廖冰没有回答。

廖冰按照布条上的地址，来到了一个已经废弃了的生产橡胶的工厂，斑斑的锈迹证明着它的历史。

在偌大的厂房里转了一圈，廖冰来到了财务室，推开门，一个保险柜静静地蹲在墙角。廖冰将钥匙插入孔内，齿与孔准确相符，廖冰转动门把，保险柜的门却没有打开，他注意到下面还有一个标记着数字的钢圈。廖冰沉一口气，先输入了父亲曾经的警号，没有反应；又输入了父亲的出生年月，还是没有反应，然后是六个“1”、六个“6”等，门还是纹丝不动。廖冰有些发怔，他有些迟疑地将自己的生日数字输了进去，“咔哒”一声，门开了。

这串密码激起一股思绪，竟使得廖冰没有马上把门打开，鼻翼、眼角却明显发酸。廖冰平复了一下自己的情绪，缓缓打开门，里面是一个U盘，他揣进口袋。他急于将这里的情况告诉林玲，就拨打了林玲的电话，可是电话占线。廖冰放下手机，开车往蚂蝗大队赶。

他一只手握着方向盘，另一只手将U盘在手掌里翻来覆去，心中激荡着未知的兴奋与恐惧，或许是太过沉浸在自己的思绪里，廖冰竟没有注意到从路口蹒跚出来的一个老人。廖冰一个急刹车，老人在车头前定住了。

廖冰下车，看到老人戴着口罩与帽子，只露出浑浊的双眼，还有斑秃的前额。他赶紧问老人是否有事，老人摇摇头说没事。廖冰向老人道歉。老人只是说不要紧，然后蹒跚着离开了。廖冰喘口气，定了定神，降低了车速。

回到了办公室，廖冰打开电脑，第一时间读取了U盘上的数据，屏幕上显示出了一个TXT文档，打开后里面有一段文字：

警员廖海波档案

1995年加入刑警队

1996年11月因为违纪被开除，转为公安特情，编号WMS999

同年12月打入范惊天犯罪团伙

1997年，因多次提供重大犯罪线索，记二等功一次

1998年，卧底WMS999牺牲于火灾中

突然，屏幕上的文字扭曲起来。

“该死！又中病毒了！”廖冰怒吼道。

就在这时，他看到电脑界面上出现了一个网址链接。廖冰打开，屏幕上显示出一间房子，房间里被五花大绑的林玲正通过镜头看着自己。电脑屏幕上给廖冰留下一个信息：从链接被打开后开始，半个小时后，绑在林玲身上的炸弹会爆炸。

一张地图跳了出来，上面显示林玲的位置位于城西。

廖冰抓起衣服，从楼上飞奔到刑警队的院子里，奇怪的是，整个大院都没有人，警车也不知所踪。廖冰跨上一辆摩托车，开始向城西飞奔。原来此刻，单位的接警平台上指挥中心正在为城区里一处又一处打架闹事的案件下达出警指令。

摩托车的轰鸣冲击着廖冰的耳膜，一切的思考全部混淆在一起，只剩下林玲的脸庞占据了他整个脑海。继续加速，他在与时间赛跑。

终于到达地图中标注的那个仓库，廖冰扔下车子，开始往里面冲，撞开一扇又一扇门。他已经听到倒计时滴答滴答的声音，他没有迟疑，踹开了最后那一扇，没有人。

就在这时，随着“砰”的一声巨响，廖冰被爆炸产生的冲击波抛起，重重地摔在了地上，随后陷入了昏迷。

(6)

天黑了下来，廖冰渐渐恢复了朦胧的意识，直至林玲来到他的身边，他才完全清醒。

林玲没有死！廖冰转瞬又陷入巨大的惊愕与欣喜中。不过他实在没有力气了，林玲将他搀扶上摩托车后座，自己扶着车把，驾驶车子回了刑警队。

一路上，风吹拂着林玲的头发，在廖冰的鼻尖飞舞，廖冰哭了，他从后面抱住林玲的腰肢，眼泪浸湿了林玲的后背。

回到单位，罗勇也刚从外面出警回来，一脸疲惫。他把林玲和廖冰召集到会议室。林玲讲述了之前发生的事情。

原来就在廖冰到监狱提审蔡坤的同时，林玲也接到一条匿名消息，提示她再到火灾现场看一看。林玲便马上回到了现场，只是推门进屋的那一瞬，就失去了意识。再醒来，发现自己已经置身于一间空房子内，只有一个老人在她的身边。

老人要她保持安静，边解绑在她身上的绳索，边告诉她自己只是厂房的保安，值班巡查时发现这个异常。老人还告诉林玲，前门有人守着，她只能从排烟管道离开。林玲听从了老人的安排，爬进管道，上了房顶，从上往下俯瞰，那个值守的老人正走出正门，一群挥舞着砍刀铁棍的青年正从另一个街口赶来。

林玲拨打报警电话，被告知附近警力都在处置打架斗殴等事件，最快也要十分钟后赶到。林玲为老人祈祷，然后迅速回到空无一人的刑警队，发现了廖冰电脑上的直播链接，又立刻赶到了廖冰的身边。

廖冰也将关于他父亲的调查和那个U盘中读取的信息从头到尾向大家说了一遍。

罗勇听罢，叹气道："我也相信U盘里说的关于你父亲廖海波的信息，他始终是一名人民警察。"

廖冰的手在轻轻颤抖，林玲将它握在了自己的手心。

罗勇接着说："你父亲还在刑警队那会儿，他的外号就是蚂蝗，是他为咱们刑警队赢得了蚂蝗刑警队的称号。尽管后来你父亲被开除了，蚂蝗刑警队这个称号却依然保存了下来。我相信这一定是某种隐喻，说明你父亲廖海波，从未离开。”

廖冰早已热泪盈眶。

罗勇转了语调，很严肃地讲：“从今天下午到晚上，街面上出现许多打架斗殴、故意滋事的案件，各辖区的警力都被调动出来处理这些警情，客观上致使当你们深陷险境时，竟然短时间内抽不出警力来增援你们，所以，我怀疑今天的混乱场面和你们遭遇的事情有联系。”

一切像是都发生了，一切又都像没有发生，除了抓了些地痞小混混，还有廖冰得到了一个模糊的答案，似乎所有事情又都回归了往常。

(7)

两个星期已经结束，公休假已经耗尽，特别侦查权限也到此为止。

两人又回到工作岗位上，只是此时，他们都拿着市局的正式批文，成为蚂蝗刑警队的正式一员。是的，林玲没有离开，她选择和廖冰在一起。

当日在街面上滋事的团伙成员一个个缉拿归案，并锁定了背后为闹事提供资金支持的银行账户，当他们赶赴银行调查该账户时，发现该账户已经销户。随后，更多的犯罪线索被匿名举报到蚂蝗刑警队，这些犯罪也都有资金支持，那些资金来源也都在廖冰和林玲深入调查前被陆续掐断。

如今，廖冰和林玲确信，的确有一只看不见的手在操纵着城市中的许多罪恶，即使这只手近来缩回了袖管，却始终存在。

一天晚上，廖冰和林玲加完班，到街上囫囵吃了碗面，刚出面馆，便看见四个地痞在追打一个醉汉。廖冰和林玲表明了身份，将这群人控制住，让他们一个个抱头面壁。廖冰和林玲对四个地痞进行训诫，再转身找醉汉，发现他已经不在了。

其中一个小混混从地上捡起一个钱包递给廖冰，说："警官，这可是那个醉汉自己掉出来的钱包，我交公了啊。"

廖冰接过钱包，让这四人离开，随后也和林玲回到了单位。

廖冰洗过澡后，才注意到桌上那个被丢弃的钱包。他打开，一张照片掉了下来，那是一张灰白的一寸照片，上面的孩子有些熟识，廖冰迟疑了一会儿，才明白那个孩子正是自己。

廖冰慌忙检查钱包，里面还有一封信，写在巴掌大的一张纸上，密密麻麻的都是蝇头小楷：

孩子，我是廖海波，你的父亲。我曾是一名刑警，后来因为任务，卧底到范惊天的团伙里收集他的犯罪证据。同时卧底的还有一位前辈，他在蔡坤的团伙收集证据。我们俩互相交换线索，再提供给彼此卧底的组织，致使蔡坤和范惊天的团伙被很大程度地削弱。

当胜利就在眼前时，这位前辈的真实身份却被发现，我和他之间的联系也被范惊天察觉。范惊天制造了要和蔡坤团伙火并的假象，将代表蔡坤前来谈判的前辈囚禁。我想去营救，却被早有准备的范惊天一起拿下。我和前辈当时被关在范惊天的办公室里。范惊天想知道我和这位前辈到底掌握了他多少犯罪证据。

那是我人生中最难熬的两个小时，我能说的，只是范惊天并没有得到他想要的答案。我和前辈配合得当，成功挣脱，并与范惊天的爪牙展开了近身战。范惊天跑了，跑前放了把大火，前辈被烧死了。

那时没有DNA检测技术，尸体被前来调查的公安人员当成了范惊天，但是他的真实身份却是代号WMS888。我侥幸活了下来，由于真实身份只有这个前辈能够证实，所以我成了一个没有身份的影子，以及那串不被辨析的代号，WMS999。

我的确还活着，更重要的是范惊天也还活着，他的团伙覆灭了，他却带着巨款隐匿到了地下，成为了一个罪恶的影子，在许多犯罪的背后都有他间接的支持。继续追捕他，也成了我这么多年来唯一的目标。

儿子，是我特意在你上警校期间资助你学习了电脑技术，和我想的一样，这对你日后的侦破工作大有裨益。我很自豪能够看到你成长为一名人民警察，并通过自己的努力逐渐接近事实的真相。这一次范惊天虽然通过你诱我出现，却也暴露出他的轨迹，他的许多账户被封，行动受限，不过他没有走远，因此，我还不能靠你太近。

最后，我想对你说，后面的路你要自己走下去，哪怕尘世浑浊，也要做出正确的选择。

廖冰放下信，立刻奔出大院，去找寻那个醉汉，林玲看到廖冰火急火燎的，也随他一起奔了下来。

大院前，路灯投下暖光，照亮了空无一人的马路。

廖冰发了会儿呆，对林玲说：“岁月静好，只因有人负重前行。”